百年经典散文

CENTURY
CLASSIC PROSE

谢冕◎主编

山东人民出版社

全国百佳图书出版单位 国家一级出版社

励志修身

著名特级教师王岱联袂推荐——
著名作家黄蓓佳，著名文学评论家孟繁华、王干，

聆听大家心语，沐浴经典成长。

图书在版编目（CIP）数据

励志修身/谢冕主编 .— 济南：山东人民出版社，2014. 5（2023.4重印）
（百年经典散文）
ISBN 978-7-209-05702-8

Ⅰ.①励… Ⅱ.①谢… Ⅲ.①散文集—中国—近现代
Ⅳ.①I26

中国版本图书馆 CIP 数据核字（2014）第 019960 号

责任编辑： 王海涛　 杨云云

励志修身

谢冕　主编

山东出版传媒股份有限公司
山东人民出版社出版发行

社　　址：济南市舜耕路517号　邮编：250003

网　　址：http://www.sd－book.com.cn

市场部：（0531）82098027　82098028

新华书店经销

三河市华东印刷有限公司印装

规　格　16 开（170mm × 240mm）
印　张　18
字　数　158 千字
版　次　2014 年 5 月第 1 版
印　次　2023 年 4 月第 4 次
ISBN 978-7-209-05702-8
定　价　58.00 元

如有质量问题， 请与印刷厂调换。（010）57572860

那些让人心旌摇荡的文字 ①

谢 晃

这里汇聚了近百年来世界和中国一批散文名家的作品，作者来自中国和中国以外的国度。有的非常知名，有的未必知名，但所有的入选文字都是非常优秀的。这可说是一次空前的集聚。这里所谓的"空前"，不仅指的是作品的主题涉及社会人生浩瀚而深邃的领域，也不仅指的是它们在文体创新方面以及在文字的优美和艺术的精湛方面所达到的高度，而且指的是它们概括了人类长期积累的宝贵经验，它所传达的洞察世事的智慧，特别重要的是它代表了人性的美以及人类的良知。

从十九世纪后期到二十世纪末这一百年间，人类经历了从工业革命到电子革命的沧桑巨变，科技的发达给人类创造了伟大的二十世纪文明。人类理所当然地享受着它应有的荣光，同时，他们也曾蒙受空前的苦难：天灾、战乱、饥饿，特别是两次世界大战给人类留下了巨大的伤痛。在战争的废墟上

---

① 这是为山东人民出版社《百年经典散文》所写的总序。这套丛书计八卷，分别为《闲情谐趣》《游踪漫影》《天南海北》《励志修身》《亲情无限》《挚友真情》《纯情私语》《哲理美文》。

反顾来路，那些优秀的、未曾沉酣的大脑开始了深刻的反思。于是有了关于未来的忧患和畏惧，有了对于和平的祈求和争取，以及对于人类更合理的生活秩序和理想的召唤。这种反思集中在对于人类本性的恢复和重建上。

世纪的反思以多种方式展开，其中尤以文学的和艺术的方式最为显眼有力，它因生动具象而使这种反思更具直观的效果。以文学的方式出现的诗歌、小说和戏剧的文体当然有着令人印象深刻的贡献。而我们此刻面对的是散文，这是有别于其他文体的一种文学类别。在我们通常的识见中，文学创作的优长之处在它的虚构性。我们都知道，文学的使命是想象的，人们通过那些非凡的想象力获得对物质世界和精神世界更真实也更有力的升华，从而获得更有超越性的审美震撼。

散文作为文学的一种无疑也具有上述特性。但我们觉察到，散文似乎隐约地在排斥文学的虚构，那些优秀的散文几乎总在有意无意地"遗忘"虚构。散文这一文体的动人心魄之处是：它对于人的内心世界的绝对的"忠实"，它断然拒绝情感和事实的"虚拟"。散文重视的是直达人的内心，它弃绝对心灵的虚假装饰。一般而言，一旦散文流于虚情，散文的生命也就荡然无存，而不论它的辞采有多么华美。散文看重的是真情实意。以往人们谈论最多的"形散而神不散"，其实仅仅是就它在谋篇构思等的外在因素而言，并不涉及散文创作的真质。当然，这里表述的只是个人的浅见，并不涉及严格的文体定义。这种表述也许更像是个人对散文价值的一次郑重体认。

广泛地阅读，认真地品鉴，严格地遴选，一百年来中外的散文名篇跃进了选家的眼帘，并在读者面前展示了它的异彩。可以看出，所有的作者面对他的纷繁多姿的世界，面对这个世界的万事万物万种情思，他们都未曾隐匿自己的忧乐爱憎，而且总是付诸真挚而坦率的表达。真文是第一，美文在其次，思想、情怀加上文采，它们到达的是文章的极致。

这些作者通过一百年的浩瀚时空，给了我们一百年人世悲欢离合的感兴，他们以优美的文字记下这一切内心历程，满足我们也丰富我们。有的文字是承载着哲理的思忖，有的文字充盈人间的悲悯情怀，有的文字敞开着宽广的胸怀，是上下数千年的心灵驰骋。人们披卷深思并发现，大自对于五千年后的子孙的深情寄语，论说灵魂之不朽，精神之长在，对生命奥秘之拷问，乃至对抽象的自由与财富之价值判断，他们面对这一切命题，均能以睿智而从容的心境处之。表达也许完美，表达也许并不完美，这都不重要，重要的是，所有的文字均源生于对于自然界的一草一木、人世间的一颦一笑，于日常的举手投足之间，总是充满了人间的智慧和情趣。

这些文字，有的深邃如哲学大师的启蒙，有的活泼如儿童天籁般的童真，有的深沉而淡定，有的幽默而理趣。我们手执一卷，犹如占有整个世界。整个世界都在聆听大师，整个世界都在与我们平等对话，我们像是在过着盛大的节日。这里的奉献，不仅是宽容的、无私的，而且是慷慨的，我们仿佛置身于精神的盛宴。举世滔滔，灯红酒绿，充满了时尚的诱惑与追逐，使人深感被疏远的、从而显得陌生的精神是多么可贵。

能够在一杯茶或一杯咖啡的余温里沐浴着这种温暖的、智性的阳光，这应该是人间的至乐了！朋友，书已置放在你的案前，那些依然健在的，或者已经远去的心灵，在等待与你对话，那些让人心旌摇荡的文字，在等待你的聆听。

二〇一三年一月一日，执笔于北京昌平寓所

目录

目 录

目录

目录

少年中国说

□ [中国] 梁启超

日本人之称我中国也，一则曰老大帝国，再则曰老大帝国。是语也，盖袭译欧西人之言也。呜呼！我中国其果老大矣乎？任公曰：恶！是何言！是何言！吾心目中有一少年中国在。

欲言国之老少，请先言人之老少。老年人常思既往，少年人常思将来。惟思既往也，故生留恋心；惟思将来也，故生希望心。惟留恋也，故保守；惟希望也，故进取。惟保守也，故永旧；惟进取也，故日新。惟思既往也，事事皆其所已经者，故惟知照例；惟思将来也，事事皆其所未经者，故常敢破格。老年人常多忧虑，少年人常好行乐。惟多忧也，故灰心；惟行乐也，故盛气。惟灰心也，故怯懦；惟盛气也，故豪壮。惟怯懦也，故苟且；惟豪壮也，故冒险。惟苟且也，故能灭世界；惟冒险也，故能造世界。老年人常厌事，少年人常喜事。惟厌事也，故常觉一切事无可为者；惟好事也，故常觉一切事无不可为者。老年人如夕照，少年人如朝阳。老年人如瘠牛，少年人如乳虎。老年人如僧，少年人如侠。老年人如字典，少年人如戏文。老年人如鸦片烟，少年人如泼兰地酒。老年人如别行星之陨石，少年人如大洋海之珊瑚岛。老年人如埃及沙漠之金字塔，少年人如西比利亚之铁路。老年人如秋后之柳，少年人如春前之草。老年人如死海之潴为泽，少年人如长江之初发源。此老年人与少年人性格不同之大略也。任公曰：人固有之，国亦宜然。

任公曰：伤哉，老大也！浔阳江头琵琶妇，当明月绕船，枫叶瑟瑟，衾寒于铁，似梦非梦之时，追想洛阳尘中春花秋月之佳趣。西宫南内，白发宫娥，一灯如穗，三五对坐，谈开元、天宝间遗事，谱《霓裳羽衣曲》。青门种瓜人，左对孺人，顾弄孺子，忆侯门似海珠履杂遝之盛事。拿破仑之流于厄蔑，阿剌飞之幽于锡兰，与三两监守吏，或过访之好事者，道当年短刀匹马驰骋中原，席卷欧洲，血战海楼，一声叱咤，万国震恐之丰功伟烈，初而拍案，继而抚髀，终而揽镜。呜呼，面皱齿尽，白发盈把，颓然老矣！若是者，舍幽郁之外无心事，舍悲惨之处无天地；舍颓唐之外无日月，舍叹息之外无音声；舍待死之外无事业。美人豪杰且然，而况寻常碌碌者耶？生平亲友，皆在墟墓；起居饮食，待命于人。今日且过，遑知他日？今年且过，遑恤明年？普天下灰心短气之事，未有甚于老大者。于此人也，而欲望以拿云之手段，回天之事功，挟山超海之意气，能乎不能？

呜呼！我中国其果老大矣乎？立乎今日以指畴昔，唐虞三代，若何之郅治；秦皇汉武，若何之雄杰；汉唐来之文学，若何之隆盛；康乾间之武功，若何之烜赫。历史学家所铺叙，辞章家所讴歌，何一非我国民少年时代良辰美景、赏心乐事之陈迹哉！而今颓然老矣！昨日割五城，明日割十城，处处雀鼠尽，夜夜鸡犬惊。十八省之土地财产，已为人怀中之肉；四百兆之父兄子弟，已为人注籍之奴，岂所谓"老大嫁作商人妇"者耶？呜呼！凭君莫话当年事，憔悴韶光不忍看！楚囚相对，岌岌顾影，人命危浅，朝不虑夕。国为待死之国，一国之民为待死之民。万事付之奈何，一切凭人作弄，亦何足怪！

任公曰：我中国其果老大矣乎？是今日全地球之一大问题也。如其老大也，则是中国为过去之国，即地球上昔本有此国，而今渐渐灭，他日之命运殆将尽也。如其非老大也，则是中国为未来之国，即地球上昔未现此国，而今渐发达，他日之前程且方长也。欲断今日之中国为老大耶？为少年耶？则不可不先明"国"字之意义。夫国也者，何物也？有土地，有人民，以居于其土地之人民，而治其所居之土地之事，自制法律而自守之；有主权，有服从，人人皆主权者，人人皆服从者。夫如是，斯谓之完全成立之国。地球上之有完全成立之国也，自百年以来也。完全成立者，壮年之事也。未能完全成立而渐进于完全成立者，少年之事也。故吾得一言以断之曰：欧洲列邦在今日为壮年国，而我中国在今日为少年国。

夫古昔之中国者，虽有国之名，而未成国之形也。或为家族之国，或为酋长之国，或为诸侯封建之国，或为一王专制之国。虽种类不一，要之，其于国家之体质也，有其一部而缺其一部。正如婴儿自胚胎以迄成童，其身体之一二官支，先行长成，此外则全体虽粗具，然未能得其用也。故唐虞以前为胚胎时代，殷周之际为乳哺时代，由孔子而来至于今为童子时代。逐渐发达，而今乃始将入成童以上少年之界焉。其长成所以若是之迟者，则历代之民贼有窒其生机者也。譬犹童年多病，转类老态，或且疑其死期之将至焉，而不知皆由未完成未成立也。非过去之谓，而未来之谓也。

且我中国畴昔，岂尝有国家哉？不过有朝廷耳！我黄帝子孙，聚族而居，立于此地球之上者既数千年，而问其国之为何名，则无有也。夫所谓唐、虞、夏、商、周、秦、汉、魏、晋、宋、齐、梁、陈、隋、唐、宋、元、明、清者，则皆朝名耳。朝也者，一家之私产也。国也者，人民之公产也。朝有朝之老少，国有国之老少。朝与国既异物，则不能以朝之老少而指为国之老少明矣。文、武、成、康，周朝之少年时代也。幽、厉、桓、赧，则其老年时代也。高、文、景、武，汉朝之少年时代也。元、平、桓、灵，则其老年时代也。自余历朝，莫不有之。凡此者谓为一朝廷之老也则可，谓为一国之老也则不可。一朝廷之老且死，犹一人之老且死也，于吾所谓中国者何与焉。然则，吾中国者，前此尚未出现于世界，而今乃始萌芽云尔。天地大矣，前途辽矣。美哉我少年中国乎！

玛志尼者，意大利三杰之魁也。以国事被罪，逃窜异邦。乃创立一会，名曰"少年意大利"。举国志士，云涌雾集以应之。卒乃光复旧物，使意大利为欧洲之一雄邦。夫意大利者，欧洲之第一老大国也。自罗马亡后，土地隶于教皇，政权归于奥国，殆所谓老而濒于死者矣。而得一玛志尼，且能举全国而少年之，况我中国之实为少年时代者耶！堂堂四百余州之国土，凛凛四百余兆之国民，岂遂无一玛志尼其人者！

龚自珍氏之集有诗一章，题曰《能令公少年行》。吾尝爱读之，而有味乎其用意之所存。我国民而自谓其国之老大也，斯果老大矣；我国民而自知其国之少年也，斯乃少年矣。西谚有之曰："有三岁之翁，有百岁之童。"然则，国之老少，又无定形，而实随国民之心力以为消长者也。吾见乎玛志尼之能令国少年也，吾又见乎我国之官吏士民能令国老大也。吾为此惧！夫以如此壮丽浓郁翩翩绝世之少年中国，而使欧西日本人谓我为老大者，何也？则以握国权者皆老朽之人也。非哦几十年八股，非写几十年白折，非当几十年差，非捱几十年俸，非递几十年手本，非唱几十年喏，非磕几十年头，非请几十年安，则必不能得一官、进一职。其内任卿贰以上，外任监司以上者，百人之中，其五官不备者，殆九十六七人也。非眼盲则耳聋，非手颤则足跛，否则半身不遂也。彼其一身饮食步履视听言语，尚且不能自了，须三四人左右扶之捉之，乃能度日，于此而乃欲责之以国事，是何异立无数木偶而使治天下也！且彼辈者，自其少壮之时既已不知亚细亚、欧罗巴为何处地方，汉祖唐宗是那朝皇帝，犹嫌其顽钝腐败之未臻其极，又必搓磨之，陶冶之，待其脑髓已涸，血管已塞，气息奄奄，与鬼为邻之时，然后将我二万里山河，四万万人命，一举而畀于其手。呜呼！老大帝国，诚哉其老大也！而彼辈者，积其数十年之八股、白折、当差、捱俸、手本、唱喏、磕头、请安，千辛万苦，千苦万辛，乃始得此红顶花翎之服色，中堂大人之名号，乃出其全副精神，竭其毕生力量，以保持之。如彼乞儿拾金一锭，虽轰雷盘旋其顶上，而两手犹紧抱其荷包，他事非所顾也，非所知也，非所闻也。于此而告之以亡国也，瓜分也，彼乌从而听之，乌从而信之！即使果亡矣，果分矣，而吾今年七十矣，八十矣，但求其一两年内，洋人不来，强盗不起，我已快活过了一世矣！若不得已，则割三头两省之土地奉申贺敬，以换我几个衙门；卖三几百万之人民作仆为奴，以赎我一条老命，有何不可？有何难办？呜呼！今之所谓老后、老臣、老将、老吏者，其修身齐家治国平天下之手段，皆具于是矣。西风一夜催人老，凋尽朱颜白尽头。使走无常当医生，携催命符以祝寿，嗟乎痛哉！以此为国，是安得不老且死，且吾恐其未及岁而殇也。

任公曰：造成今日之老大中国者，则中国老朽之冤业也。制出将来之少年中国者，则中国少年之责任也。彼老朽者何足道，彼与此世界作别之日不远矣，而我少年乃新来而与世界为缘。如僦屋者然，彼明日将迁居他方，而我今日始入此室处。将迁居者，不爱护其窗棂，不洁治其庭庑，俗人恒情，亦何足怪！若我少年者，前程浩浩，后顾茫茫。中国而为牛为马为奴隶，则烹脔棰鞭之残酷，唯我少年当之。中国如称霸宇内、主盟地球，则指挥顾盼之尊荣，唯我少年享之。于彼气息奄奄与鬼为邻者何与焉？彼而漠然置之，犹可言也。我而漠然置之，不可言也。使举国之少年而果为少年也，则吾中国为未来之国，其进步未可量也。使举国之少年而亦为老大也，则吾中国为过去之国，其渐亡可翘足而待也。故今日之责任，不在他人，而全在我少年。少年智则国智，少年富则国富；少年强则国强，少年独立则国独立；少年自由则国自由，少年进步则国进步；少年胜于欧洲则国胜于欧洲，少年雄于地球则国雄于地球。红日初升，其道大光；河出伏流，一泻汪洋；潜龙腾渊，鳞爪飞扬；乳虎啸谷，百兽震惶；鹰隼试翼，风尘吸张；奇花初胎，矞矞皇皇；干将发硎，有作其芒；天戴其苍，地履其黄；纵有千古，横有八荒；前途似海，来日方长。美哉我少年中国，与天不老！壮哉我中国少年，与国无疆！

佳作赏析：

梁启超（1873—1929），号饮冰子，广东新会人，晚清著名政治家、文学家。其著作编为《饮冰室合集》。

《少年中国说》是一篇政论性质的散文，其鲜明的特点首先表现为它强烈的批判性。文章言辞激烈，对"老大帝国"存在的种种守旧思维和行为进行了猛烈的抨击。文章运用了排比、比喻、拟人等多种修辞手法，将"老年人"与"少年人"的两种生理状况、心理特征、精神状态、思想方法，反复地进行对比分析。作者将中国的希望寄托于中国新起的一代少年，字里行间充满了炽热的情感，如同倾泻而下，恣意盎然，读来令人精神大振。

为学与做人

□〔中国〕梁启超

　　问诸君"为什么进学校？"我想人人都会众口一词地答道："为的是求学问。"再问："你为什么要求学问？""你想学些什么？"恐怕各人的答案就很不相同，或者竟自答不出来了。诸君啊！我请替你们总答一句罢："为的是学做人。"

　　人类心理有知、情、意三部分。所以教育应分为智育、情育、意育三方面，智育要教导人不惑，情育要教导人不忧，意育要教导人不惧。

　　怎么样才能不惑呢？最要紧是养成我们的判断力。想要养成判断力，第一步，最少须有相当的常识，进一步，对于自己要做的事须有专门智识，再进一步，还要有遇事能断的智慧。假如一个人连常识都没有，听见打雷，说是雷公发威，看见月食，说是蛤蟆贪嘴，那么，一定闹到什么事都没有主意，碰着一点疑难问题，就靠求神问卜看相算命去解决，真所谓"大惑不解"，成了最可怜的人了。学校里小学所教，就是要人有了许多基本的常识，免得凡事都暗中摸索。但仅仅有点常识还不够，我们做人，总要各有一件专门职业。

这门职业，也并不是我一人破天荒去做，从前已经许多人做过，他们积了无数经验，发现出好些原理原则，这就是专门学识。我们有了这种学识，应用它来处置这些事，自然会不惑，反是则惑了。做工、做商等等都各有他的专门学识，也是如此。教育家、军事家等等，都各有他的专门学说，也是如此。我们在高等以上学校所求的智识，就是这一类。但专靠这种常识和学识就够吗？还不能。宇宙和人生是活的，不是呆的，我们每日所碰见的事理是复杂的，变化的，不是单纯的、刻板的，倘若我们只是学过这一件，才懂这一件，那么，碰着一件没有学过的事来到跟前，便手忙脚乱了，所以还要养成总体的智慧，才能得有根本的判断力。这种总体的智慧如何才能养成呢？第一件，要把我们向来粗浮的脑筋着实磨炼他，听他变成细密而且踏实。那么，无论遇着如何繁费的事，我想可以彻头彻尾想清楚他的条理，自然不至于惑了。第二件，要把我们向来浑浊的脑筋，着实将养他，叫他变成清明。那么，一件事理到跟前，我才能很从容很莹澈的去判断他，自然不至于惑了。以上所说常识学识和总体的智慧，都是智育的要件，目的是教人做到"知者不惑"。

怎么样才能不忧呢？为什么仁者便会不忧呢？想明白这个道理，先要知道中国先哲的人生观是怎样。"仁"到底是什么？很难用言语说明，勉强下个解释，可以说是："普遍人格之实现。"人格要从人和人的关系上看来。所以仁字从二人。总而言之，要彼我交感互发，成为一体，我的人格才能实现。我们若不讲人格主义，那便无话可说；讲到这个主义，当然归宿到普遍人格。换句话说，宇宙即是人生，人生即是宇宙，我们的人格，和宇宙无二无别。体验得这个道理，就叫做"仁者"。然则这种仁者为什么就会不忧呢？大凡忧之所从来，不外两端，一曰忧成败，二曰忧得失，我们得着"仁"的人生观，就不会忧成败。为什么呢？因为我们知道宇宙和人生是永远不会圆满的，所以《易经》六十四卦，始"乾"而终"未济"。正为在这永远不圆满的宇宙中，才永远容得我们创造进化。我们所做的事，不过在宇宙进化几万万里的长途中，往前挪一寸、两寸，哪里配说成功呢？然则不做怎么样呢？不做便连这一寸两寸都不往前挪，那可真真失败了。"仁者"看透这种道理，信得过只有不做事才算失败，肯做事便不会失败。所以《易经》说："君子以自强不息。"换一方面来看，他们又信得过凡事不会成功的几万万里路挪了一两寸，算成功吗？所以《论语》说："知其不可而为之。"你想，有这种人生观的人，还有什么成败可忧呢？再者，我们得着"仁"的人生观，便不会忧得失，为什么呢？因为认定这件东西是我的，才有得失之可言。连人格都不是单独存在，不能明确地画出这一部分是我的，那一部分是人家的，然则哪里有东西可以为我们所得？既已没有东西为我所得，当然也没有东西为我所失。我只是为学问而问，为劳动而劳动，并不是拿学问劳动等做手段来达某种目的——可以为我们"所得"的。所以老子说："生而不有，为而不恃。""既以为人己愈有，既以与人己愈多。"你想，有这种人生观的人，还有什么得失可忧呢？总而言之，有了这种人生观，自然会觉得"天地与我并生，而万物与我同一"，自然会"无入而不自得"。他的生活，纯然是趣味化艺术化。这是最高的情感教育，目的教人做到"仁者不忧"。

怎么样才能不惧呢？有了不惑不忧工夫，惧当然会减少许多了。但这是属于意志方面的事。一个人若是意志力薄弱，便有丰富的智识，临时也会用不着，便有优美的情操，临时也会变了卦。然则意志怎么才会坚强呢？头一件须要心地光明。孟子说："浩然之气，至大至刚。行有不慊于心，则馁矣。"又说："自反而不缩，名褐宽博，吾不惴焉；自反而缩，虽千万人，吾往矣。"俗语说得好："生平不做亏心事，夜半敲门也不惊。"一个人要保持勇气，须要从一切行为可以公开做起，这是第一著。第二件要不会劣等欲望之所牵制。《论语》记：子曰："吾未见刚者。"或对曰申枨。子曰："枨也欲，焉得刚。"一被物质上无聊的嗜欲东拉西扯，那么，百炼钢也会变为绕指柔了。总之，一个人的意志，由刚强变薄弱极易，由薄弱返刚强极难。一个人有意志薄弱的毛病，这个人可就完了。自己作不起自己的主，还有什么事可做？受别人压制，做别人奴隶，自己只要肯奋斗，终须能恢复自由。自己的意志做了自己情欲的奴隶，那么，真是万劫沉沦，永无恢复自由的余地，终身畏首畏尾，成了个可怜人了。孔子说："和而不流，强哉矫；中立而不倚，强哉矫；国有道，不变塞焉，强哉矫；国无道，至死不变，强哉矫。"我老实告诉诸君说罢，做人不做到如此，决不会成一个人。但做到如此真是不容易，非时时刻刻做磨炼意志的功夫不可。意志磨炼到家，自然是看着自己应做的事，一点不迟疑，扛起来便坐，虽千万人吾往矣，这样才算顶天立地一世人，绝不会有藏头躲尾左支右绌的丑态。这便是意育的目的，要教人做到"勇者不惧"。

我们拿这三件事作做人的标准，请诸君想想，我自己现时做到哪一件——哪一件稍为有一点把握。倘若连一件都不能做到，连一点把握都没有，哎哟！那可真危险了，你将来做人恐怕就做不成。讲到学校里的教育吗，第二层的情育，第三层的意育，可以说完全没有，剩下的只有第一层的知育。就算知育罢，又只有所谓常识和学识，至于我所讲的总体智慧靠来养成根本判断力的，却是一点儿也没有。这种"贩卖智识杂货居"的育，把他前途想下去，真令人不寒而栗！现在这种教育，一时又改革不来，我们可爱的青年，除了他更没有可以受教育的地方。诸君啊！你到底还要做人不要？你要知道危险呀，非你自己抖擞精神想方法自救，没有人能救你呀！

诸君啊！你千万别要以为得些断片的智识，就算是有学问呀。我老实不客气告诉你罢，你如果做成一个人，智识自然是越多越好；你如果做不成一个人，知识却是越多越坏。你不信吗？试想全国人所唾骂的卖国贼某人某人，是有知识的呀，还是没知识的呢？试想想全国人所痛恨的官僚政客——专门助军阀作恶鱼肉良民的人，是有知识的呀，还是没有知识的呢？诸君须知道啊，这些人当十几年前在学校的时代，意气横历，天真烂漫，何尝不和诸君一样？为什么就会堕落到这样的田地呀？屈原说的："但昔日之芳草兮，今真为此萧艾也！岂其有他故兮，莫好修之害也。"天下最伤心的事，莫过于看着一群好好的青年，一步一步地往坏路上走。诸君猛醒！现在你所爱所恨的人，就是你前车之鉴了。

诸君啊！你现在怀疑吗？沉闷吗？悲哀痛苦吗？觉得外边的压迫你不能抵抗吗？我告诉你：你怀疑和沉闷，便是因不知才会感；你悲哀痛苦，便是你因不仁才会忧；你觉得你不能抵抗外界的压迫，便是你因不勇才有惧。这都是你的知、情、意未经过修养磨炼，所以还未成人。我盼望你有痛恨的自觉啊！有了自觉，自然会自动。那么学校之外，当然有许多学问，读一卷经，翻一部史，到处都可以发现诸君的良师呀！

诸君啊，醒醒罢！养足你的根本智慧，体验出你的人格人生观，保护好你的自由意志。你成人不成人，就看这几年哩！

一九二二年十二月

佳作赏析：

这是梁启超在清华大学的演讲稿，他以一位长者的身份面对台下的学生讲演，饱含深情，可谓语重心长。与《少年中国说》相比，这篇《为学与做人》要通俗得多。文章开门见山，提出问题：进学校求学问的目的是什么？接下来作者给出自己的答案：学做人。然后，作者从智育、情育、意育三个方面的教育目的依次展开论述，层层递进，论证了"知者不惑、仁者不忧、勇者不惧"的观点。文章层次清晰，逻辑严密，说服力很强。

青年与人生

□ ［中国］李大钊

我今就现代青年活动的方向，稍有陈说，望我亲爱的青年垂听！

第一，现代的青年，应该在寂寞的方面活动，不要在热闹的方面活动。近来常听人说："我们青年要耐得过这寂寞日子。"我想这"寂寞日子"，并不是苦境，实在是一种乐境。我觉得世间一切光明，都从寂寞中发现出来。譬如天时，一年有一个冬季，是一年的寂寞日子。在此时间，万木枯黄，气象凋落，死寂，冷静，都是他的特色。可是那一年中最华美的春天，不是就从这个寂寞的冬天发现出来的么？一天有一个暗夜，也是一天的寂寞日子。在此时间，万种的尘嚣嘈杂，都有个一时片刻的安息。可是一日中最光耀的曙色，不是从这寂寞的暗夜发现出来的么？热闹中所含的，都是消沉，都是散灭；黑暗寂寞中所含的，都是发生，都是创造，都是光明。这样讲来，这寂寞日子，实在是有滋味、有趣意的日子，不是忍苦爱罪的日子，我们实在乐得过，不是耐得过。况且耐得过的日子，必不长久。一个人若对于一种日子总觉得是耐得过，他的心中，必是认这寂寞日子是一种苦境，是一种烦恼，那就很容易把他抛弃，去寻快乐日子过。因为避苦求乐，是人性的自然，勉强矜持的心，是靠不住的。譬如孀妇不再嫁，苦是本着他自由的意思，那便是他的乐境；那种寂寞日子，他必乐得过到底。若是全因为受传说偶像的拘束，风俗名教的迫胁，才不去嫁，那真是人间莫大的苦境，那种寂寞日子，他虽天天耐得过，天天总有耐不得跟着。乐得过的是一种趣味，耐得过的是一种矜持。青年呵！我们在寂寞的方面活动，不可带着丝毫勉强矜持的意思，必须知道那里有一种真趣味，一种真光明，甘心情愿乐得过这寂寞日子，才能有这寂寞日子中寻出真趣味，获得真光明的一日。

第二，现代的青年，应该在痛苦的方面活动，不要在欢乐的方面活动。本来苦乐两境，是比较的，不是绝对的。哪个苦？哪个乐？全靠各人的主观去判定他，本靡有一定标准的。我从前曾发过一种谬想，以为人生的趣味就在苦中求乐，受苦是人生本分，我们青年应该练忍苦的本领。后来觉得大错。避苦求乐，是人性的自然，背着自然去做，不是勉强，就是虚伪。这忍苦的人生观，是勉强的人生观，虚伪的人生观。那求乐的人生观，才是自然的人生观，真实的人生观。我们应该顺应自然，立在真实上，求得人生的光明，不可陷入勉强、虚伪的境界，把真正人生都归幻灭。但是，求乐虽是人性的自然，苦境总缘着这乐境发生，总来缠绕，这又当怎样摆脱呢？关于此点，我却有一个新见解，可是妥当与否，我自己还未敢自信。我觉得人生求乐的方法，最好莫过于尊重劳动。一切乐境，都可由劳动得来，一切苦境，都可由劳动解脱。劳动的人，自然没有苦境跟着他。这个道理，可以由精神的物质的两方面说。劳动为一切物质的富源，一切物品，都是劳动的结果。我们凭的几，坐的椅，写字用的纸笔墨砚，乃至吃的米、饮的水、穿的衣，靡有一样不是从劳动中得来。这是很容易晓得的。至于精神的方面，一切苦恼，也可以拿劳动去排除他、解脱他。这一点一般人却是多不注意。一个人一天到晚，无所事事，这个境界的本身，已竟是大苦；而在无事的时间，一切不正当的欲望，靡趣味的思索，都乘隙而生；疲敝陈惰的血分，周满于身心，一切悲苦烦恼，相因而至，于是要想个消遣的法子。这消遣的法子，除去劳动，便靡有正当的法则。吃喝嫖赌，真是苦中苦的魔窟，把宝贵的人生，都消磨在这个中间，岂不可惜！岂不可痛！堕落在这里的人，都是不知道尊重劳动，不知道劳动中有无限的快乐，所以才误入迷途了。青年呵！你们要晓得劳动的人，实在不知道苦是什么东西。譬如身子疲乏，若去劳动一时半刻，顿得非常得爽快。隆冬的时候，若是坐着洋车出门，把浑身冻得战栗，若是步行走个十里五里，顿觉周身温暖。免苦的好法子，就是劳动。这叫作尊劳主义。这样讲来，社会上的人，若都本着这尊劳主义去达他们人生的目的，世间不就靡有什么苦痛了吗？你为何又说要我们青年在苦痛方面活动呢？此间甚是。但是现在的社会，持尊劳主义的人很少，而且社会的组织不良。少数劳动的人，所得的结果，都被大多数不劳动的人掠夺一空。劳动的人，仍不免有苦痛，仍不免有悲惨，而且最苦痛最悲惨的人，恐怕就是这些劳动的人。所以我们要打起精神来，寻着那苦痛悲惨的声音走。我们要晓得痛苦的人是些什么人？痛苦的事是些什么事？痛苦的原因在什么地方？要想解脱他们的苦痛，应该用什么方法？我们不能从苦痛里救出他们，还有谁何能救出他们，肯救出他们？常听假慈悲的人说，这个苦痛悲惨的地方，我们真是不忍去、不忍看。但是我们青年朋友们，却是不忍不去、不忍不看、不忍不援手，把他们提醒，大家一起消灭这苦痛的原因呵！

第三，现代的青年，也应在黑暗的方面活动，不要专在光明的方面活动。人生的努力，总向光明的方面走，这是人类向上的自然动机，但是世间果然到了光明的机运，无一处不是光明？我们在这光明中享尽人生之乐，岂不是一大幸事？无如世间的黑暗，仍旧遍在，许多的同胞，都陷溺到黑暗中间，我们焉能独自享受光明呢？同胞都在黑暗里面，我们不去援救他们，却自找一点不沾泥土的地方，偷去安乐，偷去清洁，那种光明，究竟能算得光明么？那种幸福，究竟能算得幸福么？旧时代的青年讲修养的，犹且有"先忧后乐"的话，新时代的青年，单单做到"独善其身""洁身自好"的地步，能算尽了责任的人么？俄国某诗人训告他们青年说："毁了你的巢居，离开你的父母，你要独立自营，保证你心的清白与自然，那里有悲惨愁苦的声音，你到那里去活动。"这话真是现代青年的宝训，真是现代青年的警钟。我们睁开眼看！那些残杀同胞的兵士们，果真都是他们自己愿做这样残暴的事情么？杀人果真是他们的幸福么？他们就没有一段苦情不平，为一般人所不知道的么？他们的背后，果真没有什么东西逼他们去作杀人野兽么？那么倚门卖笑的娼妓们，果真都是他们自己愿做这样丑贱的事情么？卖笑果真是他们的幸福么？他们就没有一段苦情不平，为一般人所不知道的么？他们的背后，果真没有什么东西迫他们去作辱身的贱业么？那些监狱里的囚犯们，果真都是他们自己愿作罪恶的事么？他们做的犯法的事，果真是罪恶么？他们所受的刑罚，果真适当他们的罪恶么？他们就没有一段苦情不平，为一般人所不知道的么？他们的背后，果真没有什么东西逼他们陷于罪恶或是受了冤枉么？再看巷里街头老幼男女的乞丐们，冻馁地战抖在一堆，一种求爷叫奶的声音，最是可怜，一种秽垢惰丧的神气，最是伤心，他们果真愿作这可耻的态度丝毫不觉羞耻么？他们堕落到这个样子，果真都因为他们是天生的废材么？他们就没有一段苦情不平，为一般人所不知道的么？他们的背后，果真没有什么东西逼他们不得不如此么？由此类推，社会上一切陷于罪恶、堕落、秽污、黑暗的人，都不必全是他们本身的罪过。谁都是爹娘生的，谁都有不灭的人性，我们不可把他们看作洪水猛兽，远远的躲避他们。固然在黑暗的里面，潜藏着许多恶魔毒菌，但是防疫的医生，虽有被传染的危险，也是不能不在恶疫中奋斗。青年呵！只要把你的心放在坦白清明的境界，尽管拿你的光明去照澈大千的黑暗，就是有时困于魔境，或竟作了牺牲，也必有良好的效果，发生出来。只要你的光明永不灭绝，世间的黑暗，终有灭绝的一天。

佳作赏析：

李大钊（1889—1927），河北乐亭人，学者、思想家。著有《守常全集》《李大钊选集》等。

对于今天的许多青年朋友而言，李大钊的这篇《青年与人生》很值得一读。文章重点讲了三点：要想在人生道路上取得成功，在事业上有所作为，那就要耐得住寂寞，就要禁得起艰难困苦的折磨，就要在黑暗的逆境中奋发图强。指望着生来就处在良好的成长环境，事事顺心，不仅和现实相悖，而且也不可能取得成功。无论是学业事业，都要学会静中求趣，苦中作乐，暗中求明。

"今"

□〔中国〕李大钊

　　我以为世间最可宝贵的就是"今"，最易丧失的也是"今"。因为他最容易丧失，所以更觉得他可以宝贵。

　　为甚么"今"最可宝贵呢？最好借哲人耶曼孙所说的话答这个疑问："尔若爱千古，尔当爱现在。昨日不能唤回来，明天还不确实，尔能确有把握的就是今日。今日一天，当明日两天。"

　　为甚么"今"最易丧失呢？因为宇宙大化，刻刻流转，绝不停留。时间这个东西，也不因为吾人贵他爱他稍稍在人间留恋。试问吾人说"今"说"现在"，茫茫百千万劫，究竟哪一刹那是吾人的"今"，是吾人的"现在"呢？刚刚说他是"今"是"现在"，他早已风驰电掣的一般，已成"过去"了。吾人若要糊糊涂涂把他丢掉，岂不可惜！

　　有的哲学家说，时间但有"过去"与"未来"，并无"现在"。有的又说，"过去""未来"皆是"现在"。我以为"过去未来皆是现在"的话倒有些道理。因为"现在"就是所有"过去"流入的世界，换句话说，所有"过去"都埋没于"现在"的里边。故一时代的思潮，不是单纯在这个时代所能凭空成立的。不晓得有几多"过去"时代的思潮，差不多可以说是由所有"过去"时代的思潮，一凑合而成的。吾人投一石子于时代潮流里面，所激起的波澜声响，都向永远流动传播，不能消灭。屈原的"离骚"，永远使人人感泣。打击林肯头颅的枪声，呼应于永远的时间与空间。一时代的变动，绝不消失，仍遗留于次一时代，这样传演，至于无穷，在世界中有一贯相连的永远性。昨日的事件与今日的事件，合构成数个复杂事件。此数个复杂事件与明日的数个复杂事件，更合构成数个复杂事件。势力结合势力，问题牵起问题。无限的"过去"都以"现在"为归宿，无限的"未来"都以"现在"为渊源。"过去""未来"的中间全仗有"现在"以成其连续，以成其永远，以成其无始无终的大实在。一掣现在的铃，无限的过去未来皆遥相呼应。这就是过去未来皆是现在的道理。这就是"今"最可宝贵的道理。

现时有两种不知爱"今"的人：一种是厌"今"的人，一种是乐"今"的人。

厌"今"的人也有两派：一派是对于"现在"一切现象都不满足，因起一种回顾"过去"的感想。他们觉得"今"的总是不好，古的都是好。政治、法律、道德、风俗全是"今"不如古。此派人唯一的希望在复古。他们的心力全施于复古的运动。一派是对于"现在"一切现象都不满足，与复古的厌"今"派全同。但是他们不想"过去"，但盼"将来"。盼"将来"的结果，往往流于梦想，把许多"现在"可以努力的事业都放弃不做，单是耽溺于虚无缥缈的空玄境界。这两派人都是不能助益进化，并且很足阻滞进化的。

乐"今"的人大概是些无志趣无意识的人，是些对于"现在"一切满足的人，觉得所处境遇可以安乐优游，不必再商进取，再为创造。这种人丧失"今"的好处，阻滞进化的潮流，同厌"今"派毫无区别。

原来厌"今"为人类的通性。大凡一境尚未实现以前，觉得此境有无限的佳趣，有无疆的福利。一旦身陷其境，却觉不过尔尔，随即起一种失望的念、厌"今"的心。又如吾人方处一境，觉得无甚可乐，而一旦其境变易，却又觉得其境可恋，其情可思。前者为企望"将来"的动机，后者为反顾"过去"的动机。但是回想"过去"，毫无效用，且空耗努力的时间。若以企望"将来"的动机，而尽"现在"的努力，则厌"今"思想却大足为进化的原动。乐"今"是一种惰性（Inertia），须再进一步，了解"今"所以可爱的道理，全在凭他可以为创造"将来"的努力，决不在得他可以安乐无为。

热心复古的人，开口闭口都是说"现在"的境象若何黑暗，若何卑污，罪恶若何深重，祸患若何剧烈。要晓得"现在"的境象倘若真是这样黑暗，这样卑污，罪恶这样深重，祸患这样剧烈，也都是"过去"所遗留的宿孽，断断不是"现在"造的。全归咎于"现在"是断断不能受的。要想改变他，但当努力以创造将来，不当努力以回复"过去"。

照这个道理讲起来，大实在的瀑流永远由无始的实在向无终的实在奔流。吾人的"我"，吾人的生命，也永远合所有生活上的潮流，随着大实在的奔流，以为扩大，以为继续，以为进转，以为发展。故实在即动力，生命即流转。

忆独秀先生曾于《一九一六年》文中说过，青年欲达民族更新的希望，"必自杀其一九一五年之青年，而自重其一九一六年之青年。"我尝推广其意，也说过人生唯一的蕲向，青年唯一的责任，在"从现在青春之我，扑杀过去青春之我，促今日青春之我，禅让明日青春之我"。"不仅以今日青春之我，追杀今日白首之我，并宜以今日青春之我，豫杀来日白首之我。"实则历史的现象，时时流转，时时变易，同时还遗留永远不灭的现象和生命于宇宙之间，如何能杀得？所谓杀者，不过使今日的"我"不仍旧沉滞于昨天的"我"。而在今日之"我"中，固明明有昨天的"我"存在。不止有昨天的"我"，昨天以前的"我"，乃至十年二十年百千万亿年的"我"，都俨然存在于"今我"的身上。然则"今"之"我"，"我"之"今"，岂可不珍重自将，为世间造些功德？稍一失脚，必致遗留层层罪恶种子于"未来"无量的人，即未来无量的"我"，永不能消除，永不能忏悔。

我请以最简明的一句话写出这篇的意思来：

吾人在世，不可厌"今"而徒回思"过去"，梦想"将来"，以耗误"现在"的努力；又不可以"今"境自足，毫不拿出"现在"的努力，谋"将来"的发展。宜善用"今"，以努力为"将来"之创造。由"今"所造的功德罪孽，永久不灭。古人生本务，在随实在之进行，为后人造大功德，供永远的"我"享受，扩张，传袭，至无穷极，以达"宇宙即我，我即宇宙"之究竟。

佳作赏析：

　　这是一篇既富有哲理性又有强烈现实针对性的文章。作者论述了"今"的意义和价值，对"厌今"派和"乐今"派人士都进行了分析，否定了两派人士的消极思想，提出了自己的观点：不能因为对今天的一些现象不满就沉溺于过去，也不能因为安于现状就无所作为。应该珍惜"今天"，发奋图强，为实现自己的梦想、为利益将来的人们而努力。文章虽然写于近百年前，但今天读来，言犹在耳，值得深思。

我在北京大学的经历

□ [中国] 蔡元培

北京大学的名称，是从民国元年起的。民元以前，名为京师大学堂，包有师范馆、仕学馆等，而译学馆亦为其一部。我在民元前六年，曾任译学馆教员，讲授国文及西洋史，是为我在北大服务之第一次。

民国元年，我长教育部，对于大学有特别注意的几点：一、大学设法、商等科的，必设文科；设医、农、工等科的，必设理科。二、大学应设大学院（即今研究院），为教授、留校的毕业生与高级学生研究的机关。三、暂定国立大学五所，于北京大学外，再筹办大学各一所于南京、汉口、四川、广州等处（尔时想不到后来各省均有办大学的能力）。四、因各省的高等学堂，本仿日本制，为大学预备科，但程度不齐，于入大学时发生困难。乃废止高等学堂，于大学中设预科。（此点后来为胡适之先生等所非难，因各省既不设高等学堂，就没有一个荟萃较高学者的机关，文化不免落后；但自各省竞设大学后，就不必顾虑了。）

是年，政府任严幼陵君为北京大学校长；两年后，严君辞职，改任马相伯君，不久，马君又辞，改任何锡侯君，不久又辞，乃以工科学长胡次珊君代理。民国五年冬，我在法国，接教育部电，促回国，任北大校长。我回来，初到上海，友人中劝不必就职的颇多，说北大太腐败，进去了，若不能整顿，反于自己的声名有碍，这当然是出于爱我的意思。但也有少数的说，既然知道他腐败，更应进去整顿，就是失败，也算尽了心；这也是爱人以德的说法。我到底服从后说，进北京。

我到京后，先访医专校长汤尔和君，问北大情形。他说："文科预科的情形，可问沈尹默君；理工科的情形，可问夏浮筠君。"汤君又说："文科学长如未定，可请陈仲甫君。陈君现改名独秀，主编《新青年》杂志，确可为青年的指导者。"因取《新青年》十余本示我。我对于陈君，本来有一种不忘的印象，就是我与刘申叔君同在《警钟日报》服务时，刘君语我："有一种在芜湖发行之白话报，发起的若干人，都因困苦及危险而散去了，陈仲甫一个人又支持了好几个月。"现在听汤君的话，又翻阅了《新青年》，决意聘他。从汤君处探知陈君寓在前门外一旅馆，我即往访，与之订定。于是陈君来北大任文科学长，而夏君原任理科学长，沈君亦原任教授，一仍旧贯。乃相与商定整顿北大的办法，次第执行。

我们第一要改革的，是学生的观念。我在译学馆的时候，就知道北京学生的习惯。他们平日对于学问上并没有什么兴会，只要年限满后，可以得到一张毕业文凭。教员是自己不用功的，把第一次的讲义，照样印出来，按期分散给学生，在讲坛上读一遍。学生觉得没有趣味，或瞌睡，或看看杂书；下课时，把讲义带回去，堆在书架上。等到学期、学年或毕业的考试，教员认真的，学生就拼命地连夜阅读讲义，只要把考试对付过去，就永远不再去翻一翻了。要是教员通融一点，学生就先期要求教员告知他要出的题目，至少要求表示一个出题目的范围；教员为避免学生的怀恨与顾全自身的体面起见，往往把题目或范围告知他们了。于是他们不用功的习惯，得了一种保障了。尤其北京大学的学生，是从京师大学堂"老爷"式学生嬗继下来（初办时所收学生，都是京官，所以学生都被称为老爷，而监督及教员都被称为"中堂"或"大人")。他们的目的，不但在毕业，而尤注重在毕业以后的出路。所以专门研究学术的教员，他们不见得欢迎。要是点名时认真一点，考试时严格一点，他们就借个话头反对他，虽罢课也在所不惜。若是一位在政府有地位的人来兼课，虽时时请假，他们还是欢迎得很，因为毕业后可以有阔老师做靠山。这种科举时代遗留下来的劣根性，是于求学上很有妨碍的。所以我到校后第一次演说，就说明"大学学生，当以研究学术为天职，不当以大学为升官发财之阶梯"。然而要打破这些习惯，只有从聘请积学而热心的教员着手。

那时候因《新青年》上文学革命的鼓吹，而我得认识留美的胡适之君。他回国后，即请到北大任教授。胡君真是"旧学邃密"而且"新知深沈"的一个人，所以一方面与沈尹默、兼士兄弟，钱玄同、马幼渔、刘半农诸君以新方法整理国故，一方面整理英文系。因胡君之介绍而请到的好教员，颇不少。

我素信学术上的派别是相对的，不是绝对的。所以每一种学科的教员，即使主张不同，若都是"言之成理、持之有故"的，就让他们并存，令学生有自由选择的余地。最明白的是胡适之君与钱玄同君等绝对的提倡白话文学，而刘申叔、黄季刚诸君仍极端维护文言的文学，那时候就让他们并存。我信为应用起见，白话文必要盛行，我也常常作白话文，也替白话文鼓吹。然而我也声明：作美术文，用白话也好，用文言也好。例如我们写字，为应用起见，自然要写行楷，若如江艮庭君的用篆隶写药方，当然不可；若是为人写斗方或屏联，作装饰品，即写篆隶章草，有何不可？

那时候各科都有几个外国教员，都是托中国驻外使馆或外国驻华使馆介绍的，学问未必都好，而来校既久，看了中国教员的阑珊，也跟了阑珊起来。我们斟酌了一番，辞退几人，都按着合同上的条件办的。有一法国教员要控告我，有一英国教习竟要求英国驻华公使朱尔典来同我谈判，我不答应。朱尔典出去后，说："蔡元培是不要再做校长的了。"我也一笑置之。

我从前在教育部时，为了各省高等学堂程度不齐，故改为各大学直接的预科。不意北大的预科，因历年校长的放任与预科学长的误会，竟演成独立的状态。那时候预科中受了教会学校的影响，完全偏重英语及体育两方面；其他科学比较的落后，毕业后若直升本科，发生困难。预科中竟自设了一个预科大学的名义，信笺上亦写此等字样。于是不能不加以改革，使预科直接受本科学长的管理，不再设预科学长。预科中主要的教课，均由本科教员兼任。

我没有本校与他校的界线，常为之通盘打算，求其合理化。是时北大设文、理、工、法、商五科，而北洋大学亦有工、法两科。北京又有一工业专门学校，都是国立的。我以为无此重复的必要，主张以北大的工科并入北洋，而北洋之法科，克期停办。得北洋大学校长同意，及教育部核准，把土木工与矿冶工并到北洋去了。把工科省下来的经费，用在理科上。我本来想把法科与法专并成一科，专授法律，但是没有成功。我觉得那时候的商科，毫无设备，仅有一种普通商业学教课，于是并入法科，使已有的学生毕业后停止。

我那时候有一个理想，以为文、理两科，是农、工、医、药、法、商等应用科学的基础，而这些应用科学的研究时期，仍然要归到文、理两科来。所以文、理两科，必须设各种的研究所；而此两科的教员与毕业生必有若干人是终身在研究所工作，兼任教员，而不愿往别种机关去的。所以完全的大学，当然各科并设，有互相关联的便利。若无此能力，则不妨有一大学专办文理两科，名为本科，而其他应用各科，可办专科的高等学校，如德、法等国的成例，以表示学与术的区别。因为北大的校舍与经费，决没有兼办各种应用科学的可能，所以想把法律分出去，而编为本科大学，然没有达到目的。

那时候我又有一个理想，以为文、理是不能分科的。例如文科的哲学，必植基于自然科学；而理科学者最后的假定，亦往往牵涉哲学。从前心理学附入哲学，而现在用实验法，应列入理科；教育学与美学，也渐用实验法，有同一趋势。地理学的人文方面，应属文科，而地质地文等方面属理科。历史学自有史以来，属文科，而推原于地质学的冰期与宇宙生成论，则属于理科。所以把北大的三科界限撤去而列为十四系，废学长，设系主任。

我素来不赞成董仲舒罢黜百家、独尊孔氏的主张。清代教育宗旨有"尊孔"一款，已于民元在教育部宣布教育方针时说它不合用了。到北大后，凡是主张文学革命的人，没有不同时主张思想自由的，因而为外间守旧者所反对。适有赵体孟君以编印明遗老刘应秋先生遗集，贻我一函，属约梁任公、章太炎、林琴南诸君品题。我为分别发函后，林君复函，列举彼对于北大怀疑诸点；我复一函，与他辩。这两函颇可窥见那时候两种不同的见解。

这两函虽仅为文化一方面之攻击与辩护，然北大已成为众矢之的，是无可疑了。越四十余日，而有五四运动。我对于学生运动，素有一种成见，以为学生在学校里面，应以求学为最大目的，不应有何等政治的组织。其有年在二十岁以上，对于政治有特殊兴趣者，可以个人资格参加政治团体，不必牵涉学校。所以民国七年夏间，北京各校学生，曾为外交问题，结队游行，向总统府请愿。当北大学生出发时，我曾力阻他们。他们一定要参与，我因此引咎辞职，经慰留而罢。到八年五月四日，学生又有不签字于巴黎和约与罢免亲日派曹、陆、章的主张，仍以结队游行为表示，我也就不去阻止他们了。他们因愤激的缘故，遂有焚曹汝霖住宅及攒殴章宗祥的事。学生被警厅逮捕者数十人，各校皆有，而北大学生居多数。我与各专门学校的校长向警厅力保，始释放。但被拘的虽已保释，而学生尚抱再接再厉的决心，政府亦且持不做不休的态度。都中宣传政府将明令免我职而以马其昶君任北大校长，我恐若因此增加学生对于政府的纠纷，我个人且将有运动学生保持地位的嫌疑，不可以不速去。乃一面呈政府引咎辞职，一面秘密出京，时为五月九日。

那时候学生仍每日分队出去演讲，政府逐队逮捕，因人数太多，就把学生都监禁在北大第三院。北京学生受了这样大的压迫，于是引起全国学生的罢课，而且引起各大都会工商界的同情与公愤，将以罢工、罢市为同样之要求。政府知势不可侮，乃释放被逮诸生，决定不签和约，罢免曹、陆、章，于是五四运动之目的完全达到了。

五四运动之目的既达，北京各校的秩序均恢复。独北大因校长辞职问题，又起了多少纠纷。政府曾一度任命胡次珊君继任，而为学生所反对，不能到校；各方面都要我复职。我离校时本预定决不回去，不但为校务的困难，实因校务以外，常常有许多不相干的缠绕，度一种劳而无功的生活，所以启事上有"杀君马者道旁儿；民亦劳止，汔可小休；我欲小休矣"等语。但是隔了几个月，校中的纠纷，仍在非我回校不能解决的状态中。我不得已，乃允回校。回校以前，先发表一文，告北京大学学生及全国学生联合会，告以学生救国，重在专研学术，不可常为救国运动而牺牲。到校后，在全体学生欢迎会演说，说明德国大学学长、校长均每年一换，由教授会公举；校长且由神学、医学、法学、哲学四科之教授轮值，从未生过纠纷，完全是教授治校的成绩。北大此后亦当组成健全的教授会，使学校决不因校长一人的去留而起恐慌。

那时候蒋梦麟君已允来北大共事，请他通盘计划，设立教务、总务两处，及聘任财务等委员会，均以教授为委员。请蒋君任总务长，而顾孟余君任教务长。

北大关于文学、哲学等学系，本来有若干基本教员；自从胡适之君到校后，声应气求，又引进了多数的同志，所以兴会较高一点。预定的自然科学、社会科学、文学、国学四种研究所，止有国学研究所先办起来了。在自然科学与社会科学方面，比较地困难一点。自民国九年起，自然科学诸系，请到了丁巽甫、颜任光、李润章诸君主持物理系；李仲揆君主持地质系；在化学系本有王抚五、陈聘丞、丁庶为诸君，而这时候又增聘程寰西、石蘅青诸君；在生物学系本已有钟宪鬯君在东南、西南各省搜罗动植物标本，有李石曾君讲授学理，而这时候又增聘谭仲逵君。于是整理各系的实验室与图书室，使学生在教员指导之下，切实用功；改造第二院礼堂与庭园，使合于讲演之用。在社会科学方面，请到王雪艇、周鲠生、皮皓白诸君；一面诚意指导提起学生好学的精神，一面广购图书杂志，给学生以自由考索的工具。丁巽甫君以物理学教授兼预科主任，提高预科程度。于是北大始达到各系平均发展的境界。

我是素来主张男女平等的。九年，有女学生要求进校，以考期已过，姑录为旁听生。及暑假招考，就正式招收女生。有人问我："兼收女生是新法，为什么不先请教育部核准？"我说："教育部的大学令，并没有专收男生的规定；从前女生不来要求，所以没有女生；现在女生来要求，而程度又够得上，大学就没有拒绝的理。"这是男女同校的开始，后来各大学都兼收女生了。

我是佩服章实斋先生的。那时候国史馆附设在北大，我定了一个计划，分征集、纂辑两股；纂辑股又分通史、民国史两类；均从长编入手，并编历史辞典。聘屠敬山、张蔚西、薛阆仙、童亦韩、徐贻孙诸君分任征集编纂等务。后来政府忽又有国史馆独立一案，别行组织。于是张君所编的民国史，薛、童、徐诸君所编的辞典，均因篇帙无多，视同废纸；止有屠君在馆中仍编他的蒙兀儿史，躬自保存，没有散失。

我本来很注意于美育的。北大有美学及美术史教课，除中国美术史由叶浩吾君讲授外，没有人肯讲美学。十年，我讲了十余次，因足疾进医院停止。至于美育的设备，曾设书法研究会，请沈尹默、马叔平诸君主持。设画法研究会，请贺履之、汤定之诸君教授国画；比国楷次君教授油画。设音乐研究会，请萧友梅君主持。均听学生自由选习。

我在"爱国学社"时，曾断发而习兵操。对于北大学生之愿受军事训练的，常特别助成。曾集这些学生，编成学生军，聘白雄远君任教练之责，亦请蒋百里、黄膺佰诸君到场演讲。白君勤恳而有恒，历十年如一日，实为难得的军人。

我在九年的冬季，曾往欧美考察高等教育状况，历一年回来。这期间的校长任务，是由总务长蒋君代理的。回国以后，看北京政府的情形，日坏一日；我处在与政府常有接触的地位，日想脱离。十一年冬，财政总长罗钧任君忽以金佛郎问题被逮，释放后，又因教育总长彭允彝君提议，重复收禁。我对于彭君此举，在公议上，认为是蹂躏人权献媚军阀的勾当；在私情上，罗君是我在北大的同事，而且于考察教育时为最密切的同伴，他的操守，为我所深信。我不免大抱不平，与汤尔和、邵飘萍、蒋梦麟诸君会商，均认有表示的必要。我于是一面递辞呈，一面离京。隔了几个月，贿选总统的布置，渐渐地实现；而要求我回校的代表，还是不绝。我遂于十二年七月间重往欧洲，表示决心；至十五年，始回国。那时候，京津间适有战争，不能回校一看。十六年，国民政府成立，我在大学院，试行大学区制，以北大划入北平大学区范围，于是我的北京大学校长的名义，始得取消。

综计我居北京大学校长的名义，十年有半；而实际在校办事，不过五年有半。一经回忆，不胜惭悚。

佳作赏析：

蔡元培（1868—1940），浙江绍兴人，教育家。著有《蔡元培自述》《中国伦理学史》等。

蔡元培先生作为我国著名的教育家，曾任北京大学校长，其在任期间提出的"思想自由、兼容并包"影响深远。这篇《我在北京大学的经历》是其对自己就任北大校长经历的回顾。从蔡先生的文章我们可以看到他整顿旧北大不良学风的巨大勇气和艰苦努力，看到他为贯彻"思想自由、兼容并包"方针采取的一系列措施，看到他为提高北大的教学水平而作的一系列改革，看到他为中国教育事业做出的巨大贡献，也能感受到他的一身正气和学人风骨。他的思想、学问、精神值得后人好好学习继承、发扬光大。

野草·题辞

□ [中国] 鲁迅

当我沉默着的时候，我觉得充实；我将开口，同时感到空虚。

过去的生命已经死亡。我对于这死亡有大欢喜，因为我借此知道它曾经存活。死亡的生命已经朽腐。我对于这朽腐有大欢喜，因为我借此知道它还非空虚。

生命的泥委弃在地面上，不生乔木，只生野草，这是我的罪过。

野草，根本不深，花叶不美，然而吸取露，吸取水，吸取陈死人的血和肉，各个夺取它的生存。当生存时，还是将遭践踏，将遭删刈，直至于死亡而朽腐。

但我坦然，欣然。我将大笑，我将歌唱。

我自爱我的野草，但我憎恶这以野草作装饰的地面。

地火在地下运行，奔突；熔岩一旦喷出，将烧尽一切野草，以及乔木，于是并且无可朽腐。

但我坦然，欣然。我将大笑，我将歌唱。

天地有如此静穆，我不能大笑而且歌唱。天地即不如此静穆，我或者也将不能。我以这一丛野草，在明与暗，生与死，过去与未来之际，献于友与仇，人与兽，爱者与不爱者之前作证。

为我自己，为友与仇，人与兽，爱与不爱者，我希望这野草的死亡与朽腐，火速到来。要不然，我先就未曾生存，这实在比死亡与朽腐更其不幸。

去罢，野草，连着我的题辞！

佳作赏析：

鲁迅（1881—1936），浙江绍兴人，现代思想家、文学家。著有短篇小说集《呐喊》《彷徨》，散文集《野草》等。有《鲁迅全集》印行。

《野草·题辞》是一本书的题辞，鲁迅先生用文字搭起一堆篝火，燃烧起熊熊的大火，铺地、冲天，烧尽了一切污浊的东西。这是雪山一般耸立的作品，很多人忍受不了它的清寒和洁净，望不到深入云间的峰顶，受不了它的庄严，而远远地逃离。读这部作品，需要一颗虔敬的心，用生命去倾听。对于青年人而言，就应该具有这种奋勇向前的大无畏精神，扫除人生道路和事业上的种种艰难险阻，奔向成功的终点。

未有天才之前

□[中国]鲁迅

我自己觉得我的讲话不能使诸君有益或者有趣，因为我实在不知道什么事，但推托拖延得太长久了，所以终于不能不到这里来说几句。

我看现在许多人对于文艺界的要求的呼声之中，要求天才的产生也可以算是很盛大的了，这显然可以反证两件事：一是中国现在没有一个天才，二是大家对于现在的艺术的厌薄。天才究竟有没有？也许有着罢，然而我们和别人都没有见。倘使据了见闻，就可以说没有；不但天才，还有天才得以生长的民众。

天才并不是自生自长在深林荒野里的怪物，是由可以使天才生长的民众产生，长育出来的，所以没有这种民众，就没有天才。有一回拿破仑过 Alps 山，说，"我比 Alps 山还要高！"这何等英伟，然而不要忘记他后面跟着许多兵；倘没有兵，那只有被山那面的敌人捉住或者赶回，他的举动、言语，都离了英雄的界线，要归入疯子一类了。所以我想，在要求天才的产生之前，应该先要求可以使天才生长的民众。——譬如想有乔木，想看好花，一定要有好土；没有土，便没有花木了；所以土实在较花木还重要。花木非有土不可，正同拿破仑非有好兵不可一样。

然而现在社会上的论调和趋势，一面固然要求天才，一面却要他灭亡，连预备的土也想扫尽。举出几样来说：

其一说是"整理国故"。自从新思潮来到中国以后，其实何尝有力，而一群老头子，还有少年，却已丧魂失魄地来讲国故了。他们说："中国自有许多好东西，都不整理保存，倒去求新，正如放弃祖宗遗产一样不肖。"抬出祖宗来说法，那自然是极威严的，然而我总不信在旧马褂未曾洗净叠好之前，便不能做一件新马褂。就现状而言，做事本来还随个人的自便，老先生要整理国故，当然不妨去埋在南窗下读死书，至于青年，却自有他们的活学问和新艺术，各干各事，也还没有大妨害的，但若拿了这面旗子来号召，那就是要中国永远与世界隔绝了。倘以为大家非此不可，那更是荒谬绝伦！我们和古董商人谈天，他自然总称赞他的古董如何好，然而他决不痛骂画家，农夫，工匠等类，说是忘记了祖宗：他实在比许多国学家聪明得远。

其一是"崇拜创作"。从表面上看来，似乎这和要求天才的步调很相合，其实不然，那精神中，很含有排斥外来思想，异域情调的分子，所以也就是可以使中国和世界潮流隔绝的。许多人对于托尔斯泰、屠格涅夫、陀思妥夫斯基的名字，已经厌听了，然而他们的著作，为什么译到中国来？眼光囚在一国里，听谈彼得和约翰就生厌，定须张三李四才行，于是创作家出来了，从实说，好的也离不了剽取点外国作品的技术和神情，文笔或者漂亮，思想往往赶不上翻译品，甚者不宁加上些传统思想，使他适合于中国人的老脾气，而读者却已为他所牢笼，于是眼界便渐渐地狭小，几乎要缩进旧圈套里去。

作者和读者互相为因果，排斥异流，抬上国粹，哪里会有天才产生？即使产生了，也是活不下去的。这样的风气的民众是灰尘，不是泥土，在他这里长不出好花和乔木来！

还有一样是恶意的批评。大家的要求批评家的出现，也由来已久了，到目下就出了许多批评家。可惜他们之中很有不少是不平家，不像批评家，作品才到面前，便恨恨地磨墨立刻写出很高明的结论道："唉，幼稚得很。中国要天才！"到后来，连并非批评家也这样叫喊了，他是听来的。其实即使天才，在生下来的时候的第一声啼哭，也和平常的儿童的一样，决不会就是一首好诗。因为幼稚，当头加以戕贼，也可以萎死的。我亲见几个作者，都被他们骂得寒噤了。那些作者大约自然不是天才，然而我的希望是便是常人也留着。

恶意的批评家在嫩苗的地上驰马，那当然是十分快意的事；然而遭殃的是嫩苗——平常的苗和天才的苗。幼稚对于老成，有如孩子对于老人，决没有什么耻辱；作品也一样，起初幼稚，不算耻辱的。因为倘不遭了戕贼，他就会生长，成熟，老成；独有老衰和腐败，倒是无药可救的事！我以为幼稚的人，或者老大的人，如有幼稚的心，就说幼稚的话；只为自己要说而说，说出之后，至多到印出之后，自己的事就完了，对于无论打着什么旗子的批评都可以置之不理的！

就是在座的诸君，料来也十之九愿有天才的产生罢，然而情形是这样，不仅产生天才难，单是有培养天才的泥土也难。我想，天才大半是天赋的；独有这培养天才的泥土，似乎大家都可以做。做土的功效，比要求天才还切近；否则，纵有成千成百的天才，也因为没有泥土，不能发达，要像一碟子绿豆芽。

做土要扩大了精神，就有收纳新潮，脱离旧套，能够容纳，了解那将产生的天才；又要不怕做小事业，就是能创作的自然是创作，否则翻译，介绍，欣赏，读，看，消闲都可以。以文艺来消闲，说来似乎有些可笑，但究竟较胜于戕贼也。

泥土和天才比，当然是不足齿数的，然不是坚苦卓绝者，也怕不容易做；不过事在人为，比空等天赋的天才有把握。这一点，是泥土的伟大的地方，也是反有大希望的地方。且而也有报酬，譬如好花从泥土里出来，看的人固然欣然地赏鉴，泥土也可以欣然地赏鉴，正不必花卉自身，这才心旷神怡的——假如当做泥土也有灵魂的说。

佳作赏析：

　　鲁迅的目光犀利，犹如一盏灯，撕破沉闷的黑暗。《未有天才之前》是鲁迅在20年代初期发表的演讲，他针对当时文艺界存在的空喊现象，发出大声的疾呼，具有很强的针对性。讲演结构严密，条理明晰，抓住了问题的核心，是一篇战斗的檄文。讲演中提到的问题在今天仍有很强的现实针对性，如何正确培养人才、对待人才，这是值得每个社会成员，尤其是教育工作者深入思考的问题。

沉默

□〔中国〕周作人

林语堂先生说，法国一位演说家劝人缄默，成书 30 卷为世所笑，所以我现在做讲沉默的文章，想竭力节省，以原稿纸三张为度。

提倡沉默从宗教方面讲来，大约很有材料，神秘主义里很看重沉默，美忒林克便有一篇极妙的文章。但是我并不想这样做，不仅因为怕有拥护宗教的嫌疑，实在是没有这种知识与才力。现在只就人情世故上着眼说一说吧。

沉默的好处第一是省力。中国人说，多说话伤气，多写字伤神。不说话不写字大约是长生之基，不过平常人总不易做到。那么一时的沉默也就很好，于我们大有神益。30 小时草成一篇宏文，连睡觉的时光都没有，第三天必要头痛；演说家在讲台上呼号两点钟，难免口干喉痛，不值得甚矣。若沉默，则可无此种劳苦——虽然也得不到名声。

沉默的第二个好处是省事。古人说："口是祸门"，关上门，贴上封条，祸便无从发生（"闭门家里坐，祸从天上来"，那只是算是"空气传染"，又当别论），此其利一。自己想说服别人，或是有所辩解，照例是没有什么影响，而且愈说愈渺茫，不如及早沉默，虽然不能因此而说服或辩明，但至少是不会增添误会。又或别人有所陈说，在这方面也照例不很能理解，极不容易答复，这时候沉默是适当的办法之一。古人说不言是最大的理解，这句话或者有深奥的道理，据我想则在我至少可以藏过不理解，而在他就可以有猜想被理解之自由。沉默之好处的好处，此其二。

善良的读者们，不要以为我太玩世（Cynical）了吧。老实说，我觉得人之互相理解是至难——即使不是不可能的事，而表现自己之真实的感情思想也是同样地难。我们说话作文，听别人的话，读别人的文章，以为互相理解了，这是一个聊以自娱的如意的好梦，好到连自己觉到了的时候也不肯立即承认，知道是梦了却还想在梦境中多流连一刻。其实我们这样说话作文无非只是想这样做，想这样聊以自娱，如其觉得没有什么可娱，那么尽可简单地停止。我们在门外草地上翻几个筋斗，想象那对面高楼上的美人看看（而明知她未必看见），很是高兴，是一种办法；反正她不会看见，不翻筋斗了，且卧在草地上看云吧，这也是一种办示。两种都是对的，我这回是在做第二个题目罢了。

我是喜欢翻筋斗的人，虽然自己知道翻得不好。但这也只是不巧妙罢了，未必有什么害处，足为世道人心之忧。不过自己的评语总是不大靠得住的，所以在许多知识阶级的道学家看来，我的筋斗都翻得有点不道德，不是这种姿势足以坏乱风俗，便是这个主意近于妨害治安。这种情形在中国可以说是意表之内的事，我们也并不想因此而变更态度，但如民间这种倾向到了某一程度，翻筋斗的人至少也应有想到省力的时候了。

三张纸已将写满，这篇文应该结束了。我费了三张纸来提倡沉默，因为这是对于现在中国的适当办法。——然而原来只是两处办法之一，有时也可以择取另一办法：高兴的时候弄点小把戏，"藉资排遣"。将来别处看有什么机缘，再来聒噪，也未可知。

周作人（1885—1967），浙江绍兴人，现代作家。著有散文集《自己的园地》《雨天的书》《苦茶随笔》等。

这是一篇颇有趣味的文章。作者在文中提出一个观点：人应该尽量沉默，哪怕是一时一会儿的沉默也是好事，并具体论述了沉默的好处：省力，省事。对于中国人而言，这篇文章其实有着很强的现实针对性，因为中国人喜欢热闹，即使是在公共场合一般也都比较喧哗，鲜有尊重他人的意识和行为，而学会沉默，尤其是在公共场所适当的保持沉默不仅是有素养的表现，也往往可以规避一些潜在的麻烦和争执，很有必要。

致文学青年

□ 〔中国〕夏丏尊

××君：

承你认我为朋友，屡次以所写的诗与小说见示，这回又以终身职业的方向和我商量。我虽爱好文学，但自惭于文学毫无研究，对于你屡次寄来的写作，除于业务余暇披读，遇有意见时复你数行外，并不曾有什么贡献你过。你有时有信来，我也不能一一作复。可是这次却似乎非复你不可了。

你来书说："此次暑假在 XX 中学毕业后，拟不升学，专心研究文学，靠文学生活。"壮哉此志，但我以为你的预定的方针大有需商量的地方。如果许我老实不客气地说，这是一种青年的空想，是所谓"一厢情愿"的事。你怀抱着如此壮志，对于我这话也许会感到头上浇冷水似的不快吧。但你既认我为朋友，把终身方向和我商量，我不能违了自己的良心，把要说的话藏匿起来，别用恭维的口吻来向你敷衍讨好一时。

你爱好文学，有志写作，这是好的。你的趣味，至少比一般纨绔子弟的学漂亮、打牌、抽烟、嫖妓等等的趣味要好得多，文学实不曾害了你。你说高中毕业后拟不再升大学，只要你毕业后肯降身去就别的职业，而又有职业可就，我也赞成。现在的大学教育本身空虚得很，学费、膳费、书籍费、恋爱费（这是我近来新从某大学生口中听到的名辞）等等，耗费很大。不升大学也就罢了，人这东西本来不必一定要手执大学文凭的。爱好文学，有志写作，不升大学，我都觉得没有什么不可，唯对于你的想靠文学生活的方针，却大大地不以为然。

靠文学生活，换句话说，就是卖字吃饭（从来曾有人靠书法吃饭的叫"卖大字"，现在卖文为活的人可以说是"卖小字"的）。卖字吃饭的职业（除抄胥外）古来未曾有过。因文字上有与众不同的伎俩，因而得官或被任为幕府或清客之类的事例，原很多很多，但直接靠文学过活的职业家，在从前却难找出例子来。杜甫李白不曾直接卖过诗。左思作赋，洛阳纸贵，当时洛阳的纸店老板也许得了好处，左思自己是半文不曾到手的。至于近代，似乎有靠文学吃饭的人了。可是按之实际，这样职业者极少极少，且最初都别有职业，生活资料都靠职业维持，文学生活只是副业之一而已。这种人一壁从事职业，或在学校教书，或入书店报馆为编辑人，一壁则钻研文学，翻译或写作。他们时常发表，等到在文学方面因了稿费或版税可以维持生活了，这才辞去职业，来专门从事文学。举例说吧，鲁迅氏最初教书，后来一壁教书一壁在教育部做事，数年前才脱去其他职务。他的创作大半在教书与做事时成就的。周作人氏至今还在教书。再说外国，俄国高尔基经过各种劳苦的生涯，他做过制图所的徒弟，做过船上的仆欧，做过肩贩者、挑夫。柴霍甫做过多年的医生，易卜生做过七年的药铺伙计，威尔斯以前是新闻记者。从青年就以文学家自命，想挂起卖字招牌来维持生活的人，文学史中差不多找不出一个。

你爱好文学，我不反对。你想依文学为生活，在将来也许可能，你不妨以此为理想。至于现在就想不作别事，挂了卖字招牌，自认为职业的文人，我觉得很是危险。卖文是一种"商行为"，在这行为之下，文字就成了一种商品，文字既是商品，当然也有牌子新老、货色优劣之别，也有市面景气与不景气之分。并且，文学的商品与别的商品性质又有不同，文字的成色原也有相当测度的标准，可是究不若其他商品的正确。文字的销路的好坏，多少还要看合否世人的口味。如果有人和你订约，叫你写什么种类的东西，或翻译什么书，那是所谓订货，且不去管他。至于你自己写成的东西，小说也好，诗也好，剧本也好，并非就能换得生活资料的。想依此为活，实在是靠不住的事。

你的写作，我已见过不少，就文字论原是很有希望的。但我不敢断定你将来一定很靠文学来生活，至少不敢保障你在中学毕业后就能靠卖字吃饭养家。最好的方法是暂时不要以文学专门者自居，别谋职业，一壁继续钻研文学，有所写作，则于自娱以外，不妨试行投稿。要把文学当做终生的事业，切勿轻率地以文学为终身的职业。

鄙见如此，不知你以为如何？

佳作赏析：

夏丏尊（1886—1946），浙江上虞人，现代作家。著有《平屋随笔》《人间爱晚晴》等。

这是夏丏尊给一位青年朋友的回信。这位青年朋友对于文学十分爱好，想着在中学毕业以后专门以写作卖字为生，而夏丏尊在回信中则提出了不同意见，认为这是十分危险的行为。他对青年有志于文学创作进行了鼓励，接着分析了这样做的不现实性——古今中外都很难找出一位生来就专以创作维持生计的作家。作者列举了中外许多著名作家都是"半路出家"的事实，建议青年先谋其他职业，利用业余时间创作。应该说夏丏尊的观点是很正确的，而当今社会幻想专以写作谋生的文学青年也为数不少，这篇文章颇值得他们一读。

早老者的忏悔

□ ［中国］夏丏尊

朋友间谈话，近来最多谈及的是关于身体的事。不管是三十岁的朋友，四十岁的朋友，都说身体应付不过各自的工作，自己照起镜子来，看到年龄以上的老态，彼此感慨万分。

我今年五十，在朋友中原比较老大，可是自己觉得体力减退已好多年了。三十五六岁以后，我就感到身体一年不如一年，工作起不得劲，只是恹恹地勉强挨，几乎无时不觉得疲劳，什么都觉得厌倦。这情形一直到如今。十年以前，我还只四十岁，不知道我年龄的都说我是五十岁光景的人，近来居然有许多人叫我"老先生"。论年龄，五十岁的人应该还大有可为，古今中外，尽有活到了七十八十，元气很盛的。可是我却已经老了，而且早已老了。

因为身体不好，关心到一般体育上的事情，对于早年自己的学校生活，发现一个重大的罪过。现在的身体不好，可以说是当然的报应。这罪过是什么？就是看不起体操老师。

体操老师的被蔑视，似乎在现在也是普遍现象。这是有着历史关系的。

我自己就是一个历史的人物。三十年前，中国初兴学校，学校制度不像现在的完整。我是弃了八股文进学校的，所进的学校先后有好几个，程度等于现在的中学。当时学生都是所谓"读书人"，童生秀才都有，年龄大的可三十岁，小的可十五六岁，我算是比较年青的一个。那时学校教育虽号称"德育智育体育并重"，可是学生所注重的是"智育"，学校所注重的也是"智育"，"德育"和"体育"只居附属的地位。在全校的教师之中，最被重视的是英文老师，次之是算学老师，格致（理化博物之总名）教师，最被蔑视的是修身老师，体操老师。大家把修身老师认作迂腐的道学家，把体操老师认作卖艺打拳的江湖家。修身教师大概是国文教师兼的。体操教师的薪水在教师中最低，往往不及英文教师的半数。

那时学校新设，各科教师都并无一定的资格，不像现在有大学或专门科毕业生。国文教师，历史教师，由秀才举人中挑选，英文教师大概向上海聘请，圣约翰书院（现在改称大学，当时也叫梵王渡）出身的曾大出过风头；算学、格致教师也都是把教会学校的未毕业生拉来充数：论起资格来，实在薄弱得很。尤其是体操教师，他们不是三个月或半年的速成科出身，就是曾经在任何学校住过几年的三脚猫。那时一面有学校，一面还有科举，大家把学校教育当做科举的准备。体操一科，对于科举是全然无关的，又不像现在学校的有竞技选手之类的名目，谁也不去加以注重。在体操时间，有的请假，有的立在草场上看教师玩把戏，自己敷衍了事。体操教师对于所教的功课似乎也并无何等的自信与理论，只是今日球类，明日棍棒，轮番着变换花样，想以趣味来维系人心，可是学生老不去睬他。

蔑视体操科，看不起体操教师，是那时的习惯。这习惯在我竟一直延长下去。我敢自己报告，我在以后近十年的学生生活中，不曾用心操过一次的体操，也不曾对于某一位体操教师抱过尊敬之念。换一句话说，我在学生时代不信"一二三四"等类的动作和习惯会有益于自己后来的健康。我只觉得"一二三四"等类的动作干燥无味。

朋友之中，有每日早晨在床上作二十分钟操的，有每日临睡操八段锦的，据说持久做会有效果，劝我也试试。他们的身体确比我好得多，我也已经从种种体验上知道运动的要义不在趣味而在继续持久，养成习惯。可是因为一向对于上面这些厌憎，终于立不住自己的决心，起不成头，一任身体一日不如一日。

我们所过的是都市的工商生活，房子是鸽笼，业务头绪纷繁，走路得刻刻留心，应酬上饮食容易过度，感官日夜不绝地受到刺激，睡眠是长年不足的，事业上的忧虑，生活上的烦闷，是没有一刻忘怀的。这样的生活当然会使人早老早死。除了捏锄头的农夫以外，却无法不营这样的生活，这是事实。积极的自救法，唯有补充体力，及早预备好了身体来。

"如果我在学生时代不那样蔑视体操科，对于体操教师不那样看他们不起，多少听受他们的教诲，也许……"我每当顾念自己的身体现状时，常这样暗暗叹息。

佳作赏析：

夏丏尊的这篇文章虽然写于几十年前，但文中提到的问题时至今日仍然存在，而且具有一定的普遍性，可以说现实针对性极强。作者先从自己的身体状况谈起，提到自己当年由于不重视日常锻炼，结果从三十几岁起，身体和精力就大不如前，而且年仅四五十岁，就已被许多人当成老年人，可见身体状况之差。由此延伸，作者提到了学校教育中对于体育教师的轻视、对于锻炼身体的轻视。这个问题在今天的中小学校中仍是普遍存在的问题，学校重视学生考试成绩，对于体育教学和活动重视不足；学生家长和学生本人对必要的锻炼也缺少重视，结果"近视眼""小胖墩"比比皆是。作者本人的教训不可谓不沉痛，作者的意见不可谓不震耳。

创造宣言

□ [中国] 陶行知

创造主未完成之工作，让我们接过来，继续创造。

宗教家创造出神来供自己崇拜。最高的造出上帝，其次造出英雄之神，再次造出财神、土地公、土地婆来供自己崇拜。省事者把别人创造的现成之神来崇拜。

恋爱无上主义者造出爱人来崇拜……

美术家如罗丹，是一面造石像，一面崇拜自己的创造。

教育者不是造神，不是造石像，不是造爱人。他们所要创造的是真善美的活人。真善美的活人，是我们的神，是我们的石像，是我们的爱人。教师的成功，是创造出值得自己崇拜的人。先生之最大的快乐，是创造出值得自己崇拜的学生。说得正确些，先生创造学生，学生也创造先生，学生先生合作而创造出值得彼此崇拜之活人。倘若创造出丑恶的活人，不但是所塑之像失败，亦是合作塑像者之失败。倘若活人之塑像是由于集体的创造，而不是个人的创造，那么这成功失败也是属于集体，而不是仅仅属于个人。在一个集体当中，每一个活人之塑像，是这个人来一刀，那个人来一刀，有时是万刀齐发，倘使刀法不合乎交响曲之节奏，那便是处处创痕。

教育者也要创造值得自己崇拜之创造理论和创造技术。活人的塑像和大理石的塑像有一点不同，刀法如果用得不对，可以万像同毁，刀法如果用得对，则一笔下去，画龙点睛。

有人说：环境太平凡了，不能创造。平凡无过于一张白纸，八大山人挥笔画他几笔，便成为一幅名贵杰作。平凡也无过于一块石头，到了菲迪亚斯、米开朗基罗的手里，可以成为不朽的塑像。

有人说：生活太单调了，不能创造。单调无过于坐监牢，但是就在监牢中产生了易经卜辞，产生了正气歌，产生了苏联的国歌，产生了尼赫鲁自传。单调又无过于沙漠了，而雷赛布竟能在沙漠中造出苏伊士运河，把地中海与红海贯通起来。单调又无过于开肉包铺子，而竟在这里面产生了平凡而伟大的平老静。

可见平凡单调，只是懒惰者之遁辞。即已不平凡不单调了，又何须乎创造。我们是要在平凡中造出不平凡，在单调上造出不单调。

有人说：年纪太小，不能创造，见着幼年研究生之名而哈哈大笑。但是当你把莫扎尔特、爱迪生及冲破父亲数学层层封锁之帕斯加尔（Pascal）的幼年研究生活翻给他们看，他又只好哑口无言了。

有人说：我是太无能了，不能创造。可是鲁钝的曾参，传了孔子的道经；不识字的惠能传了黄梅的教义。惠能说："下下人有上上者。"我们岂可以自暴自弃呢！可见，无能也是借口。蚕吃桑叶，尚能吐丝，难道我们天天吃的米饭，除了造粪之外，便一无贡献吗？

有人说山穷水尽，走投无路，陷之绝境，等死而已，不能创造。但是遭遇八十一难之玄奘，毕竟取得佛经；粮水断绝，众叛亲离之哥伦布，毕竟发现了美洲大陆；冻饿病三重压迫之下，莫扎尔特写下了安魂曲。绝望是懦夫的幻想。歌德说：没有勇气，一切都完。是的，生路是要勇气探出来，走出来，造出来的。这只是一半真理；当英雄无用武之地，他除了大无畏之斧还得有智慧之剑、金刚之信念与意志才能开出一条生路。古语说：穷则变，变则通，要有智慧才知道怎样变得通，要有大无畏之精神及金刚的信念与意志，才变得出来。

所以处处是创造之地，天天是创造之时，人人是创造的人，让我们至少走两步退一步向着创造之路迈进吧！

像屋檐水一样，一点一滴，滴穿阶沿石。点滴的创造固不如整体的创造，但不要轻视点滴的创造而不为，望着大创造从天而降。

……

创造之神，你回来呀！……只要你肯回来，我愿意把一切——我们的汗，我们的血，我们的心，我们的生命——都献给你，当你看见满山的树苗在你的监护之下，得到我的汗、血、心、生命的灌溉，一根一根的都长成参天的大树，你不高兴吗？创造之神，你回来呀！只有你回来，才能保护参天大树之长成。

罗丹说："恶是枯干。"汗干了，血干了，热情干了，僵了，死了，死人才无意于创造。只要有一滴汗，一滴血，一滴热情，便是创造之神所爱住的行宫，就能开创造之花，结创造之果，繁殖创造之森林。

佳作赏析：

陶行知（1891—1946），安徽歙县人，中国近代教育家。著有《中国教育改造》《行知书信》《行知诗歌》等。

作为教育工作者，最重要的工作是什么呢？那就是培养孩子的创造意识和创造精神。作为一个青年，对社会最大的贡献莫过于能够创造性地完成工作，更好地服务于社会和民众。具有创造意识、创造精神、创造能力，是一个人才的核心价值。作者的这篇文章将说理与抒情有机地结合在一起，逻辑严密，充满激情，既有对创造精神的赞美，也有对创造型人才的渴求，更是对人们重视创造精神的呼吁。

差不多先生传

□ [中国] 胡适

你知道中国最有名的人是谁？

提起此人，人人皆晓，处处闻名。他姓差，名不多，是各省各县各村人氏。你一定见过他，一定听过别人谈起他。差不多先生的名字天天挂在大家的口头，因为他是中国全国人的代表。

差不多先生的相貌和你和我都差不多。他有一双眼睛，但看得不很清楚；有两只耳朵，但听得不很分明；有鼻子和嘴，但他对于气味和口味都不很讲究。他的脑子也不小，但他的记性却不很精明，他的思想也不很细密。

他常常说："凡事只要差不多了，就好了。何必太精明呢？"

他小的时候，他妈叫他去买红糖，他买了白糖回来。他妈骂他，他摇摇头说："红糖白糖不是差不多吗？"

他在学堂的时候，先生问他："直隶省的西边是哪一省？"他说是陕西。先生说："错了。是山西，不是陕西。"他说："陕西同山西，不是差不多吗？"

后来他在一个钱铺里做伙计，他也会写，也会算，只是总不会精细。十字常常写成千字，千字常常写成十字。掌柜的生气了，常常骂他。他只是笑嘻嘻地赔小心道："千字比十字只多一小撇，不是差不多吗？"

有一天，他为了一件要紧的事，要搭火车到上海去。他从从容容地走到火车站，迟了两分钟，火车已开走了。他白瞪着眼，望着远远的火车上的煤烟，摇摇头道："只好明天再走了，今天走同明天走，也还差不多。可是火车公司未免太认真了。八点三十分开，同八点三十二分开，不是差不多吗？"他一面说，一面慢慢地走回家，心里总不明白为什么火车不肯等他两分钟。

有一天，他忽然得了急病，赶快叫家人去请东街的汪医生。那家人急急忙忙地跑去，一时寻不着东街的汪大夫，却把西街牛医王大夫请来了。差不多先生病在床上，知道寻错了人；但病急了，身上痛苦，心里焦急，等不得了，心里想道："好在王大夫同汪大夫也差不多，让他试试看罢。"于是这位牛医王大夫走近床前，用医牛的法子给差不多先生治病。不上一点钟，差不多先生就一命呜呼了。

差不多先生差不多要死的时候，一口气断断续续地说道："活人同死人也差……差……差不多……凡事只要……差……差……不多……就……好了……何……何……必……太……太认真呢？"他说完了这句格言，方才绝气了。

他死后，大家都很称赞差不多先生样样事情看得破，想得通；大家都说他一生不肯认真，不肯算账，不肯计较，真是一位有德行的人。于是大家给他取个死后的法号，叫他做圆通大师。

他的名誉越传越远，越久越大。无数无数的人都学他的榜样。于是人人都成了一个差不多先生——然而中国从此就成为一个懒人国了。

佳作赏析：

胡适（1891—1962），安徽绩溪人，学者、作家。著有诗集《尝试集》，学术论著《中国哲学史大纲》《白话文学史》等。

　　这是一篇具有寓言色彩的文章。文中的"差不多先生"生来做事马虎，在工作、生活上，甚至治病这样关乎自己性命的大事都"差不多就行了"，结果最终死于庸医之手。而对于他的马虎，周边的人虽然也很反感，但却并不十分较真，结果差不多先生死后还落了一个有德行的好名声。文章通过"差不多先生"这一形象，深刻反映了许多国人身上的"差不多病"，对做事马虎、糊弄的人进行了辛辣讽刺和强烈批判，颇值得我们警醒。为人处世，切忌"差不多"三个字。

落花生

□ [中国] 许地山

我们家的后园有半亩空地。母亲说："让它荒着怪可惜的，你们那么爱吃花生，就开辟出来种花生吧。"我们姐弟几个都很高兴，买种，翻地，播种，浇水，没过几个月，居然收获了。

母亲说："今晚我们过一个收获节，请你们的父亲也来尝尝我们的新花生，好不好？"

母亲把花生做成了好几样食品，还吩咐就在后园的茅亭里过这个节。

那晚上天色不大好。可是父亲也来了，实在很难得。

父亲说："你们爱吃花生吗？"

我们争着答应："爱！"

"谁能把花生的好处说出来？"

姐姐说："花生的味儿美。"

哥哥说："花生可以榨油。"

我说："花生的价钱便宜，谁都可以买来吃，都喜欢吃。这就是它的好处。"

父亲说:"花生的好处很多,有一样最可贵:它的果实埋在地里,不像桃子、石榴、苹果那样,把鲜红嫩绿的果实高高地挂在枝头上,使人一见就生爱慕之心。你们看它矮矮地长在地上,等到成熟了,也不能立刻分辨出来它有没有果实,必须挖起来才知道。"

我们都说是,母亲也点点头。

父亲接下去说:"所以你们要像花生,它虽然不好看,可是很有用。"

我说:"那么,人要做有用的人,不要做只讲体面,而对别人没有好处的人。"

父亲说:"对。这是我对你们的希望。"

我们谈到深夜才散。花生做的食品都吃完了,父亲的话却深深地印在我的心上。

佳作赏析:

许地山(1893—1941),福建龙溪人,作家、学者。著有散文集《空山灵雨》,小说集《缀网劳蛛》,学术论著《中国道教史》等。

《落花生》是作家许地山的一篇经典作品。在甲午中日战争爆发后,清政府的腐败无能,使祖国的宝岛台湾沦陷为日本帝国主义的殖民地。许地山的父亲出于爱国之心,携全家回福建定居,开始过着清贫的生活。国破山河在,在这种特殊的时代背景下,父亲借朴实的花生,教育后人为人世要像花生一样,根扎在大地上,踏实而不美慕虚荣。"落"和"花生",是两个普通的词,但是结合本文细品这两个词,内中深藏的分量就不一样了。许地山牢记父亲的教诲,在回忆中写了《落花生》一文。并以"落华生"为笔名,作为勉励自己一生的追求目标。"落花生"精神值得我们钦佩和学习。

蜜蜂和农人

□ [中国] 许地山

雨刚晴，蝶儿没有蓑衣，不敢造次出来，可是瓜棚的四围，已满唱了蜜蜂的工夫诗：

> 彷彷，徨徨！徨徨，彷彷！
> 生就是这样，徨徨，彷彷！
> 趁机会把蜜酿。
> 大家帮帮忙；
> 别误了好时光。
> 彷彷，徨徨！徨徨，彷彷！

蜂虽然这样唱，那底下坐着三四个农夫却各人担着烟管在那里闲谈。人的寿命比蜜蜂长，不必像它们那么忙吗？未必如此。不过农夫们不懂它们的歌就是了。但农夫们工作时，也会唱的。他们唱的是：

村中鸡一鸣，

阳光便上升，

太阳上升好插秧。

禾秧要水养，

各人还为踏车忙。

东家莫截西家水；

西家不借东家粮。

各人只为各人忙——

"各人自扫门前雪，

不管他人瓦上霜。"

佳作赏析：

　　有的人也许以为人的一生很漫长，其实在历史的长河中，也就是短短的一瞬。人们认识不到生与死只在一间，还在为自己不停地忙碌，"东家莫截西家水，西家莫借东家粮""各人自扫门前雪，莫管他家瓦上霜"。

　　自私并不是人的本性，人只是在生活当中变的自私和贪婪。人的本性是善良的，是不分你我的。在这短短的一生中，人应该大度、包容、善良、快乐地度过。

旁若无人

□［中国］梁实秋

　　在电影院里，我们大概都常遇到一种不愉快的经验。在你聚精会神的静坐着看电影的时候，会忽然觉得身下坐着的椅子颤动起来，动得很匀，不至于把你从座位里掀出去，动得很促，不至于把你颠摇入睡，颤动之快慢急徐，恰好令你觉得他讨厌。大概是轻微地震罢？左右探察震源，忽然又不颤动了。在你刚收起心来继续看电影的时候，颤动又来了。如果下决心寻找震源，不久就可以发现，毛病大概是出在附近的一位先生的大腿上。他的足尖踏在前排椅撑上，绷足了劲，利用腿筋的弹性，很优游地在那里发抖。如果这拘挛性的动作是由于羊癫疯一类的病症的暴发，我们要原谅他，但是不像，他嘴里并不吐白沫。看样子也不像是神经衰弱，他的动作是能收能发的，时作时歇，指挥如意。若说他是有意使前后左右两排座客不得安生，却也不然。全是陌生人无仇无恨，我们站在被害人的立场上看，这种变态行为只有一种解释，那便是他的意志过于集中，忘记旁边还有别人，换言之，便是"旁若无人"的态度。

"旁若无人"的精神表现在日常行为上者不只一端。例如欠伸，原是常事，"气乏则欠，体倦则伸。"但是在稠人广众之中，张开血盆巨口，作吃人状，把口里的獠牙显露出来，再加上伸胳臂伸腿如演太极，那样子就不免吓人。有人打哈欠还带音乐的，其声呜呜然，如吹号角、如鸣警报、如猿啼、如鹤唳，音容并茂，礼记："侍坐于君子，君子欠伸，撰杖履，视日蚤莫，侍坐者请出矣。"是欠伸合于古礼，但亦以"君子"为限，平民岂可援引，对人伸胳臂张嘴，纵不吓人，至少令人觉得你是在逐客，或是表示你自己不能管制你自己的肢体。

　　邻居有叟，平常不大回家，每次归来必令我闻知。清晨有三声喷嚏，不只是清脆，而且洪亮，中气充沛，根据那声音之响我揣测必有异物入鼻，或是有人插入纸捻，那声音撞击在脸盆之上有金石声！随后是大排场的漱口，真是排山倒海，犹如骨鲠在喉，又似苍蝇下咽。再随后是三餐的饱嗝，一串串的咯声，像是下水道不甚畅通的样子。可惜隔着墙没能看见他剔牙，否则那一份刮垢磨光的钻探工程，场面也不会太小。

　　这一切"旁若无人"的表演究竟是偶然突发事件，经常令人困扰的乃是高声谈话。在喊救命的时候，声音当然不嫌其大。除非是脖子被人踩在脚底下，但是普通的谈话似乎可以令人听见为度，而无需一定要力竭声嘶的去振聋发聩。生理学告诉我们，发音的器官是很复杂的，说话一分钟要有九百个动作，有一百块筋肉在弛张，但是大多数人似乎还嫌不足，恨不得嘴上再长一个扩大器。有个外国人疑心我们国人的耳鼓生得异样，那层膜许是特别厚，非扯着脖子喊不能听见，所以说话总是像打架。这批评有多少真理，我不知道。不过我们国人会嚷的本领，是谁也不能否认的。电影场里电灯初灭的时候，总有几声"哎哟，小三儿，你在哪儿呢？"在戏院里，演员像是演哑剧，大锣大鼓之声依稀可闻，主要的声音是观众鼎沸，令人感觉好像是置身蛙塘。在旅馆里，好像前后左右都是庙会，不到夜深休想安眠，安眠之后难免没有响皮底的大皮靴毫无惭愧地在你门前踱来踱去。天未大亮，又有各种市声前来侵扰。一个人大声说话，是本能；小声说话，是文明。以动物而论，狮吼、狼嗥、虎啸、驴鸣、犬吠，即是小如促织蚯蚓，声音都不算小，都不会像人似的有时候也会低声说话。大概文明程度愈高，说话愈不以声大见长。群居的习惯愈大，愈不容易存留"旁若无人"的幻觉。我们以农立国，乡间地旷人稀，畎亩阡陌之间，低声说一句"早安"是不济事的，必得扯长了脖子喊一声"你吃过饭啦？"可怪的是，在人烟稠密的所在，人的喉咙还是不能缩小。更可异的是，纸驴嗓、破锣嗓、喇叭嗓、公鸡嗓，并不被一般的认为是缺陷，而且麻衣相法还公然地说，声音洪亮者主贵！

叔本华有一段寓言：

　　一群豪猪在一个寒冷的冬天挤在一起取暖，但是他们的刺毛开始互相击刺，于是不得不分散开。可是寒冷又把他们驱在一起，于是同样的事故又发生了。最后，经过几番的聚散，他们发现最好是彼此保持相当的距离。同样的，群居的需要使得人形的豪猪聚在一起，只是他们本性中的带刺的令人不快的刺毛使得彼此厌恶。他们最后发现的使彼此可以相安的那个距离，便是那一套礼貌；凡违犯礼貌者便要受严词警告——用英语来说——请保持相当距离。用这方法，彼此取暖的需要只是相当的满足了；可是彼此可以不至互刺。

自己有些暖气的人情愿走得远远的，既不刺人，又可不受人刺。逃避不是办法。我们只是希望人形的豪猪时常地提醒自己：这世界上除了自己还有别人，人形的豪猪既不止我一个，最好是把自己的大大小小的刺毛收敛一下，不必像孔雀开屏似的把自己的刺毛都尽量地伸张。

佳作赏析：

梁实秋（1903—1987），浙江杭县人，生于北京，作家、翻译家。代表作品有散文集《雅舍小品》，学术著作《英国文学史》等。

梁实秋在《旁若无人》一文中，采用诙谐幽默的手法，将"旁若无人"的缺乏社会公德和文明修养的"豪猪"痛快地骂了一场。梁实秋不愧是一代文学大师，将人的劣根性描写得绘声绘色，使看者如身临其境。在日常生活里，这种没有道德修养的人，经常能遇到，使人深恶痛绝。"人形的豪猪既不止我一个，最好是把自己的大大小小的刺毛收敛一下，不必像孔雀开屏似的把自己的刺毛都尽量地伸张。"梁实秋深挚地希望，在日常生活当中，人们应该相互关心、相互理解，从而和谐相处在一起。

马蜂的毒刺

□ [中国] 郁达夫

　　这几年来，自己因为不能应时豹变，顺合潮流的结果，所以弄得失去了职业，失去了朋友亲人，失去了一切的一切，只剩了孤零丁的一个，落在时代的后面浮沉着。人家要我没落，但肉体却仍旧在维持着它的旧日的作用，不肯好好儿地消亡下去。人家劝我自杀，但穷得连买一点药买一支手枪的余裕都没有，而堕落颓废的我的意志也连竖直耳朵，听一听人家的劝告的毅力都决拿不起来。在这无可奈何的楚歌声里，自然而然，我便成了一个与猪狗一样的一点儿自决心责任心也没有的行尸走肉了，对这一个行尸，人家还在说是什么"运命论者"。

　　运命论者也好，颓废堕落也没有法子，可是像猪一样的这一块走肉中间，有时候还不能完全把知觉感情等稍为高尚一点的感觉杀死，于是突然之间，就同癫痫病者的发作一样，会有一种很深沉很悲痛的孤寂之感袭上身来。

　　有一天，也是在这一种发作之后，我忽而想起了一位不相识的青年写给我的几封信。这一位好奇的青年，大约也同我一样的在感到孤独罢，他写来的几封满贮着热情的信上，说无论如何总想看一看我这一块走肉。想起了他，那一天早晨，我就借得了几个零用钱，飘然坐上了车，走到了上海最热闹的一区地方去拜访了一次。

两人见到了面，不消说是各有一种欢喜之情感到的。我也一时破了长久沉默的戒，滔滔谈了许多前后不接的闲天，他也全身抖擞了起来，似乎是喜欢得不了的样子。谈了一会，我觉得饿了，就和他一同出来去吃了一点点心，吃饱了之后又同他走了一圈，谈了半天。

他怎么也不肯和我别去，一定要邀我回到他的旅馆去和他同吃午饭。但可怜的我那时候心里头又起了别的作用了，一时就想去看一回好久没有见到而相约已经有好几次的一位书店里的熟人。我就告诉他说，吃饭是不能同他在一道吃的。他问为什么？我说因为今天是有人约我吃饭的。他问在什么地方？我说在某处某地的书店楼上。他问几点钟？我说正午十二点。因此他就很悲哀地和我在马路上分开了手，我回头来看了几眼，看见他老远的还立在那里目送我的行。

和他分开之后去会到了那位书店的熟人，不幸吃饭的地点临时改变了。我们吃完饭后，坐到了两点多钟才走下楼来。正走到了一处宽广的野道上的时候，我看见前面路上向着我们，太阳光下有一位横行阔步，好像是兴奋得很的青年在走。走近来一看却正是午前我去访他和他在马路上别去的那位纯真的少年朋友。

他立在我的面前，面色涨得通红，眉毛竖了起来，眼睛里同喷火山似的放出了两道异样的光，全身和两颚骨似乎在格格地发抖，盯视住了我的颜面，半响说不出话来，两只手是捏紧了拳头垂在肩下的。我也同做了一次窃贼，被抓着了赃证者一样，一时急得什么话也想不出来。两人对头呆立了一阵，终究还是我先破口说，"你上什么地方去？"

他又默默地毒视了我一阵，才大声地喝着说，"你为什么要骗我？你为什么要撒谎？"我看了他那双冒火的眼光，觉得知觉也没有了，神致也昏乱了，不晓回答了他几句什么样的支吾言语，就匆匆逃开了他的面前。但同时在我的脑门的正中，仿佛是感到了一种隐隐的痛楚，仿佛是被一只马蜂放了一针毒刺似的。我觉得这正是一只马蜂的毒刺，因为我在这一次偶然的失言之中，所感到的苦痛不过是暂时的罢了，而在他的洁白的灵魂之上，怕不得不印上一个极深刻的永久消不去的毒印。听说马蜂尾上的毒刺是只有一次好用的，这是它最后的一件自卫武器，这一次的他岂不也同马蜂一样，受了我的永久的害毒了么？我现在当一个人感到孤独的时候，每要想起这一件事情来，所以近来弄得连无论什么人的信札都不敢开读，无论什么人的地方都不敢去走动了。这一针小小的毒刺，大约是可以把我的孤独钉住，使它随伴我到我的坟墓里去的，细细玩味起来，倒也能够感到一点痛定之后的宽怀情绪，可是那只马蜂，那只已经被我解除了武装的马蜂，却太可怜了，我在此地还只想诚恳地乞求它的饶恕。

一九二九年四月作

佳作赏析：

郁达夫（1896—1945），浙江富阳人，作家。著有短篇小说集《茑萝集》，中篇小说《她是一个弱女子》，散文集《闲书》《屐痕处处》《达夫日记》等。有《郁达夫文集》行世。

郁达夫的文字，字里行间布满了伤感，总给人淡淡的愁绪。这个调子几乎贯穿他的每部作品。因为自己一次偶然的失言，结果使得一位对自己有些崇敬的少年朋友产生了误会，令郁达夫意识到自己可能对少年朋友造成了永久的心理伤害，正如一根马蜂尾上的毒刺，不由得内疚不已。人非圣贤，孰能无过？犯了错误记得时时反省，尽量警醒自己不再犯类似的错误，这是十分必要的。

一个行乞的诗人（节选）

□ [中国] 徐志摩

（一）

萧伯讷先生在一九〇五年收到从邮局寄来的一本诗集，封面上印着作者的名字，他的住址和两先令六的价格。附来作者的一纸短简，说他如愿留那本书，请寄两先令六，否则请他退回原书。在那些日子，萧先生那里常有书坊和未成名的作者寄给他请求批评的书本，所以他接到这类东西是不以为奇的。这一次他却发现了一些新鲜，第一那本书分明是作者自己印行的，第二他那住址是伦敦西南隅一所硕果仅存的"佃屋"，第三附来的短简的笔致是异常的秀逸而且他那办法也是别致。但更使萧先生奇怪的是，他一着眼就在这集子小诗里发现了一个纯真的诗人，他那思想的清新正如他音调的轻灵。萧先生决意帮助这位无名的英雄。他做的第一件好事是又向他多买了八本，这在经济上使那位诗人立时感到稀有的舒畅，第二是他又替他介绍给当时的几个批评家。果然在短时期内各种日报和期刊上都注意到了这位流浪的诗人，他的一生的概况也披露了，他的肖影也登出了——他的地位顿时由破旧的佃屋转移到英国文坛的中心！他的名字是惠廉苔微士，他的伙伴叫他惠儿苔微士。

<h2 style="text-align:center">（二）</h2>

苔微士沿门托卖的那本诗集确是他自己出钱印的。他的钱也不是容易来的。十九镑钱印得二百五十册书。这笔印书费是做押款借来的。苔微士先生不是没有产业的人，他的进款是每星期十个先令（合华银五元），他自从成了残废以来就靠此生活。他的计划是在十先令的收入内规定六先令的生活费，另提两先令存储备作书费，余多的两先令是专为周济他的穷朋友的。他的住宿费是每星期三先令六（在更俭的时候是二先令四，在最俭的时候是不花钱，因为他在夏季暖和时就老实借光上帝的地面，在凉爽的树林里或是宽大的屋檐下寄托他的诗身！）但要从每星期两先令积成二三十镑的巨款当然不是易事，所以苔微士先生在最后一次的发狠中决意牺牲他整半年的进款，积成一个整数，自己跷了一条木腿，带了一本约书，不怎样乐观却也不绝望地投向荡荡的"王道"去。这是他一生最后一次，也是最辛苦的一次流浪，他自己说：

"再下去是一回奇怪的经验，无可名状的一种经验；因为我居然还能过活，虽则我既没有勇气讨饭，又不甘心做小贩。有时我急得真想做贼，但是我没有得到可偷的机会，我依然平安地走着我的路。在我最感疲乏和饥饿的时候——我的实在的状况益发的黑暗，对于将来的想望益发的光鲜，正如明星的照亮衬出黑夜的深荫。

我是单身赶路的，虽则别的流氓们好意地约我做他们的旅伴，我愿意孤单，因为我不许生人的声音来扰我的清梦。有好多人以为我是疯子，因为他们问起我当天所经过的市镇与乡村我都不能回答，他们问我那村子里的'穷人院'是怎样的情形，我却一点儿也不知道，因为我没有进去过。他们要知道最好的寓处，这我又是茫然的，因为我是寄宿在露天的。他们问我这天我是从哪一边来的，这我一时也答不上。他们再问我到哪里去，这我又是不知道的。这次经验最奇怪的一点是我虽则从不看人家一眼，或是开一声口问他们乞讨，我还是一样受到他们的帮助。每回我要一口冷水，给我的却不是茶就是奶，吃的东西也总是跟着到手。我不由地把这一部生活认作短期的牺牲，消磨去一些无价值的时间为要换得后来千万个更舒服的；我祝颂每一个清朝，它开始一个新的日子，我也拜祷每一个安息日，晚上，因为它结束了又一个星期。"

这不禁使我们想起旧时朝山的僧人，他们那皈依的虔心使他们完全遗忘体肤的舒适？苔微士先生发现流浪生活最难堪的时候是在无荫蔽的旷野里遇雨，上帝保佑他们，因为流浪人的行装是没有替换的。有一天他在台风的乡间捡了一些麦柴，起造了一所精致的、风侵不进、露淋不着的临时公馆，自信可以暖暖地过一夜，却不料：

天下雨。在半小时内大块的雨打漏了屋顶。不到一小时这些雨点已经变成了洪流。又只能耐心躺着，在这大黑夜如何能寻到更安全的荫蔽。这雨直下了十个钟头，我简直连皮张都浸透了，比没有身在水里干不了多少——不是平常我们叫几阵急雨给淋潮了的时候说的'浸透了皮'。我一点儿也不沮丧，把这事情只看作我应当经受的苦难的一件，到了第二天早上我在露天选了一个行人走不到的地点躺了下来，一边安息，一边让又热又强的阳光收干我的潮湿。有两三次我这样的遭难，但在事后我完全不觉得什么难受。

头三个月是这样过的，白天在路上跑，晚上在露天寄宿，但不幸暖和的夏季是有尽期的，从十月到年底这三个月是不能没有荫蔽的。一席地也得要钱，即使是几枚铜子，苔微士先生再不能这样清高的流浪他的时日。但高傲他还是有的，本来一个残废的人，求人家的帮助是无须开口的，他只要在通衢上坐着，伸着一只手，钱就会来。再不然你就站在巡警先生不常到的街上唱几节圣诗，滚圆的铜子就会从住家的窗口蝴蝶似的向着你扑来。但我们的诗人不能这样折辱他的身份，他宁可忍冻，宁可挨饿，不能拉下了脸子来当职业的叫花。虽则在他最窘的日子，他也只能手拿着几副鞋带上街去碰他的机会，但他没有一个时候肯容自己应用乞丐们无心的惯技。这样的日子他挨过了两个月，大都在伦敦的近郊，最后为要整理他的诗稿他又回到他的故居，亏了旧时一个难友借给他一镑钱，至少寄宿的费用有了着落。他的诗集是三月初印得的，但第一批三十本请求介绍的送本只带回了两处小报上冷淡的按语。日子飞快地过去。同时他借来的一点钱又快完了，这一失望他几乎把辛苦印来的本子一起给毁了！最后他发明了寄书求售的法子，拼着十本里卖出一两本就可以免得几天的冻饿，这才蒙着了萧先生的同情，在简短的时日内结束了他的流浪的生涯。

佳作赏析：

徐志摩（1896—1931），浙江海宁人，诗人。著有诗集《志摩的诗》《猛虎集》，散文集《落叶》《巴黎的鳞爪》，短篇小说集《轮盘》等。

这是一则感人的故事。苔微士是一个残疾人，他仅有一条腿。他的生活非常艰苦，有时需要沿村行乞。但就是这样一个行乞诗人，最后用诗歌赢到了大家的尊重，他成功了，进入了英国文坛的中心。这个故事告诉我们：只要坚持，一切都有可能发生。遇到一点挫折不要气馁，更不要轻言放弃，坚持下去，就有可能获得成功。

画 虎

□ 〔中国〕朱湘

　　"画虎不成反类狗，刻鹄不成终类鹜。"自从这两句话一说出口，中国人便一天没有出息似一天了。

　　谁想得到这两句话是南征交趾的马援说的。听他说这话的侄儿，如若明白道理，一定会反问："伯伯，你老人家当初征交趾的时候，可曾这样想过：征交趾如若不成功，那就要送命，不如作一篇《南征赋》罢，因为《南征赋》作不成，终究留得有一条性命。"

　　这两句话为后人奉作至宝。单就文学方面来讲，一班胆小如鼠的老前辈便是这样警劝后生：学老杜罢，学老杜罢，千万不要学李太白。因为老杜学不成，你至少还有个架子；学不成李的时候，你简直一无所有了。这学的风气一盛，李杜便从此不再出现于中国诗坛之上了。所有的只是一些杜的架子，或一些李的架子。试问这些行尸走肉的架子、这些骷髅，它们有什么用？光天化日之下，与其让这些怪物来显形，倒不如一无所有反而好些。因为人真知道了无，才能创造有；拥着伪有的时候，决无创造真有之望。

狗，鹜。鹜真强似狗吗？试问它们两个当中，是谁怕谁？是狗怕鹜呢？还是鹜怕狗？是谁最聪明，能够永远警醒，无论小偷的脚步多么轻，它都能立刻扬起愤怒之呼声将鄙贱惊退？

画不成的老虎，真像狗；刻不成的鸿鹄，真像鹜吗？不然，不然。成功了便是虎同鹄，不成功时便都是怪物。

成功又分两种：一种是画匠的成功，一种是画家的成功。画匠只能模拟虎与鹄的形色，求到一个像罢了。画家他深探入创形的秘密，发现这形后面有一个什么神，发号施令。在陆地则赋形为劲悍的肢体、巨丽的皮革；在天空则赋形为剽疾的翮翼、润泽的羽毛。他然后以形与色为血肉毛骨，纳入那神，抟成他自在己的虎鹄。

拿物质文明来比方：研究人类科学的人如若只能亦步亦趋，最多也不过贩进一些西洋的政治学、经济学，既不合时宜，又长多短缺。实用物质科学的人如若只知萧规曹随，最多也不过摹成一些欧式的工厂商店，重演出惨剧，肥寡下肥众。日本便是这样：它古代模拟到一点中国的文化，有了它的文字、美术；近代模拟到一点西方的文化，有了它的社会实业，它只是国家中的画匠。我们这有几千年特质文化的国家不该如此。我们应该贯进物质文化的内心，搜出各根底原理，观察它们是怎样配合的，怎样变化的，再追求这些原理之中有哪些应当铲除，此外还有些什么原理应当加入，然后淘汰扩张，重新交配，重新演化，以造成东方的物质文化。

东方的画师呀！麒麟死了，狮子睡了，你还不应该拿起那支当时伏羲画八卦的笔来，在朝阳的丹凤声中，点了睛，让困在壁间的龙腾越上苍天吗？

佳作赏析：

朱湘（1904—1933），安徽太湖人，诗人、散文家。著有诗集《夏天》《草莽集》《石门集》《永言集》，散文集《中书集》等。

"画虎不成反类狗，刻鹄不成终类鹜。"朱湘批评中国诗歌，只是一味地模仿，而没有创造，中国诗坛不再有杰出的诗人，推广开来才有创造，才有希望。就像绘画，花匠是模拟，求的是形似；画家是创造，表现的是神。作者批评日本在人类科学中亦步亦趋，其发展就像一个模仿的花匠。作者借此例说明中华民族应当在几千年的深厚积淀和保持民族特性的基础上，不排斥外来先进文化，在发展变化中不断创新，创造东方特有的物质文化。

论气节

□ ［中国］朱自清

　　气节是我国固有的道德标准，现代还用着这个标准来衡量人们的行为，主要的是所谓读书人或士人的立身处世之道。但这似乎只在中年一代如此，青年代倒像不大理会这种传统的标准，他们在用着正在建立的新的标准，也可以叫做新的尺度。中年代一般的接受这传统，青年代却不理会它，这种脱节的现象是这种变的时代或动乱时代常有的。因此就引不起什么讨论。直到近年，冯雪峰先生才将这标准这传统作为问题提出，加以分析和批判；这是在他的《乡风与市风》那本杂文集里。

　　冯先生指出"士节"的两种典型：一是忠臣，一是清高之士。他说后者往往因为脱离了现实，成为"为节而节"的虚无主义者，结果往往会变了节。他却又说"士节"是对人生的一种坚定的态度，是个人意志独立的表现。因此也可以成就接近人民的叛逆者或革命家，但是这种人物的造就或完成，只有在后来的时代，例如我们的时代。冯先生的分析，笔者大体同意；对这个问题笔者近来也常常加以思索，现在写出自己的一些意见，也许可以补充冯先生所没有说到的。

气和节似乎原是两个各自独立的意念。《左传》上有"一鼓作气"的话，是说战斗的。后来所谓"士气"就是这个气，也就是"斗志"；这个"士"指的是武士。孟子提倡的"浩然之气"，似乎就是这个气的转变与扩充。他说"至大至刚"，说"养勇"，都是带有战斗性的。"浩然之气"是"集义所生"，"义"就是"有理"或"公道"。后来所谓"义气"，意思要狭隘些，可也算是"浩然之气"的分支。现在我们常说的"正义感"，虽然特别强调现实，似乎也还可以算是跟"浩然之气"联系着的。至于文天祥所歌咏的"正气"，更显然跟"浩然之气"一脉相承。不过在笔者看来两者却并不完全相同，文氏似乎在强调那消极的节。

节的意念也在先秦时代就有了，《左传》里有"圣达节，次守节，下失节"的话。古代注重礼乐，乐的精神是"和"，礼的精神是"节"。礼乐是贵族生活的手段，也可以说是目的。他们要定等级，明分际，要有稳固的社会秩序，所以要"节"，但是他们要统治，要上统下，所以也要"和"。礼以"节"为主，可也得跟"和"配合着；乐以"和"为主，可也得跟"节"配合着。节跟和是相反相成的。明白了这个道理，我们可以说所谓"圣达节"等等的"节"，是从礼乐里引申出来成了行为的标准或做人的标准；而这个节其实也就是传统的"中道"。按说"和"也是中道，不同的是"和"重在合，"节"重在分；重在分所以重在不犯不乱，这就带上消极性了。

向来论气节的，大概总从东汉末年的党祸起头。那是所谓处士横议的时代。在野的士人纷纷的批评和攻击宦官们的贪污政治，中心似乎在太学。这些在野的士人虽然没有严密的组织，却已经在联合起来，并且博得了人民的同情。宦官们害怕了，于是乎逮捕拘禁那些领导人。这就是所谓"党锢"或"钩党"，"钩"是"勾连"的意思。从这两个名称上可以见出这是一种群众的力量。那时逃亡的党人，家家愿意收容着，所谓"望门投止"，也可以见出人民的态度，这种党人，大家尊为气节之士。气是敢作敢为，节是有所不为——有所不为也就是不合作。这敢作敢为是以集体的力量为基础的，跟孟子的"浩然之气"与世俗所谓"义气"只注重领导者的个人不一样。后来宋朝几千太学生请愿罢免奸臣，以及明朝东林党的攻击宦官，都是集体行动，也都是气节的表现。但是这种表现里似乎积极的"气"更重于消极的"节"。

在专制时代的种种社会条件之下，集体的行动是不容易表现的，于是士人的立身处世就偏向了"节"这个标准。在朝的要做忠臣。这种忠节或是表现在冒犯君主尊严的直谏上，有时因此牺牲性命；或是表现在不做新朝的官甚至以身殉国上。忠而至于死，那是忠而又烈了。在野的要做清高之士，这种人表示不愿和在朝的人合作，因而游离于现实之外；或者更逃避到山林之中，那就是隐逸之士了。这两种节，忠节与高节，都是个人的消极的表现。忠节至多造就一些失败的英雄，高节更只能造就一些明哲保身的自了汉，甚至于一些虚无主义者。原来气是动的，可以变化。我们常说志气，志是心之所向，可以在四方，可以在千里，志和气是配合着的。节却是静的，不变的；所以要"守节"，要不"失节"。有时候节甚至于是死的，死的节跟活的现实脱了榫，于是乎自命清高的人结果变了节，冯雪峰先生论到周作人，就是眼前的例子。从统治阶级的立场看，"忠言逆耳利于行"，忠臣到底是卫护着这个阶级的，而清高之士消纳了叛逆者，也是有利于这个阶级的。所以宋朝人说"饿死事小，失节事大"，原先说的是女人，后来也用来说士人，这正是统治阶级代言人的口气，但是也表示着到了那时代士的个人地位的增高和责任的加重。

"士"或称为"读书人"，是统治阶级最下层的单位，并非"帮闲"。他们的利害跟君相是共同的，在朝固然如此，在野也未尝不如此。固然在野的处士可以不受君臣名分的束缚，可以"不事王侯，高尚其事"，但是他们得吃饭，这饭恐怕还得靠农民耕给他们吃，而这些农民大概是属于他们做官的祖宗的遗产的。"躬耕"往往是一句门面话，就是偶然有个把真正躬耕的如陶渊明，精神上或意识形态上也还是在负着天下兴亡之责的士，陶的"述酒"等诗就是证据。可见处士虽然有时横议，那只是自家人吵嘴闹架，他们生活的基础一般的主要的还是在农民的劳动上，跟君主与在朝的大夫并无两样，而一般的主要的意识形态，彼此也是一致的。

　　然而士终于变质了，这可以说是到了民国时代才显著。从清朝末年开设学校，教员和学生渐渐加多，他们渐渐各自形成一个集团；其中有不少的人参加革新运动或革命运动，而大多数也倾向着这两种运动。这已是气重于节了。等到民国成立，理论上人民是主人，事实上是军阀争权。这时代的教员和学生意识着自己的主人身份，游离了统治的军阀；他们是在野，可是由于军阀政治的腐败，却渐渐获得了一种领导的地位。他们虽然还不能和民众打成一片，但是已经在渐渐地接近民众。五四运动划出了一个新时代。自由主义建筑在自由职业和社会分工的基础上。教员是自由职业者，不是官，也不是候补的官。学生也可以选择多元的职业，不是只有做官一路。他们于是从统治阶级独立，不再是"士"或所谓"读书人"，而变成了"知识分子"，集体的就是"知识阶级"。残余的"士"或"读书人"自然也还有，不过只是些残余罢了。这种变质是中国现代化的过程的一段，而中国的知识阶级在这过程中也曾尽了并且还在想尽他们的任务，跟这时代世界上别处的知识阶级一样，也分享着他们一般的运命。若用气节的标准来衡量，这些知识分子或这个知识阶级开头是气重于节，到了现在却又似乎是节重于气了。

　　知识阶级开头凭着集团的力量勇猛直前，打倒种种传统，那时候是敢作敢为一股气。可是这个集团并不大，在中国尤其如此，力量到底有限，而与民众打成一片又不容易，于是碰到集中的武力，甚至加上外来的压力，就抵挡不住。而一方面广大的民众抬头要饭吃，他们也没法满足这些饥饿的民众。他们于是失去了领导的地位，逗留在这夹缝中间，渐渐感觉着不自由，闹了个"四大金刚悬空八只脚"。他们于是只能保守着自己，这也算是节罢；也想缓缓地落下地去，可是气不足，得等着瞧。可是这里的是偏于中年一代。青年代的知识分子却不如此，他们无视传统的"气节"，特别是那种消极的"节"，替代的是"正义感"，接着"正义感"的是"行动"，其实"正义感"是合并了"气"和"节"，"行动"还是"气"。这是他们的新的做人的尺度。等到这个尺度成为标准，知识阶级大概是还要变质的罢？

佳作赏析：

朱自清（1898—1948），浙江绍兴人，散文家、学者。著有散文集《背影》《欧游杂记》，长诗《毁灭》，学术论著《经典常谈》《诗言志辨》等。

气节——坚持正义，有所不为的操守。坚持正义，在敌人或压力面前不屈服的品质。"朝闻道，夕死可矣"，揭示的是气节的源泉；"鞠躬尽力，死而后已"，归纳的是气节的拓展；"英雄生死路，却是壮游时"，抽象的是气节的升华。经过世代培育、弘扬、传承的气节和信念，是数千年来支撑中华民族生生不息、弱而复强、衰而复兴的灵魂和脊梁。气节是我国固有的道德标准，"富贵不能淫，贫贱不能移，威武不能屈"，这是需要我们好好继承和发扬的优秀精神遗产。

论老实话

□〔中国〕朱自清

　　美国前国务卿贝尔纳斯退职后写了一本书，题为《老实话》。这本书中国已经有了不止一个译名，或作《美苏外交秘录》，或作《美苏外交内幕》，或作《美苏外交纪实》，"秘录""内幕"和"纪实"都是《老实话》的意译。前不久笔者参加一个宴会，大家谈起贝尔纳斯的书，谈起这个书名。一个美国客人笑着说，"贝尔纳斯最不会说老实话！"大家也都一笑。贝尔纳斯的这本书是否说的全是"老实话"，暂时不论，他自题为《老实话》，以及中国的种种译名都含着"老实话"的意思，却可见无论中外，大家都在要求着"老实话"。贝尔纳斯自题这样一个书名，想来是表示他在做国务卿办外交的时候有许多话不便"老实说"，现在是自由了，无官一身轻了，不妨"老实说"了——原名直译该是"老实说"，还不是"老实话"。但是他现在真能自由的"老实说"，真肯那么的"老实说"吗？——那位美国客人的话是有他的理由的。

　　无论中外，也无论古今，大家都要求"老实话"，可见"老实话"是不容易听到见到的。大家在知识上要求真实，他们要知道事实，寻求真理。但是抽象的真理，打破沙锅问到底，有的说可知，有的说不可知，至今纷无定论，具体的事实却似乎或多或少总是可知的。况且照常识上看来，总是先有事后才有理，而在日常生活里所要应付的也都是些事，理就包含在其中，在应付事的时候，理往往是不自觉的。因此强调就落到了事实上。常听人说"我们要明白事实的真相"，既说"事实"，又说"真相"，叠床架屋，正是强调的表现。说出事实的真相，就是"实话"。买东西叫卖的人说"实价"，问口供叫犯人"从实招来"，都是要求"实话"。人与人如此，国与国也如此。有些时事评论家常说美苏两强若是能够，肯老实说出两国的要求是些什么东西，再来商量，世界的局面也许能够明朗化。可是又有些评论家认为两强的话，特别是苏联方面的，说得已经够老实了，够明朗化了。的确，自从去年维辛斯基在联合国大会上指名提出了"战争贩子"以后，美苏两强的话是越来越老实了，但是明朗化似乎还未见其然。

人们为什么不能不肯说实话呢？归根结底，关键是在利害的冲突上。自己说出实话，让别人知道自己的虚实，容易制自己。就是不然，让别人知道底细，也容易比自己抢先一着。在这个分配不公平的世界上，生活好像战争，往往是有你无我；因此各人都得藏着点儿自己，让人莫名其妙。于是乎钩心斗角，捉迷藏，大家在不安中猜疑着。向来有句老话，"知人知面不知心"，还有，"逢人只说三分话，未可全抛一片心"，这种处世的格言正是教人别说实话，少说实话，也正是暗示那利害的冲突。我有人无，我多人少，我强人弱，说实话恐怕人来占我的便宜；强的要越强，多的要越多，有的要越有。我无人有，我少人多，我弱人强，说实话也恐怕人欺我不中用；弱的想变强，少的想变多，无的想变有。人与人如此，国与国又何尝不如此！

说到战争，还有句老实话，"兵不厌诈！"真的交兵"不厌诈"，"钩心斗角，捉迷藏，耍花样"，也正是个"不厌诈"！"不厌诈"，就是越诈越好，从不说实话、少说实话，大大地跨进了一步；于是乎模糊事实，夸张事实，歪曲事实，甚至于捏造事实！于是乎种种谎话，应有尽有，你想我是骗子，我想你是骗子，这种情形，中外古今大同小异，因为分配老是不公平，利害也老在冲突着。这样可也就更要求实话、老实话。老实话自然是有的，人们没有相当限度的互信，社会就不成其为社会了。但是实话总还太少，谎话总还太多，社会的和谐恐怕还远得很罢。不过谎话虽然多，全然出于捏造的却也少，因为不容易使人信。麻烦的是谎话里参实话，实话里参谎话——巧妙可也在这儿。日常的话多多少少是两参的，人们的互信就建立在这种两参的话上，人们的猜疑可也发生在这两参的话上。即如贝尔纳斯自己标榜的"老实话"，他的同国的那位客人就怀疑他在用好名字骗人。我们这些常人谁能知道他的话老实或不老实到什么程度呢？

　　人们在情感上要求真诚，要求真心真意，要求开诚相见或诚恳的态度。他们要听"真话""真心话"，心坎儿上的，不是嘴边儿上的话。这也可以说是"老实话"。但是"心口如一"向来是难得的，"口是心非"恐怕大家有时都不免，读了奥尼尔的《奇异的插曲》就可恍然。"口蜜腹剑"却真成了小人。真话不一定关于事实，主要的是态度。可是，如前面引过的"知人知面不知心"，不看什么人就掏出自己的心肝来，人家也许还嫌血腥气呢！所以交浅不能言深，大家一见面儿只谈天气，就是这个道理。所谓"推心置腹"，所谓"肺腑之谈"，总得是二三知己才成；若是泛泛之交，只能敷敷衍衍，客客气气，说一些不相干的门面话。这可也未必就是假的，虚伪的。他至少眼中有你。有些人一见面冷冰冰的，拉长了面孔，爱理人不理人的，可以算是"真"透了顶，可是那份儿过了火的"真"，有几个人受得住！本来彼此既不相知，或不深知，相干的话也无从说起，说了反容易出岔儿，乐得远远儿的，淡淡儿的，慢慢儿的，不过就是彼此深知，像夫妇之间，也未必处处可以说真话。"人心不同，各如其面"，一个人总有些不愿意教别人知道的秘密，若是不顾忌着些个，怎样亲爱的也会碰钉子的。真话之难，就在这里。

　　真话虽然不一定关于事实，但是谎话一定不会是真话。假话却不一定就是谎话，有些甜言蜜语或客气话，说得过火，我们就认为假话，其实说话的人也许倒并不缺少爱慕与尊敬。存心骗人，别有作用，所谓"口蜜腹剑"的，自然当作别论。真话又是认真的话，玩话不能当做真话。将玩话当真话，往往闹别扭，即使在熟人甚至亲人之间。所以幽默感是可贵的。真话未必是好听的话，所谓"苦口良言""药石之言""忠言""直言"，往往是逆耳的，一片好心往往倒得罪了人。可是人们又要求"直言"，专制时代"直言极谏"是选用人才的一个科目，甚至现在算命看相的，也还在标榜"铁嘴"，表示直说，说的是真话，老实话。但是这种"直言""直说"大概是不至于刺耳至少也不至于太刺耳的。又是"直言"，又不太刺耳，岂不两全其美吗！不过刺耳也许还可忍耐，刺心却最难宽恕；直说遭怨，直言遭忌，就为刺了别人的心——小之被人骂为"臭嘴"，大之可以杀身。所以不折不扣的"直言极谏"之臣，到底是寥寥可数的。直言刺耳，进而刺心，简直等于相骂，自然会叫人生气，甚至于翻脸。反过来，生了气或翻了脸，骂起人来，冲口而出，自然也多直言，真话，老实话。

　　人与人是如此，国与国在这里却不一样。国与国虽然也讲友谊，和人与人的友谊却不相当，亲谊更简直是没有。这中间没有爱，说不上"真心"，也说不上"真话""真心话"。倒是不缺少客气话，所谓外交辞令；那只是礼尚往来，彼此表示尊敬而已。还有，就是条约的语言，以利害为主，有些是互惠，更多是偏惠，自然是弱小吃亏。这种条约倒是"实话"，所以有时得有秘密条款，有时更全然是密约。条约总说是双方同意的，即使只有一方是"欣然同意"。不经双方同意而对一方有所直言，或彼此相对直言，那就往往是谴责，也就等于相骂。像去年联合国大会以后的美苏两强，就是如此。话越说得老实，也就越尖锐化，当然，翻脸倒是还不至于的。这种老实话一方面也是宣传。照一般的意见，宣传绝不会是老实话。然而美苏两强互相谴责，其中的确有许多老实话，也的确有许多人信这一方或那一方，两大阵营对垒的形势因此也越见分明，世界也越见动荡。这正可见出宣传的力量。宣传也有各等各样。毫无事实的空头宣传，不用说没人信；有事实可也参点儿谎，就有信的人。因为有事实就有自信，有自信就能多多少少说出些真话，所以教人信。自然，事实越多越分明，信的人也就越多。但是有宣传，也就有反宣传，反宣传意在打消宣传。判断当然还得凭事实。不过正反错综，一般人眼花缭乱，不胜其麻烦，就索性一句话抹杀，说一切宣传都是谎！可是宣传果然都是谎，宣传也就不会存在了，所以还当分别而论。即如贝尔纳斯将他的书自题为"老实说"，或"老实话"，那位美国客人就怀疑他在自我宣传；但是那本书总不能够全是谎罢？一个人也决不能够全靠撒谎而活下去，因为那么着他就掉在虚无里，就没了。

一九四八年二月二十四日作

佳作赏析：

　　这是一篇饶有趣味的文章，作者围绕"老实话"这个话题侃侃而谈，大到国际政治，小到日常生活，天南海北的事都娓娓道来。一般而言，大家都愿意听老实话、真话，但现实生活中却是假话、谎话连篇。为什么呢？作者一语道破天机：因为利害的冲突。因为一个"利"字，大到国家之间，小到日常生活，假话、谎话、真假两参的话，数不胜数。真正的老实话、真话往往稀缺。不过为人处世，还是以真诚待人为好，我们虽然做不到句句"老实话"，但不刻意说假话、谎话，不欺不瞒，不损人利己，这些做人的基本原则是要遵循的。

艺术家之功夫

□ ［中国］ 徐悲鸿

　　研究艺术，务须诚笃。吾辈之习绘画，即研究如何表现种种之物象。表现之工具，为形象与颜色。形象与颜色即为吾辈之语言，非将此二物之表现，做到功夫美满时，吾辈即失却语言作用似矣。故欲使吾辈善于语言，须于宇宙万象，有非常精确之研究，与明晰之观察，则"诚笃"尚矣。其次学问上有所谓力量者，即吾辈研究甚精确时之确切不移之焦点也。如颜色然，同一红也，其程度总有些微之差异，吾人必须观察精确，表现其恰当之程度，此即所谓"力量"，力量即是绝对的精确，为吾辈研究绘画之真精神。试观西洋各艺术品，如全盛时代之希腊作品，及米开朗琪罗、达·芬奇、提香等诸人之作品，无一不具精确之精神，以成伟大者。至如何涵养此种之力量，全恃吾人之功夫。研究绘画者之第一步功夫即为素描，素描是吾人基本之学问，亦为绘画表现唯一之法门。素描拙劣，则于一个物象，不能认识清楚，以言颜色更不知所措，故素描功夫欠缺者，其所描颜色，纵如何美丽，实是放滥，凡与无颜色等。欧洲绘画界，自19世纪以来，画派渐变。其各派在艺术上之价值，并无何优劣之点，此不过因欧洲绘画之发达，若干画家制作之手法稍有出入，详为分列耳。如马奈、塞尚、马蒂斯诸人，各因其表现手法不同，列入各派，犹中国古诗中之潇洒比李太白、雄厚比杜工部者也。吾辈研究各派，须研究各派功夫之所在（如印象派不专究小轮廓，而重色影与气韵，其功夫即在色彩上），否则便不能洞见其实际矣。其次有所谓"巧"字，是研究艺术者之大敌。因吾人研究之目标，要求真理，唯诚笃，可以下切实功夫，研究至绝对精确之地步，方能获伟大之成功。学"巧"便故步自封，不复有为，乌能至绝对精确，于是我人之个性亦不能造就十分强固矣。

二十岁至三十岁，为吾人凭全副精力观察种种物象之期，三十以后，精力不甚健全，斯时之创作全恃经验记忆及一时之感觉，故须在三十以前养成一种至熟至精确之力量，而后制作可以自由。法国名画家莫奈九十岁时之作品，手法一丝不苟，由是可想见其平日素描之根底。故吾人研究绘画，当在二三十岁时，刻苦用功，分析精密之物象，涵养素描功夫，将来方可成杰作也。

诸位，艺术家之功夫，即在于此。兄弟不信世界上有甚天才，是在吾辈切实研究耳。诸位目今方在二三十岁之际，正当下工夫之时期，还望擅自努力也。

佳作赏析：

徐悲鸿（1895—1953），江苏宜兴人，画家、美术教育家。以画马著称于世，代表作品有《九方皋》《愚公移山》等。

徐悲鸿作为驰名中外的画家，他对于自己艺术事业的成功是怎么看的呢？这篇文章就是他自己的心得。文章开门见山，直接提出观点：研究艺术，务须诚笃。接下来，作者又具体论述了在艺术创作中如何做到诚笃，如何具体运用。归纳起来，徐悲鸿认为艺术家的功夫在于执著、精确、勤奋、苦练，而文章结尾他说得很清楚，"不信世界上有甚天才"。其实天才无非就是比一般人更加"诚笃"而已。不唯绘画，对于学习任何学问和技能、做任何事情，如果能做到徐悲鸿所说的"诚笃"二字，想必没有不成功的。

兴趣与人生

□〔中国〕冯友兰

　　小孩子的游戏，最有无所为而为的精神。在游戏中，小孩子做某种事，完全由于他的兴趣。他可以写字，但他并非欲成一书家。他可以画画，但他并非欲成一画家。他更非欲以写字或画画，得到所谓"世间名利恭敬"。他写字或画画，完全是无所为而为。他作某种事，完全是乘兴，他兴来则作，兴尽则止。所谓"行乎其所不得不行；止乎其所不得不止。"他作某种事皆是顺其自然，没有矫揉造作，所以他作某种事，是无所为而为，亦即是无为。

　　当小孩子时候的游戏，是人的生活中的最快乐的一部分。道家的理想的生活，即是这一类的生活。道家以为成人所以不能得到这一类的生活者，乃因受社会中各种制度的束缚。我们若能打破此种束缚，则此种生活即可得到。我们亦以为这种生活是快乐的，亦可以说是理想的生活，但社会各种制度的束缚，却并不是容易打破者。这些束缚，不容易打破，并不是因为人的革命的勇气不够，而是因为有些社会制度是任何种的社会的存在，所必需的。若打破这些，即取消了社会的存在。社会若不能存在，人亦不能存在。此即是说，若没有社会，人即不能生活，更说不到快乐的生活。道家以为，上所说无为的生活是快乐的，这是不错的。道家又以为，人在社会中，因受社会制度的束缚，以致人不能完全有这种生活，这亦是不错的。但道家因此即以为人可以完全不要社会制度，以求完全有这种生活，这是一种过于简单的办法，是不可行的。

照道家的说法，无论任何人总有他所感觉兴趣的事。我们看见有些人，于闲暇时，什么事都不做，而蒙头大睡，或坐在那里胡思乱想，似乎是对于什么事都不感觉兴趣。而实在是他对于蒙头大睡，或胡思乱想，感觉很大的兴趣。既然任何人对于有些事总感觉兴趣，如果任何人都照着他的兴趣去做，则任何人都过着最快乐的生活，"各得其所"，真是再好没有的。或者可以问：如果人人都对于蒙头大睡感觉兴趣，如随其兴趣，则都蒙头大睡去了，又有谁去做事呢？人人都不做事，岂不大家都要饿死？道家于此可答：决不会如此的。有许多人对于蒙头大睡，不感觉兴趣，如叫他终日蒙头大睡，他不但不以为乐，而且以为苦。这些人如没有事做，反觉烦闷。所以有些人要"消闲"。所以要消闲者，即有些人有时感到闲得无聊不可耐，故须设法找点事做，将闲消去。忙人找闲，而闲人则找忙，所以虽任何人都随着他的兴趣去做，天下事仍都是有人作的。

这是一个极端的说法。照这个极端的说法，自然有行不通，不可行之处。有些事是显然不容易使人感觉兴趣的，如在矿井里做工等。然而这些事还不能不有人作。在社会里面，至少在有些时候，我们每人都须作些我们所不感觉兴趣的事。这些事大概都是社会所必需的，所以我们对于它虽不感觉兴趣，而亦必须作之。社会是我们的生存所必需的，所以我们对于社会，都有一种起码的责任。这种起码的责任，不见得是每个人所皆感觉兴趣的。所以主张人皆随其兴趣去做的极端说法，如道家所说者，是不可行的。

不过这种说法，如不是极端的，则是可行的。这种说法，在相当范围内，我们不能不说是真理。

在以前的社会制度里，尤其是在以前的教育制度里，人以为，人的兴趣，只有极少数是正当的。在以前的教育制度里，人所应读的所谓"正经书"，是很有限的。五经四书是大家所公认的"正经书"。除此之外，学举业者，再加读诗赋八股文，讲道学者，再加读宋明儒语录。此外所有小说词曲等，均以为是"闲书"。看闲书是没出息的事，至于作闲书更是没有出息的事了。在以前的社会制度里，尤其是在以前的教育制度里，人以为，人的兴趣，多数不是"正当的"。因此有多少人不能随着他的兴趣去作，以致他的才不能发展。因此不知压抑埋没了多少天才，这是不必讳言的。

说到此，我们须对于才有所说明。与才相对者是学。一个人无论在哪一方面的成就，都靠才与学两方面；才是天授；学是人力。比如一个能吃酒的人，能多吃而不醉。其所以能如此者，一方面是因为他的生理方面有一种特殊的情形，又一方面是因为他常常吃酒，在生理方面，养成一种习惯。前者是他的才，是天授；后者是他的学，是人力。一个在某方面没有才的人，压根不能在某方面有所成就；无论如何用力学，总是徒劳无功。反之，在某方面有才的人，则"一出手便不同"。他虽亦须加上学力，方能有所成就，但他于学时，是"一点即破"。他虽亦用力，但此用力对于他是有兴趣的。此用力对于他不是一种苦事，而是一种乐事。例如学作诗，旧说："酒有别肠"；"诗有别才"。此即是说，吃酒作诗，都靠天生的才，不是仅靠学的。我们看见有些人压根不能作诗，他可以写出许多五个字或七个字的句子，平仄韵脚都不错，他可以学新诗人写出许多短行，但这些句子或短行，可以一点诗味都没有。这些人即是没有诗才的人，他无论怎样学诗，我们可以武断地说，他是一定不能成功的。另外有些人，初学作诗，写出的句子，平仄韵脚都不合，而却诗味盎然。这些人是有诗才的人，他有希望可以成为诗人。

一个人必须在某方面有才，然后他在某方面的学，方不至于白费。一个人在某方面的学，只能完成他在某方面的才，而不能于他原有的才上，有所增加。一个有诗才的人，初学作诗时，即有些好句，这是他的才的表现。普通以为于此人学成的时候，他必可以作更好的句。其实这是不对的。他学成时，实亦只能作这样的好句。所差别的是：在他初学的时候，他所作的诗，有好句，却亦有极不好，或极不通的句。在他学成的时候，他所作的好句，虽亦不过是那么好，但却无极不好，或极不通的句。他所作的所有的句，虽不能是都好，但与好句放在一起，却都可以过得去。有好句是他的才的表现，好句以外的别的句，都可以过得去，是他的学的表现。他的学可以使他的所有句子都过得去，这是他的学能完成他的才；他的学不能使他的好句更好，这是他的学不能使他的才有所增益。所谓神童，不见得以后皆能有所成就者，即因他的以后的学，不能使其才有所增加。他于童时所表现的才，与童子比，虽可称为高，但以后若不能增益，则与成人比，或即是普通不足为奇的。

一个人在某方面的才，有大小的不同。"世间才有一石，曹子建独得八斗"，此是说，曹子建在文学方面，有很大的才，在某方面有很大的才者，我们称之为某方面的天才，如文学的天才，音乐的天才，军事的天才等。

道家重视人的才，以为只要人在某方面有才，即可以不必学，而自然能在某方面有所成就。不学而自能，即所谓无为。道家这种看法，是不对的。我们承认，人必在某方面有才。始能于某方面有成就。但不承认，人只在某方面有才，即可在某方面有成就。人在某方面有才，是他在某方面有成就的必要条件，而不是其充足条件。例如一个在作诗方面质美而未学的人，虽可以写出些好句，但他所写的别的句，却有极不好或极不通的。他仍是不能成为诗人。凡能在某方面有成就的人，都是在某方面有才又有学的人。其成就愈大，其所需的才愈大，学愈深。

在某方面有才的人，对于某方面的事必感觉兴趣。因此他的学是随着他的兴趣而有的。他的学是随着他的兴趣而有，所以他求学是无所为而为的。他对于他的学，虽用力而可只觉其乐，不觉其苦，所以他虽用力地学，而亦可说是无为。

才是天生的，所以亦可谓之为性。人的兴趣之所在，即其才之所在，亦即普通所谓"性之所近"。人随他的兴趣去做，即是发展其才，亦即是道家所谓率性而行。若一个人对于某方面的事，本不感觉兴趣，或甚感觉无兴趣，但因别的原因，而偏要作此方面的事，此即不是率性而行，是矫揉造作。例如一个人作诗，本不感觉兴趣，或甚感觉无兴趣，但因羡慕别人因作诗而得名誉或富贵，所以亦欲学作诗，要当诗人。其学诗即不是率性而行，即是矫揉造作。他因羡慕诗人之可得名誉或富贵而作诗，所以他作诗是有所为而为。他作诗是矫揉造作，所以他作诗是有为。

或可问：一个人对于某一事虽有兴趣，虽有才，而其才苦不甚高，所以他虽随着他的兴趣去作，而不能有很大的成就，不能成一什么家，则将如何？于此，我们可以说，凡作一某事，而必期其一定有大成就，必期其成一什么家者，仍是有所为而为也。一个人若真是专随其兴趣去作，则只感觉其所作者有兴趣，而并不计其他。他做到哪里算哪里，至于其所作如何始为很大的成就，如何始可成为什么家，他是不暇问的。譬如我们吃饭，真是不得不吃耳，至于饭之吃下去如何于身体有益，则吃饭时不暇问也。我们常看见有许多什么"迷"，如"棋迷""戏迷"等。棋迷为下棋而下棋，戏迷为唱戏而唱戏，他们对于下棋或唱戏，并不预存一为国手或名角的；他们的下棋或唱戏，是随着他们的兴趣去作的。他们的下棋或唱戏，是无所为而为。他们对于下棋或唱戏，虽刻苦用功，然亦只觉其乐，不觉其苦，故亦是无为。凡人真能随其兴趣去作者，皆是如此。他们随着他们的兴趣做下去，固然可以有成就，可以成为什么家，但这些对于他们只是一种副产；他们并不是为这些而始作某种事的。

所谓什么家的尊号，是表示社会对于一人在某方面的成就的承认。例如一个人在化学方面作了些工作，如社会认其为有成就，则称之为化学家。所以凡必期为什么家者，推其故，仍是欲求社会上的荣誉。为求社会上的荣誉而作某种事者，其初心即不是从兴趣出发，其作某种事即是有所为而为，其对于某种事所用的工夫，对于他即是苦痛，即是有为。

或可问：一个人的兴趣，可以与他的成就不一致。例如一个大政治家，可以好音乐图画等。就其成为大政治家说，他的才是在政治方面见长的。但他的兴趣，又在于音乐图画，是其兴趣与其才，并不是一致的。关于这一点，我们可以说，有些人的才是一方面的，有些人的才，则是多方面的。一个人是大政治家而又好音乐图画，此可见，他在政治方面及艺术方面均有才。因为有些人的才是多方面的，所以他一生所好的事物，可以随时不同，如一人于幼年时好音乐图画，及壮年又好政治。盖人在各方面的才，有些于其一生中某一时期表现，有些于其一生中另一时期表现。他在某一方面的才，在其一生中某一时期表现，他即于某一时期，对于某种事物，感觉兴趣。

或可问：如果一个人的兴趣，可以随时变动，如果他又专作他所感觉兴趣的事，则他所做的事，岂非需要常变？如果他所做的事需要常变，则他对于他所做的事，恐怕都不能有所成就。于此点，我们说：凡作什么而期其必有成就者，即是有所为而为，即不是率性而行。率性而行者，对于其所作之事，虽可有成就，但不期其有成就，更不期其必有成就。此点我们于上文已说。

在道家所说的理想的生活中，一个人只作他所感觉有兴趣的事。在道家所说的理想的社会里，所有的人都只作他所感觉有兴趣的事。如果这种生活，这种社会，事实上可以得到，这诚然是最理想的。不过这种生活，这种社会，事实上不是可以完全得到的。其理由有几点可说。就第一点说，在一个人的生活中，有些事在根本上只是一种工具，为人所用以达到某种目的者，其本身是不能使人感觉兴趣的。人做这些事，只能是有所为而为，不能是无所为而为。例如吃药。没有人无所为而吃药，但吃药亦是人生中所不能免者。就第二点说，每一社会中的人，必对于其社会负相当的责任，必于相当范围内，分担社会的事，至少亦应该于相当范围内，分担社会的事。没有人能生存于社会之外。所以没有人能不，或应该不，于相当范围内，分担社会的事。对于此等事，有些人固亦感觉兴趣，但亦有些人不感觉兴趣，或甚感觉无兴趣。不过对于这些事，有些人虽不感觉兴趣，或甚感觉无兴趣，而亦不能不作，亦不应该不作。就第三点说，有些人所感觉兴趣的事，有些是为社会所不能不加以限制的。社会对于这些事，若不加以限制，则必与别人发生冲突。因此有些人对于这些事，虽有很大的兴趣，而不能作，或不能充分随意地作。因以上诸点，所以道家的理想的生活，理想的社会，事实是不能完全得到的，至少是很不容易完全得到的。

　　这种生活，这种社会，虽不能完全得到，或不容易完全得到，但我们却不能不承认这是合乎我们的理想的。在我们生活中，我们所做的事，其无所为而为者越多，我们的生活即越近乎理想。在我们的社会中，一般人所做的事，其无所为而为者越多，则其社会即越近乎理想。

佳作赏析：

　　冯友兰（1895—1990），河南唐河县人，哲学家。代表作品有《中国哲学史新编》《一种人生观》等。

　　这是一篇讨论兴趣、才学与成就大小关系的文章。作者以道家的无为思想作为参照系，具体论述了兴趣的重要性，天生的"才"与后天的"学"之间的辩证关系，"才""学"在取得成绩、成就中的各自作用和意义。正如作者所言，每个人的兴趣是千差万别的，部分人的兴趣还呈现多样化的趋势，大家都完全按自己的兴趣去学习、工作、生活，这是不现实的；而尽可能地照顾社会成员的兴趣，让每个人的个性、才能得到充分发挥，这种理想的社会状态确实是我们所应该努力的目标。文章语言朴实，文风平缓，作者将自己的观点娓娓道来，值得人们深入思考。

傅雷家书（节选）

□［中国］傅雷

　　亲爱的孩子，八月二十日报告的喜讯使我们心中说不出的欢喜和兴奋。你在人生的旅途中踏上一个新的阶段，开始负起新的责任来，我们要祝贺你、祝福你、鼓励你。希望拿出像对待音乐艺术一样的毅力、信心、虔诚，来学习人生艺术中最高深的一课。但愿你将来在这一门艺术中得到像你在音乐艺术中一样的成功！发生什么疑难或苦闷，随时向一两个正直而有经验的中、老人讨教，（你在伦敦已有一年八个月，也该有这样的老成的朋友吧！）深思熟虑，然后决定，切勿单凭一时冲动：只要你能做到这点，我们也就放心了。

　　对终身伴侣的要求，正如对人生一切的要求一样不能太苛。事情总有正反两面：追得你太迫切了，你觉得负担重；追得不紧了，又觉得不够热烈。温柔的人有时会显得懦弱，刚强的人又近乎专制。幻想多了未免不切实际，能干的管家太太又觉得俗气。只有长处没有短处的人在哪儿呢？世界上究竟有没有十全十美的人或事物呢？抚躬自问，自己又完美到什么程度呢？这一类的问题想必你考虑过不止一次。我觉得最主要的还是本质善良，天性的温厚，开阔的胸襟。有了这三样，其他都可以逐渐培养；而且有了这三样，将来即使遇到大大小小的风波也不致变成悲剧。做艺术家的妻子比做任何人的妻子都难；你要不预先明白这一点，即使你知道"责人太严，责己太宽"，也不容易学会明哲、体贴、容忍。只要能代你解决生活琐事，同时对你的事业感兴趣就行，对学问的钻研等等暂时不必期望过奢，还得看你们婚后的生活如何，眼前双方先学习互相的尊重、谅解、宽容。

对方把你作为她整个的世界固然很危险，但也很宝贵！你既已发觉，一定会慢慢点醒她，最好旁敲侧击而勿正面提出，还要使她感到那是为了维护她的人格独立，扩大她的世界观。倘若你已经想到奥里维的故事，不妨就把那部书叫她细读一二遍，特别要她注意那一段插曲。像雅葛丽纳那样只知道"爱，爱，爱！"的只是童话中的人物，在现实世界中非但得不到爱，连日子都会过不下去，因为她除了爱一无所知，一无所有，一无所爱。这样狭窄的天地哪像一个天地！这样片面的人生观哪会得到幸福！无论男女，只有把兴趣集中在事业上、学问上、艺术上，尽量抛开渺小的自我，才有快活的可能，才觉得活得有意义。未经世事的少女往往会存一个荒诞的梦想，以为恋爱时期的感情的高潮也能在婚后维持下去。这是违背自然规律的妄想。古语说，"君子之交淡如水"；又有一句说，"夫妇相敬如宾"。可见只有平静、含蓄、温和的感情方能持久；另外一句的意义是说，夫妇到后来完全是一种知己朋友的关系，也即是我们所谓的终身伴侣。未婚之前双方能深切领会到这一点，就为将来打定了最可靠的基础，免除了多少不必要误会与痛苦。

你是以艺术为生命的人，也是把真理、正义、人格等等看做高于一切的人，也是以工作为乐生的人；我用不着唠叨，想你早已把这些信念表白过，而且竭力灌输给对方的了。我只想提醒你几点：第一，世界上最有力的论证莫如实际行动，最有效的教育莫如以身作则；自己做不到的事千万勿要求别人；自己也要犯的毛病先批评自己，先改自己的。第二，永远不要忘了我教育你的时候犯的许多过严的毛病。我过去的错误要是能使你避免同样的错误，我的罪过也可以减轻几分；你受过的痛苦不再施之于他人，你也不算白白吃苦。总的说来，尽管指点别人，可不要给人"好为人师"的感觉。奥诺丽纳（你还记得巴尔扎克的那个中篇吗？）的不幸一大半是咎由自取，一小部分也因为丈夫教育她的态度伤了她的自尊心。凡是童年不快乐的人都特别脆弱（也有训练得格外坚强的，但只是少数），特别敏感，你回想一下自己，就会知道对付你的恋人要如何审慎。

我相信你对爱情问题看得比以前更郑重严肃了，就在这考虑时期；希望你更加用严肃的态度对待一切，尤其要对婚后的责任先培养一种忠诚、庄严、虔敬的心情！

佳作赏析：

傅雷（1908—1966），上海市人，翻译家。译作30多部，代表作品有《约翰·克利斯朵夫》等。

这是傅雷写给儿子的一封家书，在信中他对于自己儿子恋爱的事情进行了鼓励，提出了希望和要求，其中关于恋爱和婚姻的许多观点都十分精彩，对于当今青年人的婚恋也有着重要的参考意义。关于终身伴侣的选择，作者提出：要求不能太苛。因为世界上并没有十全十美的人，在这个问题上要理性面对现实。恋爱中的男女往往耽于幻想，以为婚后仍能保持恋爱期的激情，对此作者指出：夫妇到后来完全是一种知己朋友的关系，平静、含蓄、温和的感情方能持久。对于两个人的相处，傅雷认为应该以身作则，尊重对方。

短短的一封家信，却将青年人婚恋中可能存在、发生的问题一一指出并提出解决的具体原则和方法，作者渊博的学识、深厚的素养可见一斑。

谈学文艺的甘苦

□〔中国〕朱光潜

亲爱的朋友们：

这个题目是尊先生出给我做的。他说常接到诸位的信，怪我近来少替《中学生》写文章，现在《中学生》预备出"文艺特辑"，希望我说几句切实的话。诸位的厚意实在叫我万分惭愧。我从前常给诸位写信时，自己还是一个青年，说话很自在，因为我知道诸位把我当做一个伙伴看待。眼睛一转，我现在已经糊糊涂涂地闯进中年了。因为教书，和青年朋友们接触的机会还是很多，但是我处处感觉到自己已从青年侪辈中落伍出来了。我虽然很想他们仍然把我看作他们中间一个人，但是彼此中间终于是隔着一层什么似的，至少是青年朋友们对于我存有几分歧视。这是常使我觉得悲哀的一件事。我歇了许久没有说话，一是没有工夫去说，二是没有兴会去说，三是没有勇气去说。至于我心里却似一个多话的老年人困在寂寞里面，常渴望有耐烦的年轻人听他唠叨地剖白心事。

我担任的是文学课程。那经院气十足的文艺理论不但诸位已听腻了，连我自己也说腻了。平时习惯的谦恭不容许我说我自己，现在和朋友们通信，我不妨破一回例。我以为切己的话才是切实的话，所以我平时最爱看自传、书信、日记之类赤裸裸地表白自己的文字。我假定你也是这样想，所以在这封信里我只说一点切身的经验。我所说的只是一些零星的感想，请恕我芜杂没有系统。

我对于做人和做学问，都走过许多错路。现在回想，也并不十分追悔。每个人的路都要由他自己摸索出来。错路的教训有时比任何教训都更加深切。我有时幻想，如果上帝允许我把这半生的账一笔勾销，再从头走我所理想的路，那是多么一件快事！但是我也相信，人生来是"事后聪明"的，纵使上帝允许我"从头再做好汉"，我也还得要走错路。只要肯摸索，到头总可以找出一条路来。世间只有生来就不肯摸索的人才会堕落在迷坑里，永远遇不着救星。

一般人常说，文艺是一种避风息凉的地方。在穷愁寂寞的时候，它可以给我们一点安慰。这话固然有些道理，但亦未必尽然。最感动人的文艺大半是苦闷的呼号。作者不但宣泄自己的苦闷，同时也替我们宣泄了苦闷，我们觉得畅快，正由于此。不过同时，伟大的作家们也传授我们一点尝受苦闷的敏感。人生世相，在健康的常人看，本来是不过尔尔，朦胧马虎地过活，是最上的策略。认识文艺的人，对于人生世相往往见出许多可惊可疑可痛哭流涕的地方，这种较异样的认识往往不容许他抱鸵鸟埋头不看猎犬式的乐观。这种认识固然不必定是十分彻底的，再进一步的认识也许使我们在冲突中见出调和。不过这种狂风暴雨之后的碧空晴日，大半是中年人和老年人的收获，而且古今中外的中年人和老年人之中有几人真正得到这种收获？苦闷的传染性极大，而超脱苦闷的彻底解悟之难达到，恐怕更甚于骆驼穿过针孔。我对于西方文学的认识是从浪漫时代起。最初所学得的只是拜伦式的伤感。我现在还记得在一个轮船上读《少年维特的烦恼》，对着清风夕照中的河山悄然遐想，心神游离恍惚，找不到一个安顿处，因而想到自杀也许是唯一的出路；我现在还记得十五年前——还是二十年前？——第一次读济兹的《夜莺歌》，仿佛自己坐在花阴月下，嗅着蔷薇的清芬，听夜莺的声音越过一个山谷又一个山谷，以至于逐渐沉寂下去，猛然间觉得自己被遗弃在荒凉世界中，想悄悄静静地死在夜半的蔷薇花香里。这种少年的热情，幻想和痴念已算是烟消云散了，现在回想起来，好像生儿养女的妇人打开尘封的箱箧，检点处女时代的古老的衣装，不免自己嘲笑自己，然而在当时它们费了我多少彷徨，多少挣扎！

青年们大概都有一个时期酷爱浪漫文学，都要中几分伤感主义的毒。我自己所受的毒有时不但使我怀疑浪漫派文学的价值，而且使我想到柏拉图不许他的理想国里有诗人，也许毕竟是一种极大的智慧，无论对于人生或是对于文艺，不完全的认识常容易养成不健康的心理状态。我自己对于文艺不完全的认识酿成两种可悲哀的隔阂。第一种是书本世界和现实的隔阂。像我们这种人，每天之中要费去三分之二的时间抱书本，至多只有三分之一的时间可以应事接物。天天在史诗、悲剧、小说和抒情诗里找情趣，无形中就造成另一世界，把自己禁锢在里面，回头看自己天天接触的有血有肉的人物反而觉得有些异样。文艺世界中的豪情胜慨和清思敏感在现实世界中哪里找得着？除非是你用点金术把现实世界也化成一个文艺世界？但是得到文艺世界，你就要失掉现实世界。爱好文艺的人们总难免有几分书呆子的心习，以书呆子的心习去处身涉世，总难免处处觉到格格不入。蜗牛的触须本来藏在硬壳里，它偶然伸出去探看世界，碰上了硬辣的刺激，仍然缩回到硬壳里去，谁知道它在硬壳里的寂寞？

我所感到的第二种隔阂可以说是第一种隔阂的另一面。人本来需要同情，路走得愈窄，得到同情的可能也就愈小。所见相同，所感才能相同。文艺所表现的固然有大部分是人人同见同感的，也有一部分是一般人所不常见到不常感到的。这一般人不常见到不常感到的一部分往往是最有趣味的一部分。一个人在文艺方面天天向深刻微妙艰难处走，在实际生活方面，他就不免把他和他的邻人中间的墙壁筑得一天高厚似一天。说"今天天气好"，人人答应你"今天天气的确是好"；说"卡尔登今晚的片子有趣"，至少有一般爱看电影的人们和你同情。可是一阵清风吹来，你不能在你最亲爱的人的眼光里发现突然在你心中出现的那一点灵感，你不能把莎士比亚的佳妙处捧献你的母亲，你不能使你的日子也觉得东墙角的一枝花影，比西墙角的一枝花影意味更加深永。这个世界本来是让大家闲谈"今天天气好"的世界，此外你比较得意的话只好留着说给你自己听。

我对于文艺的认识是不完全的，我已经承认过。从大诗人和大艺术家的传记和作品看，较深厚的修养似乎能打消这种隔阂。不过关于这一点，我只好自招愚昧。上面所说的一番话也不尽是酸辛语，我有时觉到这种酸辛或许就是一种甜蜜。我的用意尤其不在咒骂文艺。我应该感谢文艺的地方很多。尤其是它教我学会一种观世法。一般人常以为只有科学的训练才可以养成冷静的客观的头脑。拿自己的前前后后比较，我自觉现在很冷静，很客观。我也学过科学，但我的冷静的客观的头脑不是从科学得来的，而是从文艺得来的。凡是不能持冷静的客观的态度的人，毛病都在把"我"看得太大。他们从"我"这一副着色的望远镜里看世界，一切事物于是都失去他们本来的面目。所谓冷静的客观的态度，就是丢开这副望远镜，让"我"跳到圈子以外，不当作世界里有"我"而去看世界，还是把"我"与类似"我"的一切东西同样看待。这是文艺的观世法，这也是我所学得的观世法。我现在常拿看画的方法看一片园林或一座房屋，拿看小说和戏剧的方法看一对男女讲恋爱或是两个老谋深算的人斗手腕。一般人常拿实际人生的态度去看戏，看到曹操奸猾，不觉义愤填胸，本来是台下的旁观者，却跃跃欲试地想跳到台上去，把演曹操的角色杀死。我的办法与此恰恰相反。我本是世界大舞台里的一个演员，却站在台下旁观喝彩。遇着真正的曹操，我也只把他当做扮演曹操的角色看待，是非善恶都不成问题，嗔喜毁誉也大可不必，只觉得他有趣而已。我看自己也是如此，有时猛然发现自己在扮演小丑，也暗地里冷笑一阵。

有人骂这种态度"颓废""不严肃"。事关性分，我不愿置辩。不过我可以说，我所懂得的最高的严肃只有在超世观世时才经验到，我如果有时颓废，也是因为偶然间失去超世观世的胸襟而斤斤计较自己的利害得失。我不敢说它对于旁人怎样，这种超世观世的态度对于我却是一种救星。它帮助我忘去许多痛苦，容耐许多人所不能容耐的人和事，并且给过我许多生命力，使我勤勤恳恳地做人。

朋友们，我从文艺所得到的如此。各人的性格和经验不一样，我的话也许不能应用到诸位身上去，不过我所说的句句是体验过来的话，希望可以供诸位参考。

光潜四月二十五日

佳作赏析：

朱光潜（1897—1986），安徽桐城人，美学家、教授。著有《给青年的十二封信》《谈美》《诗论》《谈文学》等。

这是朱光潜谈自己对文艺认识的一篇文章，涉及了许多问题。文艺的功能首先是供人消遣，然而有时却又是传递苦闷的载体。正如作者所言，艺术家和具有文艺气质的人比一般人更加敏感，对于一些事物的认识也往往趋于极端化。而这种倾向一旦通过文艺作品传播给读者，可能会产生一些潜在的不良影响。而那些过于浪漫的文艺作品又因为与现实世界相差甚远，往往造成文艺人士与其他社会群体的隔阂。爱好文艺的人习惯以"文艺"的态度去看待现实世界，正所谓"人生如戏""戏如人生"。这种观世法有利有弊，每个人的性格、人生经验不同，对它的态度自然也不尽相同。文章既然谈的是个人体验，也就无所谓对错，广大读者自然也是"仁者见仁，智者见智"了。

"慢慢走，欣赏啊"
——人生的艺术化
□ [中国] 朱光潜

一直到现在，我们都是讨论艺术的创造与欣赏。在这一节中，我提议约略说明艺术和人生的关系。

我在开章明义时就着重美感态度和实用态度的分别，以及艺术和实际人生之间所应有的距离，如果话说到这里为止，你也许误解我把艺术和人生看成漠不相关的两件事。我的意思并不如此。

人生是多方面而却相互和谐的整体，把它分析开来看，我们说某部分是实用的活动，某部分是科学的活动，某部分是美感的活动，为正名析理起见，原应有此分别；但是我们不要忘记，完满的人生见于这三种活动的平均发展，它们虽是可分别的而却不是互相冲突的。"实际人生"比整个人生的意义较为狭窄。一般人的错误在把它们认为相等，以为艺术对于"实际人生"既是隔着一层，它在整个人生中也就没有什么价值。有些人为维护艺术的地位，又想把它硬纳到"实际人生"的小筑围里去。这般人不但是误解艺术，而且也没有认识人生。我们把实际生活看作整个人生之中的一片段，所以在肯定艺术与实际人生的距离时，并非肯定艺术与整个人生的隔阂。严格地说，离开人生便无所谓艺术，因为艺术是情趣的表现，而情趣的根源就在人生；反上，离开艺术也便无所谓人生，因为凡是创造和欣赏都是艺术的活动，无创造无欣赏的人生是一个自相矛盾的名词。

人生本来就是一种较广义的艺术。每个人的生命史就是他自己的作品。这种作品可以是艺术的，也可以不是艺术的，正犹如同是一种顽石，这个人能把它雕成一座伟大的雕像而另一个人却不能使它"成器"，分别全在性分与修养。知道生活的人就是艺术家，他的生活就是艺术作品。

过一世生活好比做一篇文章。完美的生活都有上品文章所应有的美点。

第一，一篇好文章一定是一个完整的有机体，其中全体与部分都息息相关，不能稍有移动或增减。一字一句之中都可以见出全篇精神的贯注。比如陶渊明的《饮酒》诗本来是"采菊东篱下，悠然见南山"，后人把"见"字误印为"望"字，原文的自然与物相遇相得的神情便完全丧失。这种艺术的完整性在生活中叫做"人格"。凡最完美的生活都是人格的表现。大而进退取与，小而声音笑貌，都没有一件和全人格相冲突。不肯为五斗米折腰向乡里小儿，是陶渊明的生命史中所应有的一段文章，如果他错过这一个小节，便失其为陶渊明。下狱不肯脱逃，临刑时还叮咛嘱咐还邻人一只鸡的债，是苏格拉底的生命史中所应有的一段文章，否则他便失其为苏格拉底。这种生命史才可以使人把它当做一幅图画去惊赞，它就是一种艺术的杰作。

其次，"修辞立其诚"是文章的要诀，一首诗或是一篇美文，一定是至性深情的流露，存于中然后形于外，不容有丝毫假借。情趣本来是物我交感共鸣的结果。景物变动不居，情趣亦自生生不息。我有我的个性，物也有物的个性，这种个性又随时地变迁而生长发展。每人在某一时会所见到的景物，和每种景物在某一时会所引起的情趣，都有它的特殊性，断不容与另一人在另一时会所见到的景物，和另一景物在另一时会所引起的情趣，完全相同的。毫厘之差，微妙所在。在这种生生不息的情趣中，我们可以见出生命的创化。把这种生命流露于语言文字就是好文章，把它流露于言行风采，就是美满的生命史。

文章忌俗滥，生活也忌俗滥。俗滥就是自己没有本色而蹈袭别人的成规旧矩。西施患心病，常捧心颦眉，这是自然流露，所以愈增其美。东施没有心病，强学捧心颦眉的姿态，只能引人嫌恶。在西施是创作，在东施便是滥调。滥调起于生命的枯竭，也就是虚伪的表现。"虚伪的表现"就是"丑"，克罗齐已经说过。"风行水上，自然成纹"，文章的妙处如此，生活的妙处也是如此。在什么地位，是怎样的人，感到怎样情趣便现出怎样言行风采，叫人一见就觉其谐和完整，这才是艺术的生活。

俗语说得好，"唯大英雄能本色"。所谓艺术的生活就是本色的生活。世间有两种人的生活最不艺术，一种是俗人，一种是伪君子。"俗人"根本就缺乏本色，"伪君子"则竭力遮盖本色。朱晦庵有一首诗说：

半亩方塘一鉴开，天光云影共徘徊。

问渠那得清如许？为有源头活水来。

艺术的生活就是有"源头活水"的生活。俗人迷于名利，与世浮沉，心里没有"天光云影"，就因为没有源头活水。他们的大病是生命的枯竭。"伪君子"则于这种"俗人"的资格之上，又加上"沐猴而冠"的伎俩。他们的特点不仅见于道德上的虚伪，一言一笑，一举一动，都叫人起不美之感。谁知道风流名士的架子之中，掩藏了几多行尸走肉？无论是"俗人"或是"伪君子"，他们都是生命上的"苟且者"，都缺乏艺术家在创造时所应有的良心。像柏格森所说的他们都是"生命的机械化"，只能作喜剧中的角色，生活落到喜剧里去的人大半都是不艺术的。

艺术的创造之中都必寓有欣赏，生活也是如此。一般人对于一种言行常欢喜说它"好看""不好看"，这已有几分是拿艺术欣赏的标准去估量它。但是一般人大半不能彻底，不能拿一言一笑一举一动纳在全部生命史里去看，他们的"人格"观念太淡薄，所谓"好看""不好看"往往只是"敷衍面子"。

善于生活者则彻底认真，不让一尘一芥妨碍整个生命的和谐。一般人常以为艺术家是一班最随便的人，其实在艺术范围之内，艺术家是最严肃不过的。在锻炼作品时常呕心呕肝，一笔一画也不肯苟且。王荆公作"春风又绿江南岸"一句诗时，原来"绿"字是"到"字，后来由"到"字改为"过"字，由"过"字改为"入"字，由"入"字改为"满"字，改了十几次之后才定为"绿"字。即此一端可以想见艺术家的严肃了。善于生活者对于生活也是这样认真。曾子临死时记得床上的席子是季路的，一定叫门人把它换过才瞑目。吴季札心里已经暗许赠剑给徐君，没有实行徐君就已死去，他很郑重地把剑挂在徐君墓旁树上，以见"中心契合死生不渝"的风谊。像这一类的言行看来虽似小节，而善于生活者却不肯轻易放过，正犹如诗人不肯轻易放过一字一句一样。小节如此，大节更不消说。董狐宁愿断头不肯掩盖史实，夷齐饿死不愿降周，这种风度是道德的，也是艺术的。我们主张人生的艺术化，就是主张对于人生的严肃主义。

艺术家估定事物的价值，全以它能否纳入和谐的整体为标准，往往出于一般人意料之外。他能看重一般人所看轻的，也能看轻一般人所看重的。在看重一件事物时，他知道执著；在看轻一件事物时，他也知道摆脱。艺术的能事不仅见于知所取，尤其见于知所舍。苏东坡论文，谓如水行山谷中，行于其所不得不行，止于其所不得不止。这就是取舍恰到好处，艺术化的人生也是如此。善于生活者对于世间一切，也拿艺术的口味去评判它，合于艺术口味者毫毛可以变成泰山，不合于艺术口味者泰山也可以变成毫毛。他不但能认真，而且能摆脱。在认真时见出他的严肃，在摆脱时见出他的豁达。孟敏堕甑，不顾而去，郭林宗见到以为奇怪。他说，"既已碎，顾之何益？"哲学家斯宾诺莎宁愿靠磨镜过活，不愿当大学教授，怕妨碍他的自由。王徽之居山阴，有一天夜雪初霁，月色清朗，忽然想起他的朋友戴逵，便乘小舟到剡溪去访他，刚到门口便把船划回去。他说，"乘兴而来，兴尽而返。"这几件事彼此相差很远，却都可以见出艺术家的豁达。伟大的人生和伟大的艺术都要同时并有严肃与豁达之胜。晋代清流大半只知道豁达而不知道严肃，宋朝理学又大半只知道严肃而不知道豁达。陶渊明和杜子美庶几算得恰到好处。

一篇生命史就是一种作品。从伦理的观点看，它有善恶的分别，从艺术的观点看，它有美丑的分别。善恶与美丑的关系究竟如何呢？

就狭义说，伦理的价值是实用的，美感的价值是超实用的，伦理的活动都是有所为而为，美感的活动则是无所为而为。比如仁义忠信等等都是善，问它们何以为善，我们不能不着眼到人群的幸福。美之所以为美，则全在美的形象本身，不在它对于人群的效用（这并不是说它对于人群没有效用）假如世界上只有一个人，他就不能有道德的活动，因为有父子才有慈孝可言，有朋友才有信义可言。但是这个想象的孤零零的人，还可以有艺术的活动，还可以欣赏他所居的世界，还可以创造作品。善有所赖而美无所赖，善的价值是"外在的"，美的价值是"内在的"。

不过这种分别究竟是狭义的。就广义说，善就是一种美，恶就是一种丑。因为伦理的活动也可以引起美感上的欣赏与嫌恶。希腊大哲学家柏拉图和亚里士多德讨论伦理问题时，都以为善有等级，一般的善虽只有外在的价值，而"至高的善"则有内在的价值。这所谓"至高的善"究竟是什么呢？柏拉图和亚里士多德本来是一走理想主义的极端，一走经验主义的极端，但是对于这个问题，意见却一致。他们都以为"至高的善"在"无所为而为的玩索"（Disinterested Contemplation）。这种见解在西方哲学思潮上影响极大，斯宾诺莎、黑格尔、叔本华的学说都可以参证。从此可知西方哲人心目中的"至高的善"还是一种美，最高的伦理的活动还是一种艺术的活动了。

"无所为而为的玩索"可以看成"至高的善"吗？这个问题涉及西方哲人对于神的观念。从耶稣教盛行之后，神才是一个大慈大悲的道德家。在希腊哲人以及近代莱布尼兹、尼采、叔本华诸人的心目中，神却是一个大艺术家。他创造这个宇宙出来，全是为着自己要创造、要欣赏。其实这种见解也并不减低神的身份。耶稣教的神只是一班穷叫花子中的一个肯施舍的财主佬，而一般哲人心中的神，则是以宇宙为乐曲而要在这种乐曲之中见出和谐的音乐家。这两种观念究竟是哪一个伟大呢？在西方哲人想，神只是一片精灵，他的活动绝对自由而不受限制，至于人则为肉体的需要所限制而不能绝对自由。人愈能脱肉体需求的限制而作自由活动，则离神亦愈近。"无所为而为的玩索"是唯一的自由活动，所以成为最上的理想。

这番话似乎有些玄妙，在这里本来不应说及。不过无论你相信不相信，有许多思想却值得当作一个意象悬在心眼前来玩味玩味。我自己在闲暇时也欢喜看看哲学书籍。老实说，我对于许多哲学家的话都很怀疑，但是我觉得他们有趣。我以为穷到究竟，一切哲学系统也都只能当做艺术作品去看。哲学和科学穷到极境，都是要满足求知的欲望。每个哲学家和科学家对于他自己所见到的一点真理（无论它究竟是不是真理）都觉得有趣味，都用一股热忱去欣赏它。真理在离开实用而成为情趣中心时就已经是美感的对象了。"地球绕日运行""勾方加股方等于弦方"一类的科学事实和米罗爱神或第九交响曲一样可以摄魂震魄。科学家去寻求这一类的事实，穷到究竟，也正因为它们可以摄魂震魄。所以科学的活动也还是一种艺术的活动，不但善与美是一体，真与美也并没有隔阂。

艺术是情趣的活动，艺术的生活也就是情趣丰富的生活。人可以分为两种，一种是情趣丰富的，对于许多事物都觉得有趣味，而且到处寻求享受这种趣味。一种是情趣枯竭的，对于许多事物都觉得没有趣味，也不去寻求趣味，只终日拼命和蝇蛆在一块争温饱。后者是俗人，前者就是艺术家。情趣愈丰富，生活也愈美满，所谓人生的艺术化就是人生的情趣化。

"学得有趣味"就是欣赏。你是否知道生活，就看你对于许多事物能否欣赏。欣赏也就是"无所为而为的玩索"。在欣赏时，人和神仙一样自由，一样有福。

阿尔卑斯山谷中有一条大汽车路，两旁景物极美，路上插着一个标语劝告游人说："慢慢走，欣赏啊！"许多人在这车如流水马如龙的世界过活，恰如在阿尔卑斯山谷中乘汽车兜风，匆匆忙忙地急驰而过，无暇一回首流连风景，于是这丰富华丽的世界便成为一个了无生趣的囚牢。这是一件多么可惋惜的事啊！

朋友，在告别之前，我采用阿尔卑斯山路上的标语，在中国人告别习用语之下加上几字奉赠："慢慢走，欣赏啊！"

一九三二年

佳作赏析：

人生与艺术到底是什么关系？两者之间是不是矛盾的？朱光潜的这篇文章给出了解答：两者并不矛盾，更不是对立的。人生可以是艺术的，艺术也无时无刻不存在于人生中，正所谓"人生如戏，戏如人生"。作者以一篇文章的好坏为例分析了人生的价值，指出人生贵在和谐、贵在真诚。活出自己的本性、本色，这就是艺术人生，这就是充满情趣的人生，也是美好的人生。在人生路上多几分闲适，多几分情趣，慢慢品味和欣赏人生路上的"风景"，这才是真正的生活。

灯

□〔中国〕巴金

我半夜从噩梦中惊醒，感觉到室闷，便起来到廊上去呼吸寒夜的空气。

夜是漆黑的一片，在我的脚下仿佛横着沉睡的大海，但是渐渐地像浪花似的浮起来灰白色的马路。然后夜的黑色逐渐减淡。哪里是山，哪里是房屋，哪里是菜园，我终于分辨出来了。

在右边，傍山建筑的几处平房里射出来几点灯光，它们给我扫淡了黑暗的颜色。

我望着这些灯，灯光带着昏黄色，似乎还在寒气的袭击中微微颤抖。有一两次我以为灯会灭了。但是一转眼昏黄色的光又在前面亮起来。这些深夜还燃着的灯，它们（似乎只有它们）默默地在散布一点点的光和热，不仅给我，而且还给那些寒夜里不能睡眠的人，和那些这时候还在黑暗中摸索的行路人。

是的，那边不是起了一阵急促的脚步声吗？谁从城里走回乡下来了？过了一会儿，一个黑影在我眼前晃一下。影子走得极快，好像在跑，又像在溜，我了解这个人急忙赶回家去的心情。那么，我想，在这个人的眼里、心上，前面那些灯光会显得是更明亮、更温暖罢。

我自己也有过这样的经验。只有一点微弱的灯光，就是那一点仿佛随时都会被黑暗扑灭的灯光也可以鼓舞我多走一段长长的路。大片的飞雪飘打在我的脸上，我的皮鞋不时陷在泥泞的土路中，风几次要把我摔倒在污泥里。

我似乎走进了一个迷阵，永远找不到出口，看不见路的尽头。但是我始终挺起身子向前迈步，因为我看见了一点豆大的灯光。灯光，不管是哪个人家的灯光，都可以给行人——甚至像我这样的一个异乡人——指路。

这已经是许多年前的事了。我的生活中有过了好些大的变化。现在我站在廊上望山脚的灯光，那灯光跟好些年前的灯光不是同样的么？我看不出一点分别！为什么？我现在不是安安静静地站在自己楼房前面的廊上么？我并没有在雨中摸夜路。但是看见灯光，我却忽然感到安慰，得到鼓舞。难道是我的心在黑夜里徘徊，它被噩梦引入了迷阵，到这时才找到归路？

我对自己的这个疑问不能够给一个确定的回答。但是我知道我的心渐渐地安定了，呼吸也畅快了许多。我应该感谢这些我不知道姓名的人家的灯光。

他们点灯不是为我，在他们的梦寐中也不会出现我的影子，但是我的心仍然得到了益处。我爱这样的灯光。几盏灯甚或一盏灯的微光固然不能照彻黑暗，可是它也会给寒夜里一些不眠的人带来一点勇气，一点温暖。孤寂的海上的灯塔挽救了许多船只的沉没，任何航行的船只都可以得到那灯光的指引。哈里希岛上的姐姐为着弟弟点在窗前的长夜孤灯，虽然不曾唤回那个航海远去的弟弟，可是不少捕鱼归来的邻人都得到了它的帮助。

再回溯到远古的年代去。古希腊女教士希洛点燃的火炬照亮了每夜泅过海峡来的利安得尔的眼睛。有一个夜晚暴风雨把火炬弄灭了，让那个勇敢的情人溺死在海里，但是熊熊的火光至今还隐约地亮在我们的眼前，似乎那火炬并没有跟着殉情的古美人永沉海底。

这些光都不是为我燃着的，可是连我也分到了它们的一点点恩泽——一点光，一点热。光驱散了我心灵里的黑暗，热促成它的发育。一个朋友说，

"我们不是单靠吃米活着"，我自然也是如此。我的心常常在黑暗的海上飘浮，要不是得着灯光的指引，它有一天也会永沉海底。

我想起了另一位友人的故事：他怀着满心难治的伤痛和必死之心，投到江南的一条河里。到了水中，他听见一声叫喊（"救人啊！"），看见一点灯光，模糊中他还听见一阵喧闹，以后便失去知觉。醒过来时他发觉自己躺在一个陌生人的家中，桌上一盏油灯，眼前几张诚恳、亲切的脸。"这人间毕竟还有温暖"，他感激地想着，从此他改变了生活态度。"绝望"没有了，"悲观"消失了，他成了一个热爱生命的积极的人。这已经是二三十年前的事了。我最近还见到这位朋友。那一点灯光居然鼓舞一个出门求死的人多活了这许多年，而且使他到现在还活得健壮。我没有跟他重谈起灯光的话。但是我想，那一点微光一定还在他的心灵中摇晃。

在这人间，灯光是不会灭的——我想着，想着，不觉对着山那边微笑了。

佳作赏析：

巴金（1904—2005），四川成都人，作家、翻译家。有长篇小说《激流三部曲》，散文集《海行杂记》《随想录》等。

灯不仅能驱散黑暗，给人们带来光亮，它也是一种希望和光明的象征。读巴金的《灯》，不管是白天，还是夜晚读，每一次读都有温暖的感觉。巴金说："我半夜从噩梦中惊醒，感觉到室闷，便起来到廊上去呼吸寒夜的空气。"在这样的时候，不但物质的灯光不见了，引导他离家的心灵之灯也不见了。作家努力地摆脱人生的困境，继续寻找。"在这人间，灯光是不会灭的——我想着，想着，不觉对着山那边微笑了。"灯光对于不同的人，有不一样的意义。看到灯光下归家的人，巴金得到了鼓舞，有了一种信心和希望。

我的苦学经验

□ ［中国］丰子恺

　　我于一九一九年，二十二岁的时候，毕业于杭州的浙江省立第一师范学校。这学校是初级师范。我在故乡的高等小学毕业，考入这学校，在那里肄业五年而毕业。故这学校的程度，相当于现在的中学校，不过是以养成小学教师为目的的。

　　但我于暑假时在这初级师范毕业后，既不作小学教师，也不升学，却就在同年的秋季，来上海创办专门学校，而作专门科的教师了。这种事情，现在我自己回想想也觉得可笑。但当时自有种种的因缘，使我走到这条路上。因缘者何？因为我是偶然入师范学校的，并不是抱了作小学教师的目的而入师范学校的（关于我的偶然入师范，现在属于题外，不便详述。异日拟另写一文，以供青年们投考的参考）。故我在校中只是埋头攻学，并不注意于教育。在四年级的时候，我的兴味忽然集中在图画上了。甚至抛弃其他一切课业而专习图画，或托事请假而到西湖上去作风景写生。所以我在校的前几年，学期考试的成绩屡列第一名，而毕业时已降至第二十名。因此毕业之后，当然无意于作小学教师，而希望发挥自己所热衷的图画。但我的家境不许我升学而专修绘画。正在踌躇之际，恰好有同校的高等师范图画手工专修科毕业的吴梦非君，和新从日本研究音乐而归国的旧同学刘质平君，计议在上海创办一个养成图画音乐手工教员的学校，名曰专科师范学校。他们正在招求同人。刘君知道我热衷于图画而又无法升学，就来拉我去帮办。我也不自量力，贸然地答允了他。于是我就做了专科师范的创办人之一，而在这学校之中教授西洋画等课了。这当然是很勉强的事。我所有关于绘画的学识，不过在初级师范时偷闲画了几幅木炭石膏模型写生，又在晚上请校内的先生教些日本文，自己向师范学校的藏书楼中借得一部日本明治年间出版的《正则洋画讲义》，从其中窥得一些陈腐的绘画知识而已。我犹记得，这时候我因为自己只有一点对于石膏模型写生的兴味，故竭力主张"忠实写生"的画法，以为绘画以忠实摹写自然为第一要义。又向学生演说，谓中国画的不忠于写实，为其最大的缺点；自然中含有无穷的美，唯能忠实于自然摹写者，方能发见其美。就拿自己在师范学校时放弃了晚间的自修课，而私下在图画教室中费了十七小时而描成的 Venus 头像的木炭画启示学生，以鼓励他们的忠实写生。当一九二〇年的时代，而我在上海的绘画专门学校中励行这样的画风，现在回想起来，真是闭门造车。然而当时的环境，颇能容纳我这种教法。因为当时中国宣传西洋画的机关绝少，上海只有一所美术专门学校，专科师范是第二个兴起者。当时社会上人士，大半尚未知道西洋画为何物，或以为美女月份牌就是西洋画的代表，或以为香烟牌子就是西洋画的代表。所以在世界上看来我虽然是闭门造车，但在中国之内，我这种教法大可卖野人头呢。但野人头终于不能常卖，后来我渐渐觉得自己的教法陈腐而有破绽了，因为上海宣传西洋画的机关日渐多起来，从东西洋留学归国的西洋画家也时有所闻了。我又在上海的日本书店内购得了几册美术杂志，从中窥知了一些最近西洋画界的消息，以及日本美术界的盛况，觉得从前在《正则洋画讲义》中所得的西洋画知识，实在太陈腐而狭小了。虽然别的绘画学校并不见有比我更新的教法，归国的美术家也并没有什么发表，但我对于自己的信用已渐渐丧失，不敢再在教室中扬眉瞬目而卖野人头了。我懊悔自己冒昧地当了这教师。我在布置静物写生标本的时候，曾为了一只青皮的橘子而起自伤之念，以为我自己犹似一只半生半熟的橘子，现在带着青皮卖掉，给人家当做习画标本了。我想窥见西洋画的全豹，我也想到东西洋去留学，做了美术家而归国。但是我的境遇不许我留学。况且我这时候已经有了妻子。做教师所得的钱，赡养家庭尚且不够，哪里来留学的钱呢？经过了许久烦恼的日月，终于决定非赴日本不可。我在专科师范中当了一年半的教师，在一九二一年的早春，向我的姊丈周印池君借了四百块钱（这笔钱我才于两三年前还他。我很感谢他第一个惠我的同情），就抛弃了家庭，独自冒险地到东京去了。得去且去，以后的问题以后再说。至少，我用完了这四百块钱而回国，总得看一看东京美术界的状况了。

但到了东京之后，就有许多关切的亲戚朋友，设法接济我的经济。我的岳父给我约了一个一千元的会，按期寄洋钱给我，专科师范的同仁吴刘二君，亦各以金钱相遗赠，结果我一共得了约两千块钱，在东京维持了足足十个月的用度，到了同年的冬季，金尽而返国。这一去称为留学嫌太短，称为旅行嫌太长，成了三不像的东西。同时我的生活也是三不像的。我在这十个月内，前五个月是上午到洋画研究会中去习画，下午读日本文。后五个月废止了日本文，而每日下午到音乐研究会中去学提琴，晚上又去学英文。然而各科都常常请假，拿请假的时间来参观展览会、听音乐会、访图书馆、看 Opera，以及游玩名胜、钻旧书店、跑夜摊（Yomise）。因为这时候我已觉悟了各种学问的深广，我只有区区十个月的求学时间，决不济事。不如走马看花，呼吸一些东京艺术界的空气而回国吧。幸而我对于日本文，在国内时已约略懂得一点，会话也早已学得了几声。到东京后，旅舍中唤茶、商店中买物等事，勉强能够对付。我初到东京的时候，随了众同国人入东亚预备学校学习日语，嫌其程度太低，教法太慢，读了几个礼拜就辍学。自己异想天开，为了学习日本语的目的，向一个英语学校的初级班报名，每日去听讲两小时。他们是从 Aboy, Adog 教起的，所用的英文教本与开明第一英文读本程度相同。对于英文我已完全懂得，我的目的是要听这位日本先生怎样地用日本语来解说我所已懂得的英文，便在这时候偷取日本语会话的诀窍，这异想天开的办法果然成功了。我在那英语学校里听了一个月讲，果然于日语会话及听讲上获得了很多的进步。同时看书的能力也进步起来。本来我只能看《正则洋画讲义》一类的刻板的叙述体文字，现在连《不如归》和《金色夜叉》（日本旧时很著名的两部小说）都会读了。我的对于文学的兴味，是从这时候开始的。以后我就为了学习英语的目的而另入一英语学校。我报名入最高的一班，他们教我读伊尔文的 Sketch Book。这时候我方才知道英文中有这许多难记的生字（我在师范学校毕业时只读到《天方夜谭》）。兴味一浓，我便嫌先生教得太慢。后来在旧书店里找到了一册 Sketch Book 讲义录，内有详细的注解和日译文，我确信这可以自修，便辍了学，每晚伏在东京的旅舍中自修 Sketch Book。我自己限定于几个礼拜之内把此书中所有一切生字抄写在一张图画纸上，把每字剪成一块块的纸牌，放在一只匣子中。每天晚上，像摸数算命一般地向匣子中探摸纸牌，温习生字。不久生字都记诵，Sketch Book 全部都会读，而读起别的英语小说来也很自由了。路上遇见英语学校的同学，询知道他们只教了全书的几分之一，我心中觉得非常得意。从此我对于学问相信用机械的方法而下苦功。知识这样东西，要其能够于应用，分量原是有限的。我们要获得一种知识，可以先定一个范围，立一个预算，每日学习若干，则若干日可以学毕，然后每日切实地实行，非大故不准间断，如同吃饭一样。照我当时的求学的勇气预算起来，要得各种学问都不难：东西洋知名的几册文学大作品，我可以克日读完；德文法文等，我都可以依赖各种自修书而在最短时期内学得读书的能力；提琴教则本 *Homahmn* 五册，我能每日练习四小时而在一年之内学毕；除了绘画不能硬要进步以外，其余的学问，在我都可以用机械的用功方法来探求其门径。然而这都是梦想，我的正式求学的时间只有十个月，能学得几许的学问呢？我回国之后，回想在东京所得的，只是描了十个月的木炭画，拉完了三本 *Homahmn*，此外又带了一些读日本文和读英文的能力而回国。回国之后，我为了生活和还债，非操职业不可。没有别的职业可操，只得仍旧做教师。一直做到了今年的秋季。十年来我不断地在各处的学校中做图画音乐或艺术理论的教师。一场重大的伤寒病令我停止了教师的生活。现在蛰居在嘉兴的穷巷老屋中，伴着了药炉茶灶而写这篇稿子。

故我出了中学以后，正式求学的时期只有可怜的十个月。此后都是非正式的求学，即在教课的余暇读几册书而已。但我的绘画音乐的技术，从此日渐荒废了。因为技术不比别的学问，需要种种的设备，又需要每日不断的练习时间。研究绘画需有画室，研究音乐须有乐器，设备不周就无从用功。停止了几天，笔法就生疏，手指就僵硬。做教师的人，居处无定，时间又无定，教课准备又忙碌，虽有利用课余以研究艺术的梦想，但每每不能实行。日久荒废更甚。我的油画箱和提琴，久已高搁在书橱的最高层，其上积着寸多厚的灰尘了。手痒的时候，拿毛笔在废纸上涂抹，偶然成了那种漫画。口痒的时候，在口琴上吹奏简单的旋律，令家里的孩子们和着了唱歌，聊以慰藉我对于音乐的嗜好。世间与我境遇相似而酷嗜艺术的青年们，听了我的自述，恐要寒心吧！

但我幸而还有一种可以自慰的事，这便是读书。我的正式求学的十个月，给了我一些阅读外国文的能力。读书不像研究绘画音乐地需要设备，也不像研究绘画音乐需要每日不断地练习。只要有钱买书，空的时候便可阅读。我因此得在十年的非正式求学期中读了几册关于绘画、音乐艺术等的书籍，知道了世间的一些些事。我在教课的时候，常把自己所读过的书译述出来，给学生们做讲义。后来有朋友开书店，我乘机把这些讲义稿子交他刊印为书籍，不期地走到了译著的一条路上。现在我还是以读书和译著为生活。回顾我的正式求学时代，初级师范的五年只给我一个学业的基础，东京的十个月间的绘画音乐的技术练习已付诸东流。独有非正式求学时代的读书，十年来一直随伴着我，慰藉我的寂寥，扶持我的生活。这真是以前所梦想不到的偶然的结果。我的一生都是偶然的，偶然入师范学校，偶然欢喜绘画音乐，偶然读书，偶然译著，此后正不知还要逢到何种偶然的机缘呢。

读我这篇自述的青年诸君！你们也许以为我的读书生活是幸运而快乐

的；其实不然，我的读书是很苦的。你们都是正式求学，正式求学可以堂堂皇皇地读书，这才是幸运而快乐的。但我是非正式求学，我只能伺候教课的余暇而偷偷隐隐地读书。做教师的人，上课的时候当然不能读书，开议会的时候不能读书，监督自修的时候也不能读书，学生课外来问难的时候又不能读书，要预备明天的教授的时候又不能读书。担任了它一小时的功课，便是这学校的先生，便有参加议会、监督自修、解答问难、预备教授的义务；不复为自由的身体，不能随了读书的兴味而读书了。我们读书常被教务所打断，常被教务所分心，决不能像正式求学的诸君的专一。所以我的读书，不得不用机械的方法而下苦功，我的用功都是硬做的。

我在学校中，每每看见用功的青年们，闲坐在校园里的青草地上，或桃花树下，伴着了蜂蜂蝶蝶、燕燕莺莺，手执一卷而用功。我羡慕他们，真像潇洒的林下之士！又有用功的青年们，拥着棉被高枕而卧在寝室里的眠床中，手执一卷而用功。我也羡慕他们，真像耽书的大学问家！有时我走近他们去，借问他们所读为何书，原来是英文数学或史地理化，他们是在预备明天的考试。这使我更加要羡慕煞了。他们能用这样轻快闲适的态度而研究这类知识科学的书，岂真有所谓"过目不忘"的神力么？要是我读这种书，我非吃苦不可。我须得埋头在案上，行种种机械的方法而用笨功，以硬求记诵。诸君倘要听我的笨话，我愿把我的笨法子一一说给你们听。

在我，只有诗歌、小说、文艺，可以闲坐在草上花下或奄卧在眠床中阅读。要我读外国语或知识学科的书，我必须用笨功。请就这两种分述之。

第一，我以为要通一国的国语，须学得三种要素，即构成其国语的材料、方法，以及其语言的腔调。材料就是"单语"，方法就是"文法"，腔调就是"会话"。我要学得这三种要素，都非行机械的方法而用笨功不可。

"单语"是一国语的根底。任凭你有何等的聪明力，不记单语决不能读外国文的书，学生们对于学科要求伴着趣味，但谙记生字极少有趣味可伴，只得劳你费点心了。我的笨法子即如前所述，要读 Sketch Book，先把 Sketch Book 中所有的生字写成纸牌，放在匣中，每天摸出来记诵一遍。记牢了的纸牌放在一边，记不牢的纸牌放在另一边，以便明天再记。每天温习已经记牢的字，勿使忘记。等到全部记诵了，然后读书，那时候便觉得痛快流畅。其趣味颇足以抵偿摸纸牌时的辛苦。我想熟读英文字典，曾统计字典上的字数，预算每天记诵二十个字，若干时日可以记完。但终于未曾实行。倘能假我数年正式求学的日月，我一定已经实行这计划了。因为我曾仔细考虑过，要自由阅读一切的英语书籍，只有熟读字典是最根本的善法。后来我向日本购买一册《和英根底一万语》，假如其中一半是我所已知的，则每天记二十个字，不到一年就可记完，但这计划实行之后，终于半途而废。阻碍我的实行的，都是教课。记诵《和英根底一万语》的计划，现在我还保留在心中，等候实行的机会呢。我的学习日本语，也是用机械的硬记法。在师范学校时，就在晚上请校中的先生教日语。后来我买了一厚册的《日语完璧》，把后面所附的分类单语，用前述的方法一一记诵。当时只是硬记，不能应用，且发音也不正确；后来我到了日本，从日本人的口中听到我以前所硬记的单语，实证之后，我脑际的印象便特别鲜明，不易忘记。这时候的愉快也很可以抵偿我在国内硬记时的辛苦。这种愉快使我甘心消受硬记的辛苦，又使我始终确信硬记单语是学外国语的最根本的善法。

　　关于学习"文法"，我也用机械的笨法子。我不读文法教科书，我的机械的方法是"对读"。例如拿一册英文圣书和一册中文圣书并列在案头，一句一句地对读。积起经验来，便可实际理解英语的构造和各种词句的腔调。圣书之外，他种英文名著和名译，我亦常拿来对读。日本有种种英和对译丛书，左页是英文，右页是日译，下方附以注解。我曾从这种丛书得到不少的便利。文法原是本于论理的，只要论理的观念明白，便不学文法，不分 Noun 与 Verb 亦可以读通英文。但对读的态度当然是要非常认真。须要一句一字地对勘，不解的地方不可轻轻通过，必须明白了全句的组织，然后前进。我相信认真地对读几部名作，其功效足可抵得学校中数年英文教科。——这也可说是无福享受正式求学的人的自慰的话，能入学校中受先生教导，当然比自修更为幸福。我也知道入学是幸福的，但我真犯贱，嫌它过于幸福了。自己不费钻研而袖手听讲，由先生拖长了时日而慢慢地教去，幸福固然幸福了，但求学心切的人怎能耐烦呢？求学的兴味怎能不被打断呢？学一种外国语要拖长许久的时日，我们的人生有几回可供拖长呢？语言文字，不过是求学问的一种工具，不是学问的本身。学些工具都要拖长许久的时日，此生还来得及研究几许学问呢？拖长了时日而学外国语，真是俗语所谓"拉得被头直，天亮了！"我固然无福消受入校正式求学的幸福，但因了这个理由，我也不愿消受这种幸福，而宁愿独自来用笨功。

关于"会话"，即关于言语的腔调的学习，我又喜用笨法子。学外国语必须通会话。与外国人对晤当然须通会话，但自己读书也非通会话不可。因为不通会话，不能体会语言的腔调；腔调是语言的神情所寄托的地方，不能体会腔调，便不能彻底理解诗歌小说戏剧等文学作品的精神。故学外国语必须通会话。能与外国人共处，当然最便于学会话。但我不幸而没有这种机会，我未曾到过西洋，我又是未到东京时先在国内自习会话的。我的学习会话，也用笨法子，其法就是"熟读"。我选定了一册良好而完全的会话书，每日熟读一课，克期读完。熟读的方法更笨，说来也许要惹人笑。我每天自己上一课新书，规定读十遍。计算遍数，用选举开票的方法，每读一遍，用铅笔在书的下端划一笔，便凑成一个字。不过所凑成的不是选举开票用的"正"字，而是一个"读"字。例如第一天读第一课，读十遍，每读一遍画一笔，便在第一课下面画了一个"言"字旁和一个"士"字头。第二天读第二课，亦读十遍，亦在第二课下面画一个"言"字和一个"士"字，继续又把昨天所读的第一课温习五遍，即在第一课的下面加了一个"四"字。第三天在第三课下画一"言"字和"士"字，继续温习昨日的第二课，在第二课下面加一"四"字，又继续温习前日的第一课，在第一课下面再加了一个"目"字。第四天在第四课下面画一"言"字和一"士"字，继续在第三课下加一"四"字，第二课下加一"目"字，第一课下加一"八"字，到了第四天而第一课下面的"读"字方始完成。这样下去，每课下面的"读"字，逐一完成。"读"字共有二十二笔，故每课共读二十二遍，即生书读十遍，第二天温五遍，第三天又温五遍，第四天再温二遍。故我的旧书中，都有铅笔画成的"读"字，每课下面有了一个完全的"读"字，即表示已经熟读了。这办法有些好处：分四天温习，屡次反复，容易读熟。我完全信托这机械的方法，每天像和尚念经一般地笨读。但如法读下去，前面的各课自会逐渐地从我的唇间背诵出来，这在我又感到一种愉快，这愉快也足可抵偿笨读的辛苦，使我始终好笨而不迁。会话熟读的效果，我于英语尚未得到实证的机会，但于日本语我已经实证了。我在国内时只是笨读，虽然发音和语调都不正确，但会话的资料已经完备了。故一听到日本人的说话，就不难就自己所已有的资料而改正其发音和语调，比较到了日本而从头学起来的，进步快速得多。不但会话，我又常从对读的名著中选择几篇自己所最爱读的短文，把它分为数段，而用前述的笨法子按日熟读。例如 Stevenson 和夏目漱石的作品，是我所最喜熟读的材料。我的对于外国语的理解，和对于文学作品的理解，都因了这熟读的方法而增进一些。这益使我始终好笨而不迁了。——以上是我对于外国语的学习法。

第二，对于知识学科的书的读法，我也有一种见地：知识学科的书，其目的主要在于事实的报告；我们读史地理化等书，亦无非欲知道事实。凡一种事实，必有一个系统。分门别类，原原本本，然后成为一册知识学科的书。读这种书的第一要点，是把握其事实的系统。即读者也须原原本本地谙记其事实的系统，却不可从局部着手。例如研究地理，必须原原本本地探求世界共分几大洲，每大洲有几国，每国有何种山川形胜等。则读毕之后，你的头脑中就摄取了地理的全部学问的梗概，虽然未曾详知各国各地的细情，但地理是什么样一种学问，我们已经知道了。反之，若不从大处着眼，而孜孜从事于局部的记忆，即使你能背诵喜马拉雅山高几尺，尼罗河长几里，也只算一种零星的知识，却不是研究地理。故把握系统，是读知识学科的书籍的第一要点。头脑清楚而记忆力强大的人，凡读一书，能处处注意其系统，而在自己的头脑中分门别类，作成井然的条理；虽未看到书中详叙细事的地方，亦能知道这详叙位在全系统中哪一门哪一类哪一条之下，及其在全部中重要程度如何。这仿佛在读者的头脑中画出全书的一览表，我认为这是知识书籍的最良的读法。

但我的头脑没有这样清楚，我的记忆力没有这样强大。我的头脑中地位狭窄，画不起一览表来。倘教我闲坐在草上花下或奄卧在眠床中而读知识学科的书，我读到后面便忘记前面。终于弄得条理不分，心烦意乱，而读书的趣味完全灭杀了。所以我又不得不用笨法子。我可用一本 Note book 来代替我的头脑，在 Note book 中画出全书的一览表。所以我读书非常吃苦，我必须准备了 Note book 和笔，埋头在案上阅读。读到纲领的地方，就在 Note book 上列表，读到重要的地方，就在 Note book 上摘要。读到后面，又须时时翻阅前面的摘记，以明此章此节在全体中的位置。读完之后，我便抛开书籍，把 Note book 上的一览表温习数次。再从这一览表中摘要，而在自己的头脑中画出一个极简单的一览表。于是这部书总算读过了。我凡读知识学科的书，必须用 Note book 摘录其内容的一览表。所以十年以来，积了许多的 Note book，经过了几次迁居损失之后，现在的废书架上还留剩着半尺多高的一堆 Note book 呢。

我没有正式求学的福分，我所知道于世间的一些些事，都是从自己读书而得来的；而我的读书，都须用上述的机械的笨法子。所以看见闲坐在青草地上，桃花树下，伴着了蜂蜂蝶蝶、燕燕莺莺而读英文数学教科书的青年学生，或拥着棉被高枕而卧在眠床中读史地理化教科书的青年学生，我羡慕得真要怀疑！

一九三〇年十一月十三日，嘉兴

佳作赏析：

丰子恺（1898—1975），浙江崇德人，作家、画家、翻译家。有画集《子恺漫画》，散文《缘缘堂随笔》，译作《源氏物语》《猎人笔记》等。

丰子恺的这篇文章主要回顾了自己的学习经历和学习经验。由于经济条件的限制，丰子恺早年并没有受过太多的正式教育，他的学识基本都是通过自学得来的。这就需要一定的进取心和吃苦的毅力，充分利用业余时间和各种空闲间隙，日积月累，终有所成。而学习经验他也谈得很细，一个是关于语言的学习，一个是关于其他各门学科知识的学习。正如丰子恺所说，他对于那些能够有专门时间和精力学习的人是很羡慕的，而在当今社会却是许多有着专门学习机会的青少年不珍惜大好时光，两相比较，怎能不令人汗颜呢？青年朋友们真应该好好读读丰子恺的这篇文章。

我的读书经验

□ [中国] 曹聚仁

中年人有一种好处，会有人来请教什么什么之类的经验之谈。一个老庶务善于揩油，一个老裁缝善于偷布，一个老官僚善于刮刷，一个老政客善于弄鬼作怪，这些都是新手所钦佩所不得不请教的。好多年以前，上海某中学请了许多学者专家讲什么读书方法读书经验，后来还出一本专集。我约略翻过一下，只记得还是"多读多看多做"那些"好"方法，也就懒得翻下去。现在轮到我来谈什么读书的经验，悔当年不到某中学去听讲，又不把专集仔细看一看；提起笔来，觉得实在没有话可说。

记得四岁时，先父就叫我读书。从《大学》《中庸》读起，一直读到《纲鉴易知录》《近思录》，《诗经》统背过九次，《礼记》《左传》念过两遍，只有《尔雅》只念过一遍。要说读经可以救国的话，我该是救国志士的老前辈了。那时候，读经的人并不算少，仍无补于满清的危亡，终于做胜朝的遗民。先父大概也是维新党，光绪三十二年就办起小学来了；虽说小学里有读经的科目，我读完了《近思录》，就读商务印书馆出版的《高等小学国文教科书》；

我仿读史的成例，用红笔把那部教科书从头圈到底，以示倾倒爱慕的热忱，还挨了先父一顿重手心。我的表弟在一只大柜上读《看图识字》，那上面有彩色图画；趁先父不在的时候，我就抢过来看。不读经而爱圈教科书，不圈教科书而抢看图识字，依痛哭流涕的古主任古直江博士江亢虎的"读经""存文"义法看来，大清国是这样给我们亡了的；我一想起，总觉得有些歉然，所以宣统复辟，我也颇赞成。

先父时常叫我读《近思录》，《近思录》对于他很多不利之处。他平常读《四书》，只是用朱注，《近思录》上有周敦颐、张载、邵雍、程明道、程伊川种种不同的说法，他不能解释为什么同是贤人的话，有那样的不大同；最疑难的，明道和伊川兄弟俩也那样不大同，不知偏向哪一面为是。我现在回想起来，有些地方他是说得非常含糊的。有一件事，他觉得很惊讶，我从《朱文公全集》找到一段朱子说岳飞跋扈不驯的记载，他不知道怎样说才好，既不便说朱子说错，又不便失敬岳武穆，只能含糊了事。有一年，他从杭州买了《王阳明全集》回来，那更多事了；有些地方，王阳明把朱熹驳得体无完肤，把朱熹的集注统翻过身来，谁是谁非，实在无法下判断。翻看的书愈多，疑问之处愈多，一个十一二岁的小孩已经不大信任朱老夫子了。

我的姑夫陈洪范，他是以善于幻想善于口辩为人们所爱好，亦以此为人们所嘲笑，说他是"白痴"。他告诉我们："尧舜未必有其人，都是孔子、孟子造出来的。"他说得头头是道，我们很爱听；第二天，我特地去问他，他却又改口否认了。我的另一位同学，姓朱的；他说他的祖先朱××于太平天国乱事初起时，在广西做知县；"洪大全"的案子是朱××所捏造的，他还告诉我许多胥吏捏造人证物证的故事。姑夫虽否认孔孟捏造尧舜的话，我却有点相信。

我带着一肚子疑问到杭州省立第一师范去读书，从单不庵师研究一点考证学。我才明白不独朱熹说错，王阳明也说错；不独明道和伊川之间有不同，朱熹的晚年本与中年本亦有不同；不独宋人的说法分歧百出，汉、魏、晋、唐多代亦纷纭万状；一部经书，可以打不清的官司。本来想归依朴学，定于一尊，而吴、皖之学又有不同，段、王之学亦出入；即是一个极小的问题，也不能依违两可，非以批判的态度，便无从接受前人的意见的。姑夫所幻设的孔、孟捏造尧、舜的论议，从康有为《孔子改制考》《新学伪经考》找到有力的证据，而岳武穆跋扈不驯的史实，在马端临《文献通考》得了确证。这才恍然大悟，"前人恃胸臆以为断，其袭取者多谬，而不谬者反在其所弃。"（戴东原语）信古总要上当的。单师不庵读书之博，见闻之广，记忆力之强，足够使我们佩服；他所指示正统派的考证方法和精神，也帮助解决了不少疑难。我对于他的信仰，差不多支持十年之久。

然而幻灭期毕竟到来了。五四运动所带来的社会思潮，使我们厌倦于琐碎的考证。胡适的《中国哲学史大纲》带来实证主义的方法，人生问题，社会问题的讨论，带来广大的研究对象，文学哲学社会……的名著翻译，带来新鲜的学术空气，人人炽燃着知识欲，人人向往于西洋文明。在整理国故方面，梁启超的《中国历史研究法》，顾颉刚的古史讨论，也把从前康有为手中带浪漫气氛的今文学，变成切切实实的新考证学。我们那位姓陈的姑夫，他的幻想不独有康有为证明于前，顾颉刚又定谳于后了。这样，我对于素所尊敬的单不庵师也颇有点怀疑起来。甚而对于戴东原的信仰也大大动摇，渐渐和章实斋相近了。我和单不庵师第二次相处于西湖省立图书馆（民国十六年），这一相处，使我对于他完全失了信仰。他是那样的渊博，却又那样地没有一点自己的见解；读的书很多，从来理不成一个系统。他是和鹤见佑辅所举的亚克敦卿一样，"蚂蚁一般勤勉的学殖，有了那样的教养，度着那么具有余裕的生活，却没有留下一卷传世的书；虽从他的讲义录里，也不能寻出一个创见来。他的生涯中，是缺少着人类最上的力的那创造力的。他就像戈壁的沙漠的吸流水一样，吸收了知识，却并一泓清泉，也不能喷到地上面来。"省立图书馆中还有一位同事——嘉兴陆仲襄先生也是这样的。这可以说是上一代那些读古书的人的共同悲哀。

我有点佩服德国大哲人康德（Kunt），他能那样地看了一种书，接受了一个人的见解，又立刻能把那人那书的思想排逐了出去，永远不把别人的思想砖头在自己的周围砌起墙头来。那样博学，又能那样构成自己的哲学体系，真是难能可贵的。

我读了三十年，实在没有什么经验可说。若非说不可，那只能这样：

第一，时时怀疑古人和古书，

第二，有胆量背叛自己的父师，

第三，组织自我的思想系统。

若要我对青年们说一句经验之谈，也只能这样："爱惜精神，莫读古书！"

佳作赏析：

曹聚仁（1900—1972），浙江浦江县人，学者、作家。著有《文思》《国学概论》，长篇小说《酒店》，散文集《鱼龙集》等。

这是一篇思想观点颇具震撼力的文章。作者从自己幼年读书的经历谈起，回顾了自己思想成长的过程。从开始时的熟读经书，到对古书中一些观点、说法、解读的困惑，再到学习考证学，最后是对那些只堆积材料、无自己独立思想观点的"老学究"的鄙弃。在文章结尾，作者表达了对德国康德的钦佩之情，并提出了不迷信古人、古书，敢于质疑父师，独立思考的主张，这是十分难能可贵的经验之谈，也是许多人尤其是青年朋友们所欠缺的。而最后的一句"爱惜精神，莫读古书"则不免过于极端，失之偏颇，不足为鉴。

白杨礼赞

□〔中国〕茅盾

　　白杨树实在不是平凡的，我赞美白杨树！

　　汽车在望不到边际的高原上奔驰，扑入你的视野的，是黄绿错综的一条大毡子；黄的是土，未开垦的荒地，几十万年前由伟大的自然力堆积成功的黄土高原的外壳；绿的呢，是人类劳力战胜自然的成果，是麦田。和风吹送，翻起了一轮一轮的绿波——这时你会真心佩服昔人所造的两个字"麦浪"，若不是妙手偶得，便确是经过锤炼的语言的精华。黄与绿主宰着，无边无垠，坦荡如砥，这时如果不是宛若并肩的远山的连峰提醒了你，你会忘记了汽车是在高原上行驶，这时你涌起来的感想也许是"雄壮"，也许是"伟大"，诸如此类的形容词，然而同时你的眼睛也许觉得有点倦怠，你对当前的"雄壮"或"伟大"闭了眼，而另一种味儿在你心头潜滋暗长了——"单调"。可不是，单调，有一点儿吧？

　　然而刹那间，要是你猛抬眼看见了前面远远地有一排——不，或者甚至只是三五株、一二株，傲然地耸立，像哨兵似的树木的话，那你的恹恹欲睡的情绪又将如何？我那时是惊奇地叫了一声的！

那就是白杨树，西北极普通的一种树，然而实在是不平凡的一种树！

那是力争上游的一种树，笔直的干，笔直的枝。它的干通常是丈把高，像加过人工似的，一丈以内，绝无旁枝。它所有的丫枝一律向上，而且紧紧靠拢，也像加过人工似的，成为一束，绝不旁逸斜出。它的宽大的叶子也是片片向上，几乎没有斜生的，更不用说倒垂了；它的皮光滑而有银色的晕圈，微微泛出淡青色。这是虽在北方风雪的压迫下却保持着倔强挺立的一种树。哪怕只有碗那样粗细，它却努力向上发展，高到丈许，两丈，参天耸立，不折不挠，对抗着西北风。

这就是白杨树，西北极普通的一种树，然而绝不是平凡的树！

它没有婆娑的姿态，没有屈曲盘旋的虬枝。也许你要说它不美，如果美是专指"婆娑"或"旁逸斜出"之类而言，那么，白杨树算不得树中的好女子；但是它伟岸、正直、朴质、严肃，也不缺乏温和，更不用提它的坚强不屈与挺拔，它是树中的伟丈夫！当你在积雪初融的高原上走过，看见平坦的大地上傲然挺立这么一株或一排白杨树，难道你就只觉得它只是树？难道你就不想到它的朴质、严肃、坚强不屈，至少也象征了北方的农民？难道你竟一点也不联想到，在敌后的广大土地上，到处有坚强不屈，就像这白杨树一样傲然挺立的守卫他们家乡的哨兵？难道你又不更远一点想到这样枝枝叶叶靠紧团结，力求上进的白杨树，宛然象征了今天在华北平原纵横决荡，用血写出新中国历史的那种精神和意志？

白杨不是平凡的树。它在西北极普遍，不被人重视，就跟北方的农民相似；它有极强的生命力，磨折不了，压迫不倒，也跟北方的农民相似。我赞美白杨树，就因为它不但象征了北方的农民，尤其象征了今天我们民族解放斗争中所不可缺的朴质、坚强、力求上进的精神。

让那些看不起民众，顽固的倒退的人们去赞美那贵族化的楠木，去鄙视这极常见，极易生长的白杨吧，我要高声赞美白杨树！

佳作赏析：

　　茅盾（1896—1981），浙江桐乡人，作家。代表作品有长篇小说《蚀》《子夜》，短篇小说集《创造》，学术论著《夜读偶记》等。

　　这是茅盾的散文名篇。文章开门见山，先对白杨树表达了赞美之情，接下来描写高原景象，述说白杨树的生长环境。在写景的同时作者又十分注意写感觉，突出了"雄壮""伟大""不平凡"。读这篇文章能明显感受到一种粗犷豪放的风格。如果说一般的写景状物散文是江南水乡的吴侬软语，那么《白杨礼赞》就是黄土高原上的西北放歌。文章充分运用了象征手法，以白杨树作为寄托，向远在西北的抗日军民致敬，向英勇的中国人民致敬。白杨树在艰苦困难环境下不屈不挠的奋斗精神，对于今天的许多人而言仍具有很强的借鉴意义。

我的读书的经验

□ [中国] 章衣萍

　　读书月刊编辑顾仞千先生要我写一篇文章，题目是《我的读书的经验》。这个题目是很有意义的，虽然我不会做文章，也不能不勉强把我个人的一点愚见写出来。

　　我幼时的最初的第一个教我读书的先生是我的祖父。我的祖父是一个前清的贡生，八股文、古文都做得很好。他壮年曾在乡间教书，后来改经商了，在休宁办了一个小学，他做校长。我的祖父是一个很庄重的人，他不苟言笑。乡间妇女看见都怕他，替他取了一个绰号，叫做"钟馗"。我幼时很怕我的祖父。他教我识字读书，第一件要紧的事是读得熟。我起初念《三字经》，后来念《幼学琼林》，再后来念《孝经》《论语》《孟子》《大学》《中庸》等书。这些书小孩子念来，自然是没有趣味，虽然我的祖父也替我讲解。我的祖父每次替我讲一篇书，或二三页，或四五页，总叫我一气先念五十遍。我幼时记性很好。有时每篇书念五十遍就能背诵了。但我的祖父以为就是能背诵了也不够，一定要再念五十遍或一百遍。往往一篇书每日念到四百遍的。有一次我竟念得大哭起来。现在想来，我的祖父的笨法虽然可笑，但我幼时所读的书到如今还有很多能背诵的。可见笨法也有好用处。

我的第二教我读书的先生是我的父亲。我的父亲是一个商人，读书当然不多，但他有一个很好的信仰，是"开卷有益"。他因为相信宋太宗这句老话，所以对于我幼时看书并不禁止。我进高等小学已经九岁，那时已经读过许多古书，对于那些浮浅的国文教科书颇不满意。那时我寄宿在休宁潜阜店里，傍晚回店，便在店里找着小说来看。起初看的是《三国演义》，《三国演义》总看了至少十次，因为店里的伙计们没事时便要我讲三国故事，所以我不能不下苦功去研究。后来接着看《水浒转》《西游记》《封神传》《说唐》《说岳》《施公案》《彭公案》等书，凡在潜阜找得到，借得到的小说我都看。往往晚上点起蜡烛来看，后来竟把眼睛看坏了。

我的祖父教我读书要读得熟，我的父亲教我读书要读得多。我受了我祖父的影响，所以就是看小说也看到极熟，例如《三国演义》中的孔明祭周瑜的祭文（《三国演义》第五十七回），孔明的《出师表》（《三国演义》第九十一回）以及曹操在长江中做的诗（《三国演义》第四十八回），貂蝉在凤仪亭对吕布说的话（《三国演义》第八回），我都记得很熟。所以有一次高小里先生出了一个题目是《致友书》，我便把"度日如年"（貂蝉对吕布说的）的话用上了。这样不求甚解的熟读书，自然不免有时闹出笑话，因为看小说时只靠着自己的幼稚的理解力，有些不懂的地方也囫囵过去了，这是很危险的。读书读得熟是要紧的，但还有要紧的事是要读得懂。

我受了我的父亲的影响，相信"开卷有益"，所以后来在师范学校的两年，对于功课不十分注意，课外的杂志新书却看得很多。那时徽州师范学校的校长是胡子承先生，他禁止学生做白话文、看《新青年》，但他愈禁止，我愈要看。我记得那时《新青年》上发表的胡适之、周作人、刘半农、沈尹默一些人的白话诗，我都背得很熟。我受《新青年》的影响，所以做白话文、白话诗简直入迷，后来竟因此被学校开除。我现在所以有一些文学趣味全是我的多看书的影响，但我这些影响也有不好的地方，就是我个人看书到现在还是没有条理，多读书免不了乱读，乱读同乱吃东西一样，是有害的。

我十七岁到南京读书，在南京读了一年书后，胡适之先生到南京讲学，我去看他。我问他读书应该怎样读法？他说"应该克期"。克期是一本书拿到手里，定若干期限读完，就该准期读完。胡先生的话是很对的。我后来看书，也有时照着胡先生的话去做，只可惜生活问题压迫我，我在南京北京读书全是半工半读，有时一本书拿到手里，想克期读完，竟不可能，在我，这是很痛苦的。现在，生活问题还没有解决，而苦痛的病魔又缠绕着我了。几时我才能真正"克期"去读书呢？

我的读书的经验如上面所说，是很简单的：第一，应该读得熟；第二，应该读得多；第三，应该克期读书。

我是一个不赞成现代学校制度的人，我主张"普通的自由"（usual Liberty），我曾说：

吾国自清代光绪变政，设立学校，同时年级制也输了进来。年级制是以教员为中心，以教科书为工具，聚智愚不同的学生于一级，不问学生的个性，使他们同时学一样的功课，在一个教室内听讲，聪明的人嫌教师讲得太慢，呆笨的人嫌教师讲得太快。聪明的人只得坐在课堂打瞌睡、看小说、混时间，等着呆笨的人追赶，呆笨的人却整日整夜的忙着，连吃饭、睡觉、如厕都没有工夫，结果还是追赶聪明人不上。所以有一次胡适之先生同我们一班小朋友说笑话，"你们也想进学校吗？我以为学校是为呆笨人而设的。"对呀，现在所谓年级制的学校，的确是为呆笨人而设的。一本陈文编的"算术"，聪明的学生只要两个月就演完了，学校里偏要教上一年半载；一部顾颉刚编的《初中国文》，聪明的学生只要半年就可读完了，学校里偏要教上三年四年。况且在同一时间内，一听要强迫许多学生听同样的干燥乏味的功课，所以有时教员正在堂上津津有味地讲"修身而后家齐，家齐而后国治，国治而后天下平"；学生的头脑里，也许

竟在想，"贾宝玉初试云雨情"，"景阳冈武松打虎"。……（《古庙集》
37～38页）

我是不赞成现在的学校制度的。现代的学校可以使学生得着文凭，却不能包管学生能不能得着学问。老实说：学校教育的用处，不过有几个教员，教学生读书读得懂而已，像上海滩上的一些野鸡大学、流氓教员，他们自己读书读得懂不懂还是一个问题。在今日中国有志读书的人，只有靠着自己，只有靠着自己去用功，学校是没有用处的。

有人说，"自己读书，读不懂怎样办呢？"我说，"可以去问懂得的人，你的朋友，你的亲戚，你的敬爱的先生，但不一定是在学校里的。"一切参考的书籍、字典，也可以帮助人们读书读得懂。

根据我的一点小小经验，给青年人——有志读书的青年人，进几条忠告：

第一，我以为读书应该多读，应该熟读，应该克期的读。

第二，我以为读书不懂便应该问朋友、亲戚、你所敬爱的先生，或是字典、参考书。读书应该每字每句都读懂，"不求甚解"是不对的。

第三，我以为今日中国有志读书的人应该学通英文或日文，以作研究外国学问的工具，单读中国书是不够的，我们应该多读外国书。

我的话虽然简单而且浅薄呵，希望对于有志读书的中国青年，有一点小小的用处！

一九三一年三月二十日，改稿

佳作赏析：

章衣萍（1902—1946），安徽绩溪人，作家。著有《情书一束》《古庙集》《秋风集》等作品。

谈到读书和学习的经验，每个人都有不同的体会和心得。章衣萍与曹聚仁关于读书的经验就大不相同。在章衣萍看来，读书第一要多读，数量上可以多，而且要读得熟。不仅如此，他还从胡适那里学到了"克期的读"这种方法。至于书中不懂的地方，他主张请教亲朋好友或查工具书，一知半解或糊里糊涂的读书是不行的。而要研究外国学问，掌握外语工具也是十分必要的。应该说，章衣萍的这些经验很值得借鉴参考。而文中提到的现代学校教育的弊端，也确实是个问题，值得教育工作者深入思考，提出解决或补救的办法。

干

□〔中国〕邹韬奋

　　南方人说"做"，北方人说"干"。我近来研究所得，觉得最好的莫如干，最不好的莫如不干。这个地方所指的事情，当然是指宗旨纯正的事情，不然做强盗也何尝用不着干。

　　天下事业的成功是没有底的，人生的寿数是有限的。无论哪一种学业或哪一种专学，绝不是可由任何个人所能做到"后无来者"的。但是在某一专业或某一专学，我实际果然干了，能成功多少，便在这种专业或专学进步的成绩上面占一小段。继我努力的同志，便可继续这一小段后面再加上去。这逐渐加上去的小段，他的距离或长或短，换句话说，那一段所表示的成功或大或小，当然要看干的人的才智能力。但最紧的是要干，倘若常常畏首畏尾而不干，便决无造成那一段的希望。

　　要养成"干"的精神，先要十分信仰天下事果然干了，无论大小，迟早必有相当的反应或结果，决不会白费工夫的。

　　有了这个信仰，还要牢记两点：一、不怕繁难。愈繁难愈要干，只有干能解决繁难，不干决不能丝毫动摇繁难。二、不怕失败，能坚持到底干去，必能成功，就是成功前所经过的失败，也是给我们教训以促进最后成功的速率。就是我个人一生失败，这种教训也能促进继我者最后成功的速率。所以还是要奋勇地干去。若不干，固然遇不着失败，也绝对遇不着成功。

佳作赏析：

邹韬奋（1895—1944），江西余江人，著名新闻记者、出版家。著有《激变集》《再厉集》《从美国看到的世界》等作品。

文章不长，却充满了激情和力量。邹韬奋通过南北对"干"的不同说法，引出一个目标，就是"要养成'干'的精神，先要十分信仰天下事果然干了，无论大小，迟早必有相当的反应或结果，决不会白费工夫的。"不论学习和工作，人生做任何事情的时候，必须有一股埋头苦干、奋勇向前的精神，否则将一事无成。一天天混日子是浪费生命。

闲暇的伟力

□〔中国〕邹韬奋

"闲暇"两个字，用再平常一点的话讲起来，就是"空的时候"。

金 屑

在美国费列得费亚的造币厂地板上，常有造币材料余下小如细粉的金屑，看过去似乎是很细，微不足道，但是当局想法儿把它聚集拢来，每年居然省下好几千元的金洋！能用闲暇伟力的成功人，也好像这样。

短的闲暇

我们常听见人说："现在离用膳时候只有五分钟或十分钟了，简直没有时候可以做什么事了。"但是我们试想世界上有多少没有良好机会的苦儿，竟利用许多短的闲暇，成就大业，便知道我们所虚掷的闲暇时间。倘若不虚掷，能利用，已足使我们必有所成。此处闲暇时间外的本来的工作时间尚不包括在内，可见闲暇的伟力，真非常人所及料！

格兰斯敦

格兰斯敦是英国最著名的政治家，他的法律、政治名著，是世界上研究法律政治的人无不佩服的。但是他一生无论什么时候，身边总带一本小书，一有闲暇的时候，就翻来看，所以他日积月累，学识渊博。大家只晓得他的学识甚深，而不晓得他却是从利用闲暇伟力得来。

法拉台

法拉台（Michael Faraday）是电学界极著名的发明家。他贫苦的时候是受人雇用着订书的，一天忙到晚，但是他一有一点闲暇，就一心一意做他的科学试验。有一次他写信给他的朋友说："我所需要的就是时间，我恨不能买到许多'写意人'的'空的钟头，甚至空的日子'。"但是有"空的钟头""空的日子"的"写意人"，反多一无贡献和"草木同腐"，远不及"一天忙到晚"的法拉台，就在于他能利用闲暇的伟力。

虽　忙

一个人虽忙，每日只要能抽出一小时，如果用得其法，虽属常人也能精熟一种专门科学。每日一小时，积到十年，本属毫无知识的人，也要成为富有学识的人。

心之所好

尤其是年轻的人，在本有工作之外，遇有闲暇时候，总须有一种"心之所好"的有益的事做。这种事和他原有的工作有无关系，都不要紧，最要紧的是真正"心之所好"，有"乐此不疲"的态度。

现 今

"现今"的时间，是我们立志可以做任何事的"原料"；用不着过于追想"已往"，梦想"将来"，最重要的是尽量地利用"现今"。

佳作赏析：

这篇文章在结构上比较特殊，是由许多相对独立的小段落组成，类似于笺言的集合，而其所表达的主题却相对集中，那就是提醒读者：每个人都有多多少少的闲暇时间，怎么样利用这些时间是一门大学问。而如果能够将闲暇时间有效地利用起来，很可能在人生事业上取得更大的成绩，走向成功！在时间的土壤上谁播下懒怠，谁便只能收获失望，谁播下勤奋，谁就可能收获希望。

向光明走去

□〔中国〕郑振铎

谁都喜爱光明的，虽然也许有些人和动物常要躲在黑暗之中，以便实行他们的阴险计划的，但那是贼、是恶人、是鸱、是蝙蝠、是狐。凡是人，是正直的人或物，总是喜爱光明，总是要向光明走去的。

黑漆漆的夜，独自走在路上，一点的星光、月光、灯光都没有，我们心里应有些怕。夏天的暴雨之前，天都乌黑了，无论孩子大人，心里也总多少有些凛凛然的，好像天空要有什么异样的变动。山寺的幽斋中，接连地落了几天的雨，天空是那样的灰暗，谁都能感到些凄楚之意。

但是太阳终于来了。接着夜而来的是白昼，接着暴雨而来的是晴光，接着灰暗之天空的是蔚蓝色的天空。那时，不知不觉地会有一阵慰安快乐的感觉，渗入每个人的心里；会有一种勇往活泼的精神，笼罩在每个人的脸上。

在黑暗中走着的人，在夏雨中的人，在灰暗的天空之下的人，总要相信光明的必定到来。因为继于夜之后的一定是白昼。夜来了，白昼必定不远的。

继于阴雨之后的，一定是阳光之天。雨来了，太阳必定是已躲在雨云之后的。那些只相信有阴雨之天，只相信有夜的人，且让他们去。我们是相信着白昼，相信着阳光之必定到来的。

现在，我们是什么样的时代呢？我猜一定不会错，每个人一听到这句问话，都必定要皱着眉头，在心里叹着气答道："黑暗时代！"

是的，是的，现在是黑暗时代。

政治上、社会上、国际上、家庭上，有多少浓厚的阴影罩着！且不必多说，这许多许多黑暗的事实，一时也诉说不尽。但是"光明"已躲在这些"黑暗"之后了！我们要相信光明一定会到来。我们不仅相信，我们还要迎着光明走去！譬如黑夜独行，坐在路旁等天亮，那是很可羞，如果惧怕黑夜而躲进小岩洞或小屋之内，那更是可耻。

我们相信光明必定会到来，我们迎上去，我们向着他走去。在黑夜里，踽踽地走着，到了光亮时，我们走到目的地了，那是多么快慰的事呀！那些见黑暗而惧怕，而失望的，让他们永躲在黑暗中；那些只相信有黑暗而不相信有光明的，也让他们的生活于黑暗之洞里吧。我们如果是相信"光明"的，我们便要鼓足了勇气，不怖不慑，向着光明走去。

我们不彷徨，我们不回顾。人类是永续不断的一条线，人间社会是永续不断的努力的结果。我们虽住在黑暗之中，我们应努力在黑暗中进行，但也许我们自身，是见不到光明的。人类全体永续不断地向着光明走去，光明是终于会到来的。

走去，走去，向着光明走去。

光明终于要来到的！

佳作赏析：

郑振铎（1898—1958），原籍福建长乐，生于浙江温州，中国现代作家、文学史家。著有专著《插图本中国文学史》《中国俗文学史》，小说集《家庭的故事》《桂公塘》，散文集《欧行日记》《山中杂记》《海燕》《蛰居散记》等。

在黑暗中走着的人，总要相信光明的必定到来，因为继于夜之后的一定是白昼。夜来了，白昼一定不远的。其实，光明和黑暗是一对孪生兄弟，正如成功与失败，幸福和苦难。谁都喜爱光明的，虽然也许有些人常常躲在黑暗之中。如果一个人从没有遭遇过灾难，从没有体验过不幸，甚至从未领悟过挫折，那么他当然不会思考人生，他们只会享受快乐，那一旦困难来临他将永无光明。光明对我们来说不是奢望，只要我们意志顽强，不向命运投降，自强不息，同时拥有一颗积极、乐观、敢于创造奇迹的心，那么我们的人生就永远有价值，生活就永远是快乐的，未来也永远光明灿烂。即使全世界的黑暗，也无力阻止一支蜡烛的燃烧！

伟大与渺小

□ 〔中国〕臧克家

　　我们有太多的伟人。写在历史上的被渲染过的，不必说他们了；和我们同时代，向我们显示伟大的，已经够数了。这些人，凭了个人的阴谋机诈、凭了阴险与残酷，只要抓住一个机会使自己向高处爬一级，他是决不放弃这个机会的，至于牺牲个人的天良与别人的利害甚至生命，他毫不顾惜。这些伟人的伟大，是用个人的人性去换来的，是踏在人民大众的骨骸上升高起来的。当他站得高、显得伟大的时候，一般有肉没有骨头，有躯壳没灵魂的人中狗，便成群地蜷伏在他脚下，仰起头来望望他，便"伟大呵，伟大呵"地乱叫一阵子，当别人靠近他的时候，它们便猖猖狂吠起来，在壮主子的声威之余，自己仿佛也有威可畏了。这些伟人与臣侯是相依为命，狼狈为奸的。主子为了获取权势的兔，是不能没有走狗的，在走狗的瞳孔里，主子的尊容也许并非那样庄严，然而在他们口里又是另一回事了。为了一块骨头，它们出卖了自己。

　　在伟人自己，眼睛看的是逢迎的脸色，咂嚅趄的情感，耳朵听的是谗阿佞的声音，左右的人钢壁铁墙一样把他围在一个小天地里，眼看不过咫尺，耳听不出左右，久而久之，也只能以他人之耳为耳，以他人之目为目，而这些他人，又正是以他为法宝而有所贪图的人，他们所说的话，所报告的见闻，全是以自己的利害为标准而取舍，改窜，编辑的，不但与事实不符，常常会整个相反。信假为真，以真为假，是非颠倒，黑白不分。古时候有这样的皇帝，天下大饥，他怪罪人民何不食肉糜，今日的伟人吃的鸡蛋也许还是一块钱一个。

这样的伟人，拔地几千尺，活在半空里，和群众、和现实，脱离得一干二净。在别人眼前，他作势，他装腔，他在别人眼里不是"人"，而是"伟人"，他自己，喜怒哀乐，不能自由，不愿自由，不敢自由，硬把人之所以为人一些天性压抑、闷死，另换上一些人造的东西，这样弄得长久了，自己也觉得自己不是"人"了，而成了"人"以上的另一种人的"人"，勉强解释，就是孤家"寡人"之"人"。这样的"人"，是"性相近也，习相远也"，远的是民众，是人性。这样的人是刚愎的、残暴的、虚伪的、反动的、半疯狂的、自欺欺人的、存心"不令天下人负我，我负天下人"的。把一个国家，一个世界交给这样一个半疯子去统治，那会造成个什么样子呢？

"王侯将相"的种子，已不能在新时代的气流中生长了，当大势已去，伟人不得不从半空里扔在实地上、民众前的时候，难怪希特勒自杀，而且自杀前还有疯狂的传说。被别人蒙在鼓里，或被自己的野心蒙在鼓里，一旦鼓被敲破了，四面楚歌，他这才明白了，可是已经晚了。个人英雄也就是悲剧英雄。希特勒、墨索里尼已成过去了，他们的死法是多么有力的标语，佛朗哥以及佛朗哥的弟兄们，读一读它吧！

和伟大相反，我喜欢渺小，我想提倡一种渺小主义。一个浪花是渺小的，波浪滔天的海洋就是它集体动力的表现，一粒砂尘是渺小的，它们造成了巍峨的泰岱，一株小草也是一支造物的小旗，一朵小花不也可以壮一下春的行色吗？

我说的渺小是最本色的、最真的、最人性的，是恰恰反乎上面所说的那样的伟大的。一颗星星，它没有名字却有光，有温暖，一颗又一颗，整个夜空都为之灿烂了。谁也不掩盖谁，谁也不妨碍别人的存在，相反的，彼此互相辉映，每一个是集体中的一分子。

满腹经纶的学者，不要向人民夸示你们的渊博吧，在这一方面你不是能手，因你有福、有闲、有钱，你对于锄头拿得动、使得熟吗？在别人的本领之前，你显示自己的渺小吧。用你的精神的食粮去换五谷吧。

发号施令的政治家，你们也能操纵斧柄如同操纵政柄吗？

将军们，不要只记住自己的一个命令可以生杀多少人，也要想想农民手下的锄头，可以生多少禾苗，死多少野草呵。

当个人从大众中孤立起来，而以自己的所长傲别人所短，他自觉是高人一头；把自己看做群众里面的一个，以别人的所长比自己的所短时，便觉得自己是渺小，人类的集体是伟大。我常常想，不亲自站在群众的队伍里面是比不出自己高低的；我常常想，站在大洋的边岸上向远处放眼的时候，站在喜马拉雅山脚下向上抬头的时候，才会觉得自己的渺小。因此，我爱大海，也爱一条潺潺的溪流；我爱高山，也爱一个土丘；我爱林木的微响，也爱一缕炊烟；我爱孩子的眼睛，我爱无名的群众，我也爱将军虎帐夜谈兵——如果他没有忘记他是个人。

我说的渺小是通到新英雄主义的一个起点。渺小是要把人列在一列平等的线上，渺小是自大、狂妄、野心、残害的消毒药，渺小是把人还原成人，是叫人看集体重于个人。当一个人为了群众，为了民族和国家，发挥了自己最大可能的力量，他便成为人民的英雄——新的英雄，这种英雄，不是为了自己，而是牺牲了自己，他头顶的光圈，是从人格和鲜血中放射出来的。

人人都渺小，然而当把渺小扩大到极致的时候，人人都可以成为英雄——新的英雄。

这世纪，是旧式的看上去伟大的伟人倒下去的世纪；这世纪，是渺小的人民觉醒的世纪；这世纪，是新英雄产生的世纪。

我如此说，如此相信。

　　臧克家（1905—2004），山东诸城人，诗人。代表作品有诗集《烙印》《罪恶的黑手》《泥土的歌》等。

　　对于许多人而言，在事业上取得成功，成为某个行业或领域的佼佼者，接受人们的鲜花和掌声，甚至握有权柄，成为"伟人"，这是求之不得的梦想。而作者的这篇《伟大与渺小》则别出心裁，提出做人要学会"渺小"，究其本意，其实是要告诉我们为人处世要谦虚谨慎、戒骄戒躁，有了一点小成绩、小事业不能妄自尊大，毕竟尺有所短、寸有所长，要学会尊重别人，与他人紧密合作配合，争取更大的进步。文章运用了多种修辞手法，对自视"伟大"人物的刻画可谓精准，讽刺可谓辛辣。

官

□［中国］臧克家

　　我欣幸有机会看到许许多多的"官"：大的、小的、老的、少的、肥的、瘦的、南的、北的，形形色色，各人有自己的一份"丰采"。仍是，当你看得深一点，换言之，就是不仅仅以貌取人的时候，你就会恍然悟到一个真理：他们是一样的，完完全全的一样，像从一个模子里"磕"出来的。他们有同样的"腰"，他们的"腰"是两用的，在上司面前则鞠躬如也，到了自己居于上司地位时，则挺得笔直，显得有威可畏，尊严而伟大。他们有同样的"脸"，他们的"脸"像六月的天空，变幻不居，有时，温馨晴朗，笑云飘忽；有时阴霾深黑，若狂风暴雨之将至，这全得看对着什么人，在什么样的场合。他们有同样的"腿"，他们的"腿"非常之长，奔走上官，一趟又一趟；结交同僚，往返如风，从来不知道疲乏。但当卑微的人们来求见，或穷困的亲友来有所告贷时，则往往迟疑又迟疑，迟疑又迟疑，最后才拖着两条像刚刚长途跋涉过来的"腿"，慢悠悠地走出来。"口将言而嗫嚅，足将进而趑趄"，这是一副样相；对象不同了，则又换上另一副英雄面具：叱咤、怒骂，为了助一助声势，无妨大拍几下桌子，然后方方正正地落座在沙发上，带一点余愠，鉴赏部属们那份觳觫的可怜相。

干什么的就得有干什么的那一套，做官的就得有个官样子。在前清，做了官，就得迈"四方步"，开"厅房腔"，这一套不练习好，官味就不够，官做得再好，总不能不算是缺陷的美。于今时代虽然不同了，但这一套也还没有落伍，"厅房腔"进化成了新式"官腔"，因为"官"要是和平常人一样的说"人"话，打"人腔"，就失其所以为"官"了。"四方步"，因为没有粉底靴，迈起来不大方便，但官总是有官的步子，疾徐中节，恰合身份。此外类如：会客要按时间，志在寸阴必惜；开会必迟到早退，表示公务繁忙；非要来会的友人，以不在为名，请他多跑几趟，证明无暇及私。在办公室里，庄严肃穆，不苟言笑，一劲在如山的公文上刷刷地划着"行"字，表现为国勤劳的伟大牺牲精神等等。

中国的官，向来有所谓"官箴"的，如果把这"官箴"一条条详细排列起来，足以成一本书，至少可以作成一张挂表，悬诸案头。我们现在就举其荦荦大者来赏识一下吧。

开宗明义第一条就是："官是人民的公仆。"孟老夫子在两千多年前就说过"民为贵，君为轻"的话，于今是"中华民国"，人民更是国家的"主人翁"了，何况，又到了所谓"人民的世纪"，这还有什么可说的？但是，话虽如此说，说起来也很堂皇动听，而事实却有点"不然"，而至于"大谬不然"，而甚至于"大谬不然"得叫人"糊涂"，而甚至于叫人"糊涂"得不可"开交"！人民既然是"主人"了，为什么从来没听说过这"主人"拿起鞭子来向一些失职的、渎职的、贪赃枉法的"公仆"的身上抽过一次？正正相反，太阿倒持，"主人"被强捐、被勒索、被拉丁、被侮辱、被抽打、被砍头的时候，倒年年有、月月有、日日有、时时有。

难道只有在完粮纳税的场合上，在供驱使，供利用的场合上，在被假借名义的场合上，人民才是"主人"吗？

到底是"官"为贵呢？还是"民"为贵？我糊涂了三十五年，就是到了今天，我依然在糊涂中。

第二条应该轮到"清廉"了。"文不爱钱，武不惜死，"这是主人对文武"公仆"，"公仆"对自己最低限度的要求了。打"国仗"打了八年多，不惜死的武官——将军，不能说没有，然而没有弃城失地的多。而真真死了的，倒是小兵们，小兵就是"主人"穿上了军装。文官，清廉的也许有，但我没有见过；因赈灾救济而暴富的，则所在多有，因贪污在报纸上广播"臭名"的则多如牛毛——大而至于署长，小而至于押运员，仓库管理员。"清廉"是名，"贪污"是实，名实之不相符，已经是自古而然了。官是直接或间接（包括请客费、活动费、送礼费）用钱弄到手的，这样年头，官，也不过"五日京兆"，不赶快狠狠地捞一卜子，就要折血本了。捞的技巧高的，还可以得奖，升官；就是不幸被发觉了，顶顶厉害的大贪污案，一审再审，一判再判，起死回生，结果也不过是一个"无期徒刑"。"无期徒刑"也可以翻译做"长期休养"，过一些时候，一年两年，也许三载五载，便会落得身广体胖，精神焕发，重新走进自由世界里来，大活动而特活动起来。

第三条为国家选人才，这些"人才"全是从亲戚朋友圈子里提拔出来的。你要是问：这个圈子以外就没有一个"人才"吗？他可以回答你"那我全不认识呀！"如此，"奴才"变成了"人才"，而真正"人才"便永远被埋没在无缘的角落里了。

第四条奉公守法，第五条勤俭服务，第六条负责任，第七条……唔，还是不再一条一条地排下去吧。总之，所讲的恰恰不是所做的，所做的恰恰不是所讲的，岂止不是，而且，还不折不扣来一个正正相反呢。

呜呼，这就是所谓"官"者是也。

一九四五年于重庆

这是一篇颇具杂文味道的文章。作者用生动的文笔、精准的刻画，将自古以来为官者装腔作势的丑态表现得惟妙惟肖、淋漓尽致。而接下来将"官箴"的基本宗旨与当时反动势力官员的所作所为进行横向比较，则把那些说一套做一套的掌权者的反人民本质暴露无遗。文章表面上看不温不火，实则字字怨气、句句愤怒，这种文字功夫不是一般人所能做到的。

勇气的力量

□ 〔中国〕梁漱溟

　　没有智慧不行，没有勇气也不行。我不敢说有智慧的人一定有勇气；但短于智慧的人，大约也没有勇气，或者其勇气亦是不足取的。怎样是有勇气？不为外面威力所摄，视任何强大势力若无物，担荷若何艰巨工作而无所怯。譬如，军阀问题，有的人激于义愤要打倒他；但同时更有许多人看成是无可奈何的局面，只有迁就他，只有随顺而利用他，自觉我们无拳无勇的人，对他有什么办法呢？此即没勇气。没勇气的人，容易看重既成的局面，往往把既成的局面看成是一不可改的。

　　说到这里，我们不得不佩服孙中山先生，他真是一个有大勇的人。他以一个匹夫，竟然想推翻二百多年大清帝国的统治。没有疯狂似的野心巨胆，是不能作此想的。然而没有智慧，则此想亦不能发生。他何以不为强大无比的清朝所慑服呢？他并非不知其强大，但同时他知此原非定局，而是可以变的。他何以不自看渺小？他晓得是可以增长起来的，这便是他的智慧。有此观察理解，则其勇气更大。而正唯其有勇气，心思乃益活泼敏妙。

智也、勇也，都不外其生命之伟大高强处，原是一回事而非二。反之，一般人气慑，则思呆也。所以说没有勇气不行。无论什么事，你总要看他是可能的，不是不可能的。无论如何艰难巨大的工程，你总要"气吞事"，而不要被事慑着你。

佳作赏析：

梁漱溟（1893—1988），原籍广西桂林，生于北京，我国著名思想家、教育家。著有《乡村建设理论》《人心与人生》等。

怎样是有勇气？不为外面威力所摄，视任何强大势力若无物，担荷若何艰巨工作而无所怯。智也，勇也。勇气来源于智慧，没有智慧的勇气是不足取的，是匹夫之勇，只有在智慧的基础上的勇气，才是最有力量的。在艰难困苦面前，我们不仅要有勇气，更要有智慧。

野草

□ [中国] 夏衍

有这样一个故事。

有人问：世界上什么东西的气力最大？回答纷纭得很，有的说"象"，有的说"狮"，有人开玩笑似的说，是"金刚"，金刚有多少气力，当然大家全不知道。

结果，这一切答案完全不对，世界上气力最大的，是植物的种子。一粒种子可以显现出来的力，简直是超越一切，这儿又是一个故事。

人的头盖骨，结合得非常致密与坚固，生理学家和解剖学者用尽了一切的方法，要把它完整地分出来，都没有这种力气。后来忽然有人发明了一个方法，就是把一些植物的种子放在要剖析的头盖骨里，给它以温度与湿度，使它发芽。一发芽，这些种子便以可怕的力量，将一切机械力所不能分开的骨骼完整地分开了。植物种子力量之大，如此如此。

这也许特殊了一点，常人不容易理解，那么，你看见笋的成长吗？你看见被压在瓦砾和石块下面的一棵小草的生成吗？它为着向往阳光，为着达成它的生之意志，不管上面的石块如何重，石块与石块之间的如何狭，它必定要曲曲折折地，但是顽强不屈地透到地面上来，它的根往土壤钻，它的芽往地面挺，这是一种不可抗的力，阻止它的石块，也被它掀翻，一粒种子力量的大，如此如此。

没有一个人将小草叫做"大力士"，但是它的力量之大，的确是世界无比。这种力，是一般人看不见的生命力，只要生命存在，这种力就要显现，上面的石块，丝毫不足以阻挡，因为它是一种"长期抗战"的力，有弹性、能屈能伸的力，有韧性、不达目的不止的力。

种子不落在肥土而落在瓦砾中，有生命力的种子决不会悲观和叹气，因为有了阻力才有磨炼。生命开始的一瞬间就带了斗争来的草，才是坚韧的草，也只有这种草，才可以傲然地对那些玻璃棚中养育着的盆花哄笑。

佳作赏析：

夏衍（1900—1995）浙江余杭人，剧作家、文艺评论家。代表作品报告文学《包身工》，话剧剧本《秋瑾传》《上海屋檐下》等。

这篇文章写于抗战中期，在这样的大背景下，作者用野草的蔓延和春风吹又生的形象来坚定、鼓舞人民抗战胜利的信心。野草本是大地上极其普通的小草，但它有旺盛的生命力，不会因为环境优良、恶劣的变化，而改变自己坚强的力量。夏衍将自己的思想、情感赋予野草的身上，运用强烈的对比手法，表现了不被人所注意的野草实际上潜藏的巨大无比的力量，表达了他对黑暗现实重压的蔑视，对民众力量的信赖。

松树的风格

□〔中国〕陶铸

　　去年冬天，我从英德到连县去，沿途看到松树郁郁苍苍、生气勃勃、傲然屹立。虽是坐在车子上，一棵棵松树一晃而过，但它们那种不畏风霜的姿态却使人油然而生敬意，久久不忘。当时很想把这种感觉写下来，但又不能写成。前两天在虎门和中山大学中文系的师生们座谈时，又谈到这一点，希望青年同志们能和松树一样，成长为具有松树的风格，也就是具有共产主义风格的人。现在把当时的感觉写出来，与大家共勉。

　　我对松树怀有敬佩之心不自今日始。自古以来，多少人就歌颂过它、赞美过它，把它作为崇高的品质的象征。

　　你看它不管是在悬崖的缝隙间也好，不管是在贫瘠的土地上也好，只要有一粒种子——这粒种子也不管是你有意种植的，还是随意丢落的，也不管是风吹来的，还是从飞鸟的嘴里跌落的。总之，只要有一粒种子，它就不择地势，不畏严寒酷热，随处茁壮地生长起来了。它既不需要谁来施肥，也不需要谁来灌溉。狂风吹不倒它，洪水淹不没它，严寒冻不死它，干旱旱不坏它，它只是一味地无忧无虑地生长。松树的生命力可谓强矣！松树要求于人的可谓少矣！这是我每看到松树油然而生敬意的原因之一。

我对松树怀有敬意的更重要的原因却是它那种自我牺牲的精神。你看，松树的干是用途极广的木材，并且是很好的造纸原料；松树的叶子可以提制挥发油；松树的脂液可制松香、松节油，是很重要的工业原料；松树的根和枝又是很好的燃料。更不用说在夏天，它用自己的枝叶挡住炎炎烈日，叫人们在如盖的绿荫下休憩；在黑夜，它可以劈成碎片做成火把，照亮人们前进的路。总之一句话，为了人类，它的确是做到了"粉身碎骨"的地步了。

要求于人的甚少，给予人的甚多，这就是松树的风格。

鲁迅先生说的"我吃的是草，挤出来的是奶，血"，也正是松树的风格的写照。

自然，松树的风格中还包含着乐观主义的精神。你看它无论在严寒霜雪中和盛夏烈日中，总是精神奕奕，从来都不知道什么叫做忧郁和畏惧。

我常想杨柳婀娜多姿，可谓妩媚极了，桃李绚烂多彩，可谓鲜艳极了，但它们只是给人一种外表好看的印象，不能给人以力量。松树却不同，它可能不如杨柳与桃李那么好看，但它却给人以启发，以深思和勇气，尤其是想到它那种崇高的风格的时候，不由人不油然而生敬意。

我每次看到松树，想到它那种崇高的风格的时候，就联想到共产主义风格。

我想所谓共产主义风格，应该就是要求于人的甚少，而给予人的却甚多的风格；所谓共产主义风格，应该就是为了人民的利益和事业不畏任何牺牲的风格。

每一个具有共产主义风格的人，都应该像松树一样，不管在怎样恶劣的环境下，都能茁壮地生长，顽强地工作，永不被困难吓倒，永不屈服于恶劣环境。每一个具有共产主义风格的人，都应该具有松树那样的崇高品质，人民需要我们做什么，我们就去做什么，只要是为了人民的利益，粉身碎骨，赴汤蹈火，也在所不惜；而且毫无怨言，永远浑身洋溢着革命的乐观主义的精神。

具有这种共产主义风格的人是很多的。在革命艰苦的年代里，在白色恐怖的日子里，多少人不管环境的恶劣和情况的险恶，为了人民的幸福，他们忍受了多少的艰难困苦，做了多少有意义的工作呵！他们贡献出所有的精力，甚至最宝贵的生命。就是在他们临牺牲的一刹那间，他们想的不是自己，而是人民和祖国甚至全世界的将来。然而，他们要求于人的是什么呢？什么也没有。这不由得使我们想起松树的崇高的风格！

目前，在社会主义革命和社会主义建设的日子里，多少人不顾个人的得失，不顾个人的辛劳，夜以继日、废寝忘食，为加速我们的革命和建设而不知疲倦地苦干着。在他们的意念中，一切都是为了把社会主义革命进行到底，为了迅速改变我国"一穷二白"的面貌，为了使人民的生活过得更好。这又不由得使我们想起松树的崇高的风格。

具有这种风格的人是越来越多了。这样的人越多，我们的革命和建设也就会越快。我希望每个人都能像松树一样具有坚强的意志和崇高的品质，我希望每个人都成为具有共产主义风格的人。

一九五九年一月中旬于虎门

佳作赏析：

陶铸（1908—1969），湖南祁阳人，曾任国务院副总理等职。著有《理想·情操·精神生活》等。

这是一篇托物言志的文章。作者借对生命力顽强、具有自我牺牲和奉献精神的松树的赞美，表达了对具有这种风格的劳动者们的崇敬之情，同时号召大家尤其是青年朋友们都来学习这种崇高品格。文章写于上个世纪五十年代末，但今天读来仍有很强的现实意义，丝毫不觉得过时。如果每个人都能够像松树那样，事事多一些付出，少一些索取，社会一定会变得更加美好。

论快乐

□〔中国〕钱钟书

在旧书铺里买回来维尼（Vigny）的《诗人日记》，信手翻开，就看见有趣的一条。他说，在法语里，喜乐（bonheur）一个名词是"好"和"钟点"两字拼成，可见好事多磨，只是个把钟头的玩意儿。我们联想到我们本国话的说法，也同样的意味深永，譬如快活或快乐的快字，就把人生一切乐事的飘瞥难留，极清楚地指示出来。所以我们又慨叹说："欢娱嫌夜短！"因为人在高兴的时候，活得太快，一到困苦无聊，愈觉得日脚像跛了似的，走得特别慢。德语的"沉闷"（langweile）一词，据字面上直译，就是"长时间"的意思。《西游记》里小猴子对孙行者说："天上一日，下界一年。"这种神话，确反映着人类的心理。天上比人间舒服欢乐，所以神仙活得快，人间一年在天上只当一日过。从此类推，地狱里比人间更痛苦，日子一定愈加难度；段成式《酉阳杂俎》就说："鬼言三年，人间三日。"嫌人生短促的人，真是最快活的人；反过来说，真快活的人，不管活到多少岁死，只能算是短命夭折。所以，做神仙也并不值得，在凡间已经三十年做了一世的人，在天上还是个未满月的小孩。但是这种"天算"，也有占便宜的地方：譬如戴君孚《广异记》载崔参军捉狐妖，"以桃枝决五下"，长孙无忌说罚得太轻，崔答："五下是人间五百下，殊非小刑。"可见卖老祝寿等等，在地上最为相宜，而刑罚呢，应该到天上去受。

"永远快乐"这句话，不但渺茫得不能实现，并且荒谬得不能成立。快过的决不会永久；我们说永远快乐，正好像说四方的圆形，静止的动作同样自相矛盾。在高兴的时候，我们空对瞬息即逝的时间喊着说："逗留一会儿罢！你太美了！"那有什么用？你要永久，你该向痛苦里去找。不讲别的，只要一个失眠的晚上，或者有约不来的下午，或者一课沉闷的听讲——这许多，比一切宗教信仰更有效力，能使你尝到什么叫做"永生"的滋味。人生的刺，就在这里，留恋着不肯快走的，偏是你所不留恋的东西。

快乐在人生里，好比引诱小孩子吃药的方糖，更像跑狗场里引诱狗赛跑的电兔子。几分钟或者几天的快乐赚我们活了一世，忍受着许多痛苦。我们希望它来，希望它留，希望它再来——这三句话概括了整个人类努力的历史。在我们追求和等候的时候，生命又不知不觉地偷度过去。也许我们只是时间消费的筹码，活了一世不过是为那一世的岁月充当殉葬品，根本不会想到快乐。但是我们到死也不明白是上了当，我们还理想死后有个天堂，在那里——谢上帝，也有这一天！我们终于享受到永远的快乐。你看，快乐的引诱，不仅像电兔子和方糖，使我们忍受了人生，而且仿佛钓钩上的鱼饵，竟使我们甘心去死。这样说来，人生虽痛苦，却不悲观，因为它终抱着快乐的希望；现在的账，我们预支了将来去付。为了快活，我们甚至于愿意慢死。

穆勒曾把"痛苦的苏格拉底"和"快乐的猪"比较。假使猪真知道快活，那么猪和苏格拉底也相去无几了。猪是否能快乐得像人，我们不知道；但是人会容易满足得像猪，我们是常看见的。把快乐分肉体的和精神的两种，这是最糊涂的分析。一切快乐的享受都属于精神的，尽管快乐的原因是肉体上的物质刺激。小孩子初生了下来，吃饱了奶就乖乖地睡，并不知道什么是快活，虽然它身体感觉舒服。缘故是小孩子时的精神和肉体还没有分化，只是混沌的星云状态。洗一个澡，看一朵花，吃一顿饭，假使你觉得快活，并非全因为澡洗得干净，花开得好，或者菜合你口味，主要因为你心上没有挂碍，轻松的灵魂可以专注肉体的感觉，来欣赏，来审定。要是你精神不痛快，像将离别时的宴席，随它怎样烹调得好，吃来只是土气息，泥滋味。那时刻的灵魂，仿佛害病的眼怕见阳光，撕去皮的伤口怕接触空气，虽然空气和阳光都是好东西。快乐时的你一定心无愧怍。假如你犯罪而真觉快乐，你那时候一定和有道德、有修养的人同样心安理得。有最洁白的良心，跟全没有良心或有最漆黑的良心效果是相等的。

发现了快乐由精神来决定，人类文化又进一步。发现这个道理和发现是非善恶取决于公理，而不取决于暴力一样重要。公理发现以后，从此世界上没有可被武力完全屈服的人。发现了精神是一切快乐的根据，从此痛苦失掉它们的可怕，肉体减少了专制。精神的炼金术能使肉体痛苦都变成快乐的资料。于是，烧了房子，有庆贺的人；一箪食，一瓢饮，有不改其乐的人；千灾百毒，有谈笑自若的人。所以我们前面说，人生虽不快乐，而仍能乐观。譬如从写《先知书》的所罗门直到做《海风》诗的马拉梅（Mallarmé），都觉得文明人的痛苦是身体困倦。但是偏有人能苦中作乐，从病痛里滤出快活来，使健康的消失有种赔偿。苏东坡诗就说："因病得闲殊不恶，安心是药更无方。"王丹麓《今世说》也记毛稚黄善病，人以为忧，毛曰："病味亦佳，第不堪为燥热人道耳！"在着重体育的西洋，我们也可以找着同样达观的人。工愁善病的诺凡利斯（Novalis）在《碎金集》里建立一种病的哲学，说病是"教人学会休息的女教师"。罗登巴煦（Rodenbach）的诗集《禁锢的生活》（Les Vies Encloses）里有专咏病味的一卷，说病是"灵魂的洗涤（puration）"。身体结实、喜欢活动的人采用了这个观点，就对病痛也感到另有风味。顽健粗壮的十八世纪德国诗人白洛柯斯（B.H.Brockes）第一次害病，得是一个"可惊异的大发现"。对于这种人，人生还有什么威胁？这种快乐，把忍受变为享受，是精神对于物质的最大胜利。灵魂可以自主——同时也许是自欺。能一贯抱这种态度的人，当然是大哲学家，但是谁知道他不也是个大傻子？

是的，这有点矛盾。矛盾是智慧的代价。这是人生对于人生观开的玩笑。

佳作赏析：

钱钟书（1910—1998），江苏无锡人，作家、学者。著有长篇小说《围城》，文论集《谈艺录》《管锥编》等。

人生在世几十年，快乐几何？悲伤几何？决定快乐的本质因素是什么？钱钟书的这篇《论快乐》给出了答案。在作者看来，决定一个人是否快乐的真正因素是精神层面的，是一个人看待事物的心态，这其实和佛家讲的"万法唯心造"有几分相似。物质层面、身体层面的因素虽然也很重要，但并不是决定因素。如果一个人看清了这一点，把心放开，那么他获得快乐的概率可能会更高一些，人生也会更丰富多彩一些。

成功

□〔中国〕季羡林

什么叫成功？顺手拿过来一本《现代汉语词典》，上面写道："成功，获得预期的结果。"言简意赅，明白之至。

但是，谈到"预期"，则错综复杂，纷纭混乱。人人每时每刻每日每月都有大小不同的预期，有的成功，有的失败。总之是无法界定，也无法分类，我们不去谈它。

我在这里只谈成功，特别是成功之道。这又是一个极大的题目，我却只是小做。积七八十年之经验，我得到了下面这个公式：

$$天资＋勤奋＋机遇＝成功$$

"天资"，我本来想用"天才"，但天才是个稀见现象，其中不少是"偏才"，所以我弃而不用，改用"天资"，大家一看就明白。这个公式实在是过分简单化了，但其中的含义是清楚的。搞得太繁琐，反而不容易说清楚。

谈到天资，首先必须承认，人与人之间天资是不相同的，这是一个事实，谁也否定不掉。十年浩劫中，自命天才的人居然大批天才。葫芦里卖的是什么药，至今不解。到了今天，学术界和文艺界自命天才的人颇不稀见，我除了羡慕这些人"自我感觉过分良好"外，不敢赞一词。对于自己的天资，我看，还是客观一点好，实事求是一点好。

至于勤奋，一向为古人所赞扬。囊萤、映雪、悬梁、刺股等故事流传了千百年，家喻户晓。韩文公的"焚膏油以继晷，恒兀兀以穷年"，更为读书人所向往。如果不勤奋，则天资再高也毫无用处。事理至明，无待饶舌。

谈到机遇，往往为人所忽视。它其实是存在的，而且有时候影响极大。就以我自己为例，如果清华不派我到德国去留学，则我的一生完全不会像现在这个样子。

把成功的三个条件拿来分析一下，天资是由"天"来决定的，我们无能为力。机遇是不期而来的，我们也无能为力。只有勤奋一项完全是我们自己决定的，我们必须在这一项上狠下工夫。在这里，古人的教导也多得很，还是先举韩文公。他说："业精于勤，荒于嬉；行成于思，毁于随。"这两句话是大家都熟悉的。

王静安在《人间词话》中说："古今之成大事业、大学问者，必经过三种之境界：'昨夜西风凋碧树，独上高楼，望尽天涯路。'此第一境也。'衣带渐宽终不悔，为伊消得人憔悴。'此第二境也。'众里寻他千百度，回头蓦见，那人正在，灯火阑珊处。'此第三境也。"静安先生第一境写的是预期。第二境写的是勤奋。第三境写的是成功。其中没有写天资和机遇。我不敢说，这是他的疏漏，因为写的角度不同。但是，我认为，补上天资与机遇，似更为全面。我希望，大家都能拿出"衣带渐宽终不悔"的精神来从事做学问或干事业，这是成功的必由之路。

季羡林（1911—2009），山东清平人，学者、翻译家、散文家。著有学术论著《中印文化关系史论丛》《印度简史》，译作《迦梨陀娑》《罗摩衍那》，散文集《天竺心影》等。

每个人都梦想成功，但到底怎么做才能成功呢？作者根据自己几十年的人生经验和所见所闻所学，给大家列出了一个简单明了的公式：天资＋勤奋＋机遇＝成功。天资是天生的，是我们所不能把控的，但也正因为如此，其实关于天资的高低也是很难断定的事情，因此作为普通人应该有自知之明，实事求是一些比较好。而关于机遇，也是可遇不可求的，一般情况下也难以预见。成功的三个因素中真正握在我们手中的，只有勤奋。因此，无论是学习还是工作，无论做什么事情，勤奋都是必需的。勤奋不一定能成功，但不勤奋肯定失败，多一分勤奋就多一分希望。

共通的门径

□〔中国〕邓拓

读书，做学问，进行研究工作，到底有什么窍门没有？这是朋友们在谈论中提到的一个问题。

记得有一次《夜话》的题目是《不要秘诀的秘诀》，中心意思是劝告大家不要听信什么"读书秘诀"之类的东西。直到现在，我的这个意见仍然没有改变。因此，本来不想再谈这个问题。

但是，近来仍然有许多读者来信，要求多讲些学习方法。他们说："不一定要什么秘诀，指出一点门径就好。"为了答复这个要求，现在另外提出一点意见，供大家参考。

有的读者也许以为我喜欢看古书，所以来信要我"开列几本古书，作为学习的入门"。这是一个很大的误会。我不主张大家以古书为入门。古书要在一定的条件下才能读的，否则越读越要糊涂。而且即便有了一定条件能读古书，也不可陷在古书堆里拔不出来。

明代有一位学者曹于汴，在他所著的《共发编》中就曾经说过："古人之书不可不多读，但靠书不得，靠读不得，靠古人不得！"这个见解很对。曹于汴的为人处世，也正表现了他的这种独立不阿的精神。他在明代万历年间举进士，官至左佥都御史，力持正义，终为魏忠贤那一伙奸臣所不容，那是必然的。

当然，这样的读书态度并不只曹于汴一人。从来有学问的人都懂得："尽信书不如无书。"何况于盲目地靠读古书，那能够解决什么问题呢？

其实，无论读书，做学问，进行研究工作，首先需要的本钱，还不是什么专门问题的知识，而是最一般的最基本的用来表情达意和思考问题的工具。这就是要学习和掌握语言文字和一般逻辑的知识。

如果一个人不会正确地运用语言文字，就很难谈到做学问、进行研究工作等等问题，这是非常明显的。不能设想，一个文字不通的人，怎么能够充分表达自己的思想？又怎么能够通晓各科知识呢？

如果一个人连一般的逻辑都不懂得，当然就很难进行正确的思维，很难对自己接触的客观事物进行科学的概括，更不可能进行科学的判断和推理了。事实证明，有的人正是因为缺乏逻辑的基本训练，常常说了许多不合逻辑的十分荒谬的话，自己还不觉得它的荒谬，甚至于还自鸣得意。也有的人因为不懂得逻辑，对于别人不合逻辑的荒谬言论，竟然也不能觉察它的荒谬，甚至于随声附和，人云亦云。

根据这两方面的情况，所以我一直认为，如果自己要研究什么学问的话，最好想想自己是否学会了语言文字和一般逻辑。如果不会，就必须先把语言文字和逻辑常识学会，这是做一切学问的基本功。

这个基本功学会以后，还要不断地练习，越练越熟，当然就越善于读书，越会做研究工作。没有练好基本功以前，并不是完全不能做专门的学问，只是效果可能不会很好。但是，也不必等到基本功完全练好了，然后才去做专门的学问，尽可以同时并进，双管齐下。

当自己掌握了一定的基本功，能够独立思考和写作的时候，就可以进一步找到自己要研究的专门问题的书籍，抓住适合自己需要的最重要的著作，哪怕只有一两本也行，把它读得烂熟，透彻地理解它的全部内容。然后，在这个基础上，就无妨广泛地阅读其他书籍和参考资料，越多越好。这样日久天长，自己的知识必然会丰富起来，再加上实际调查研究和亲身实践的体验，就不难在某一专门问题的研究上，做出一点半点的成绩来。

有的朋友在来信中还再三谈到博与专的关系问题，认为这个问题不好解决，表示很苦恼。实际上这个问题不难解决。博与专都是相对的，不是绝对的。没有无所不知的博学之士，也没有只知一事一物而不知其他的专门家。同时，在一个专门的学术领域之内，仍然有博与不博、专与不专，也就是广与不广、精与不精之分。一般说来，在博的基础上求专，或者在专的基础上求博；先求博而后求专，或者先求专而后求博，都是可以的。

在练习基本功和学习专业基础知识的时候，书要一本一本地精读。正如明代胡居仁的《丽泽堂学约》上写的："读书务在循序渐进，一书已熟，方读一书，勿得卤莽躐等，虽多无益。"打好了基础之后，为了扩大知识的领域，就要多读多看，如汉代王充那样，"博通众流百家之言"，才能在学问上有所成就。

无论如何，每个人的情形不同，水平不同，要求不同，上面说的这些当然不能完全适合于每一个人。这里只不过提出一个共通的门径而已。

佳作赏析：

邓拓（1912—1966），福建闽侯人，作家、当代杰出新闻工作者。代表作品有《燕山夜话》《三家村札记》《邓拓词选》等。

读书学习、做学问研究有没有秘诀呢？作者给出的回答是否定的。不过在他看来，共通的门径还是有的，那就是：学习和掌握语言文字和一般逻辑的知识。在他看来，这是学习和研究的基础，是无论学习哪门学科、研究哪门学问都要用到的工具，其重要性就不言而喻了。将这两门基本功掌握熟练、学会独立思考和写作的时候，再去学习研究其他学问就容易多了。文章逻辑严密，说理透彻，文字流畅，通俗易懂，尽管写于几十年前，但今天读来不论是观点还是文字都丝毫不觉得过时。

事事关心

□〔中国〕邓拓

　　"风声、雨声、读书声，声声入耳；家事、国事、天下事，事事关心。"

　　这是明代东林党首领顾宪成撰写的一副对联。时间已经过去了三百六十多年，到现在，当人们走进江苏无锡"东林书院"旧址的时候，还可以寻见这副对联的遗迹。

　　为什么忽然想起这副对联呢？因为有几位朋友在谈话中，认为古人读书似乎都没有什么政治目的，都是为读书而读书，都是读死书的。为了证明这种认识不合事实，才提起了这副对联。而且，这副对联知道的人很少，颇有介绍的必要。

　　上联的意思是讲书院的环境便于人们专心读书。这十一个字很生动地描写了自然界的风雨声和人们的读书声交织在一起的情景，令人仿佛置身于当年的东林书院中，耳朵里好像真的听见了一片朗诵和讲学的声音，与天籁齐鸣。下联的意思是讲在书院中读书的人都要关心政治。这十一个字充分地表明了当时的东林党人在政治上的抱负。他们主张不能只关心自己的家事，还要关心国家的大事和全世界的事情。那个时候的人已经知道天下不只是一个中国，还有许多别的国家。所以，他们把天下事与国事并提，可见这是指的世界大事，而不限于本国的事情了。

把上下联贯串起来看，它的意思更加明显，就是说一面要致力读书，一面要关心政治，两方面要紧密结合。而且，上联的风声、雨声也可以理解为语带双关，即兼指自然界的风雨和政治上的风雨而言。因此，这副对联的意义实在是相当深长的。

从我们现在的眼光看上去，东林党人读书和讲学，显然有他们的政治目的。尽管由于历史条件的限制，他们当时还是站在封建阶级的立场上，为维护封建制度而进行政治斗争。但是，他们比起那一班读死书的和追求功名利禄的人，总算进步得多了。

当然，以顾宪成和高攀龙等人为代表的东林党人，当时只知道用"君子"和"小人"去区别政治上的正邪两派。顾宪成说："当京官不忠心事主，当地方官不留心民生，隐居乡里不讲求正义，不配称君子。"在顾宪成死后，高攀龙接着主持东林讲席，也是继续以"君子"与"小人"去品评当时的人物，议论万历、天启年间的时政。他们的思想，从根本上说，并没有超出宋儒理学，特别是程、朱学说的范围，这也是可以理解的。因为顾宪成讲学的东林书院，本来是宋儒杨龟山创立的书院。杨龟山是程颢、程颐两兄弟的门徒，是"二程之学"的正宗嫡传。朱熹等人则是杨龟山的弟子。顾宪成重修东林书院的时候，很清楚地宣布，他是讲程朱学说的，也就是继承杨龟山的衣钵的。人们如果要想从他的身上，找到反封建的革命因素，那恐怕是不可能的。

我们决不需要恢复所谓东林遗风，就让它永远成为古老的历史陈迹去吧。我们只要懂得努力读书和关心政治，这两方面紧密结合的道理就够了。

片面地只强调读书，而不关心政治；或者片面地只强调政治，而不努力读书，都是极端错误的。不读书而空谈政治的人，只是空头的政治家，绝不是真正的政治家。真正的政治家没有不努力读书的。完全不读书的政治家是不可思议的。同样，不问政治而死读书本的人，那是无用的书呆子，绝不是真正有学问的学者。真正有学问的学者决不能不关心政治。完全不懂政治的学者，无论如何他的学问是不完全的。就这一点说来，所谓"事事关心"实际上也包含着对一切知识都要努力学习的意思在内。既要努力读书，又要关心政治，这是愈来愈明白的道理。古人尚且知道这种道理，宣扬这种道理，难道我们还不如古人，还不懂得这种道理吗？无论如何，我们应该比古人懂得更充分，更深刻，更透彻！

佳作赏析：

《事事关心》这篇短文以明代东林党人的一副对联为题为引子，涉猎古事论今事，寓理于史中。"既要努力读书，又要关心政治……难道我们还不如古人，还不懂得这种道理吗？无论如何，我们应该比古人懂得更充分，更深刻，更透彻！"文章借用历史掌故，点出了古代读书人关心时政、身忧天下的士人传统，并号召时下的青年人继承和发扬这一传统。文章写作手法严谨，分析精辟，娓娓道来，引人注目。

略论自大之类

□〔中国〕唐弢

自负在中国不算一个坏名词，而自大却是例外的——那是脱俗入雅的法门。

"四民"之中，穿短衣的工农，赤臂露腿、率直劳苦，都是些粗野的"俗物"，压根儿无法脱俗的；贸迁有无的是商人，劳务上别有雇用者，本身应该归入于"长袴"一流，暴发以后，玩古董、弄字画，颇有附庸风雅的意思，然而书香盖不了铜臭，纵能脱俗，也不入雅；能够脱于俗而入于雅的，首先得推士——也即现在所说的读书人。脱俗，为的是"未能免俗"；入雅，因为他们毕竟还有一点帮闲凑趣的才情。

这才情又正是自大的底子。

自来名士近官，可见要自大，实际上是还得从"事大"入手的，所以读书人大抵要投靠。权门之有清客，豪家之有篦片，就正是这缘故。下一局棋，做几首诗，评骘书画，月旦时人，看机会给主子捧两句场，虽然肉麻，却也有趣，是这些"事大"人物奉上的本领；至于临下，却别有一副尊严的脸孔——这时候他可要自大了——轻转眼珠，慢摇身躯，说声"不的"，便已扫荡无余。因为他记起了自己的风雅的才情，读书人的身份。用这来洗去刚才的肉麻。

下人们怎能不佩服呢？我想，古往今来，许多薄负时誉的名士，就正是这样垫搭起来，脱俗入雅的。

晋朝的嵇康和阮籍，都是脾气很大的人物，有人以为也含有自大的影子，这其实是冤枉的。不错，嵇康动不动就要和朋友绝交；阮籍呢，一不小心，他就会藏起乌珠，送过眼白来，实在令人不好受。但他们其实是"过着孤僻的生活的作家"，虽自大而并不"事大"，永远被摒弃于风雅的门外，只落得一个"狂"字终身的，而且前者还因此送了命。

倘要用一个名词来概括这两个人的脾气，那也许就是自负吧，然而仿佛又并不是。

我应该怎样说法呢？或者……不说也罢。总之，像嵇康和阮籍那样的文人，现在是并不很多的，倘有，也必须加以珍视。因为在上海，多的还是自大而又"事大"的角色。干脆去卖身投靠的且不说吧，明知卖身之可耻，却因自大而不能不求"事大"的人们，也总在探头探脑地跑近"桥"边去，一个倒葱，于是乎落了"水"。

看，现在他们很文雅地游过去了。

十月二十六夜

佳作赏析：

唐弢（1913—1992），浙江镇海人，作家、文学理论家。著有《推背图》《晦庵书话》《鲁迅论集》等。

作者作为著名的鲁迅研究专家，在文风上与鲁迅也有几分相似。这篇文章就以辛辣的笔法讽刺和鞭挞了那些上献媚于官员富豪、下逞势于底层民众，丧失人格独立性的读书人。这些人或充清客，或作"篾片"，以肉麻吹捧为晋升吃饭之途，实在是有辱斯文。读书以明理，学问以致用，不媚上，不辱下，不以才情自大，知书达理，平等待人，这才是知识分子为人处世应该遵循的基本原则。

久病延年

□〔中国〕冯牧

在中国的谚语中，有"久病成医"之说，却从未见有人提出过"久病延年"这样的接近于"二义悖反"的说法。

应当说，这是我的一个发现或是"创造"。

大约在"文革"后期，我刚从被流放的湖北咸宁干校回到北京，四壁萧然而又百无聊赖；大约是和林彪的"折戟沉沙"有关，我曾有过将近两年左右的相对安定的日子。但是，那时我既无被分配工作的可能，又无执笔写作的心境，于是我除了读书，享受那种"雪夜闭门读禁书"的乐趣外，我还曾经用篆刻来排遣那漫长的时日。我从家中幸存的一堆印谱中发现了一幅铭刻在秦汉瓦当上的铭文：美意延年，我便一反其意，用稚弱的笔力和刀工篆刻了一方寄托心情的闲章，是仿汉印小篆体的四个字，"久病延年"。我的本意，既是一种自勉，又是一种和老朋友之间的共勉。印章中的这个"病"字，其实是包含了两方面的意思：一方面，指的是当时正在席卷大地的政治风暴，为我们这些从青年时代起便决心献身革命虽九死而不悔的人身上所带来的创伤（这种创伤既表现在心灵上也表现在肉体上）。我和我的许多老朋友当时都怀有这样的心情：无论我们所身受的压力有多么沉重，无论我们仍将面临着多么严重的生死考验，我们都要坚定地斗争下去和顽强地生存下去，直到那些正在把祖国命运推向深渊的邪恶势力垮台为止。回想起来，我当时的期望值并不高，记得在当时我和几位好友的一次秘密聚会中，我曾对延安时期的老朋友朱丹说过这样的话："只要让我亲眼看到江青这些祸国殃民的家伙们倒台，哪怕我在这个世界上只能再活一个星期，我也就心满意足了。"这样的话，我后来也对郭小川讲过。他同意我的话，却又批评我太悲观了，尽管他后来悲惨的经历，证明在他的内心深处，实际上要比我悲观得多。

但无论如何，在那与其说是忍辱负重毋宁说是忍辱偷生的岁月里，我在和一些知心朋友通信的时候，总是忘不了在信纸的一角钤上这方题为"久病延年"的闲章，作为期望，作为激励，也作为一种袒露心灵的表示。后来，我又刻了好几方同样的图章，分赠给几位能够懂得它的含义的朋友，而且还获得了一些朋友的会心的赞可；我相信，它们至今还保存在一些曾同我共过患难的朋友手中。当然，随着历史的推移，这件事情大约早已被人淡忘了。

我在上面谈到的，只是我所篆刻的这方图章所包含的一层意思。"久病延年"中的这个"病"字，还包含有另外一层意思，一层实实在在的意思。这指的是，对于像我（以及我的某些朋友）这样的当时身体很不健康的，甚至是多病的人，如果我们能够始终保有一种建立在坚定信念上的健康的精神状态，一种旷达而开阔的胸怀和心情，一种时刻都能自觉地发挥精神上的主观能动性的意志，一种正常的、既是随心所欲又是有所节制的生活方式，同样也是可以使自己在艰难的条件下，平安地顽强地生活和生存下去的。

我的半个多世纪的生活经历，可以为我的这个主观论断作出相当充分的印证。我始终认为，即使是"久病"的人，也是可以"延年"的。

我是"五四"运动的同龄人，早已年逾古稀。但我从十七岁起便患上了相当严重的肺结核和肋膜炎（后来又发展为慢性脓胸），再加上由于遗传因素造成的严重哮喘病，因此，可以说，将近六十年以来，我从来都是与疾病为伴，几乎没有过过一天可以称为"健康人"的日子。记得一九三八年初，我带病逃离刚刚沦陷的北平，经过将近三个月的艰苦跋涉，才来到延安，其间所需要克服的困难，是现在的青年人所难于想见的。我父亲（一位正直的知名学者），曾经以焦虑的心情给我写过一封信，信中说，他绝不反对我参加革命，但以我的身体状况，他担心我活不到三十岁……但是，后来我不但愉快地（也是艰难地）迎来了三十岁的生日（我还记得，那一天，我正准备和野战部队渡过长江，住在一个担任突击部队的团指挥所里，当然，根本没有意识到那一天我正在进入"而立之年"），而且随后作为一名随军记者，参与了解放广东、广西和云南的大部分战役，最后，经过了几千里基本上是靠步行的长途行军，来到了云南边疆。

我的生命在云南得到了一次挽救。那里的医院以当时最好的医疗条件治好了我的结核病和大体上控制了我严重的肺气肿和哮喘病；但是，对于我的脓胸病，医生们却表示了一种束手无策的忧虑。但即使如此，也不能不承认，我能够顺利地活过了三十岁，是由于一种幸运的机遇，是由于一种带有很大偶然因素的命运对我的宽容与厚爱。

我的脆弱而顽强的生命，在一九五六年得到了第二次挽救。那时，我已经三十七岁了，被送到北京来做大手术；云南的医院怀疑我得的是肺癌，而且把这个后来被证明是错误的诊断过早地透露给我了。我想我今天可以欣慰地说，我当时不但没有被这个可以摧毁人的意志的消息所压倒，而且一直是保持着一种豁达而平静的心境。我想，这种心境，是使我后来得以顺利地战胜无数次身体上的和精神上的磨难，而能够继续顽强地活了过来的一个重要因素。

这一次挽救了我的生命的，是两位杰出的医生——著名的胸外科专家吴英恺和黄国俊教授。在当年那种简陋的条件下，他们为我做了一个长达十个小时的开胸手术，基本上解决了使我多年深受折磨的脓胸症——而且是一种罕见的"包囊性脓胸"。用黄国俊的话来说是：我们从你右胸里给你摘除了一个中号暖水袋！而且多半是出于对我表示安慰的好心，他当时还对我说："你不要悲观，像你得的这种病，在我们的病例记载当中，存活率很高，有长达十一年后现在仍然健在！"

听了这些话，我当时不但感到高兴，而且还为此激动不已。我想，我的日子还长着呢，即使我没有足够的把握，我也一定要努力给他们创造一个新纪录——再存活十二年，到那时，我还不到五十岁呢！

而事实上，从那以后，我已经"存活"了三十八年。而这三十八年，我所跨越、所经历的，又绝非是一条风和日丽、风平浪静的生活道路。尽管在这漫长岁月中，我又经受了那么多的意想不到的疾风骤雨的冲击，使我常常感到，我所走过的每一段生活历程，都好像是在湍流急浪中搏击前进的，不论是幸，还是不幸，反正至今虽然我所拥有的依然是一副时时为病痛所苦的孱弱之躯，我却仍然能够生活得平静而自如，仍然能够为我所献身的事业做出点点滴滴的微小却是无愧于心的奉献。而且在不久之前，刚刚愉快地度过了我的七十五岁生日。

有不少人曾经向我问起过我的"养生之道"，怎样才能做到"久病"而又"延年"，我却往往难以作答。我平生与烟酒无缘。我从来不吃补品，也不练"气功"，除了热衷于长途旅行外，我甚至很少进行持之以恒的体力锻炼。我最不能忍受的是为了保护身体而必须屈从于种种纯属臆想的违反自然的"清规戒律"。我一生信守不渝的，是对自己从青年时期就认定了的理想和信念绝不动摇。对于种种邪恶现象，我也绝不缺少那种疾恶如仇的义愤。但我也始终认为，人应当具有一种博大宽容的胸怀。我承认，我的性格也许过分温和过分宽容，以至于从延安时期直到现在，我头上长期被扣上的"温情主义"和"缺乏斗争性"这两顶帽子，从来没有摘掉过，有人甚至因此以"东郭先生"相讥，我对此也并不介意。我的一条自然形成的准则是：有所为，也有所不为。对于原则问题，我绝不含糊，而对于那种纷至沓来的小是小非、喊喊喳喳之谈，我采取的是既不斤斤计较，也绝不跟自己过不去的态度。只要是于人民有益的工作，只要是性之所适、情之所至的好事，我总是愿意无条件无代价地付出自己的劳动，哪怕是力所不逮，我也总是尽力而为。

就是这样，我走过了自己艰难而又无愧无悔的七十五年的漫长岁月。我已经大大地、超额百分之三百地完成了我父亲当年所期望于我的"生命计划"。对此，许多人为我庆幸，有人则不那么高兴，但对我来说，至少是为人们提供了一个"久病"也能够"延年"的绝非虚构的范例。因此，不管怎样，"久病延年"这四个字一直被我视为至理，至少直到今天仍然如此。推己及人，我希望，别人也能由此得到一点启示，或者引起一些思考。

佳作赏析：

冯牧（1919—1996），北京人，作家、评论家。代表作品有评论集《繁花与草》《激流小溪》，散文集《冯牧散文集》等。

每个人都希望自己身体健康，这样才能够活得比较长久一些。而作者在这篇文章中则提出了一个看似矛盾的观点：久病延年。从文章中可以看出，作者从青少年时期身体就有疾病，而且属于相对比较严重的，然而令人惊奇的是，他挺过了条件艰苦的战争年代，在和平年代的历代风波中也安然度过，以一个残病之躯，活了七十多岁，不能不说是一个奇迹。是什么让他历经风雨而不倒呢？是强烈的求生本能，是乐观向上的心态和豁达的心胸。人生的道路上总有许多艰难困苦甚至磨难，多一份乐观，多一份豁达，挺一挺可能就过去了。在这一点上，我们应该向作者学习。

重返书房

□〔中国〕叶君健

　　右边下半身剧痛不止，已经有两个多月了。这是癌细胞扩散到了那个部位的症状，但我不知道——门诊医生的诊断认为疼痛是骨质增生压迫神经所引起。我再也忍受不了。一天上午我的大儿媳叫来急救车，把我送进医院。没有想到，这一进医院，就出不来。病情太危急了，非短时间可以解决。我在医院一住就是半年，初夏时进去，冬天才出来。由于离家时仓促，书房的东西来不及收拾；夏天雨多，房子老旧，许多地方得修补，漏雨房间得空出来整修；不漏雨的房间就堆满了东西。我那个书房也就乱套了。我从医院回到院子里来，恍如隔世，对整个环境都感到陌生。再走进我的书房，许多我工作用的文具、稿件、参考书都换了位置，难得找到。这是我辛苦的老伴在我住院期间，怕东西遗失，为我收拾的结果。她根据她的理解，有的东西她分类，堆到一处；另有些东西她捆扎起来，藏到另一处。我惯常的工作规程和秩序就乱了。

　　在我出院前，老伴已经把书房收拾得相当整齐——这也是老伴的苦心，迎接我回家，为我创造一个"舒适"的环境。但我却产生了一种凄凉、生疏之感。本来，根据医学常规对病情所作的推断，我生存的期限大致只有三个月。但我住院一住就超过了三个月以上，而且现在居然还能回到家里来！但看到这种景象，我仍觉得我已经属于历史，这些东西也是"遗物"，起纪念的作用。但我却又活生生地站在它们中间，身体虽然虚弱，可是已经没有疼痛了。事实上，我活了下来。既然如此，当然就得工作——这是几十年养成的习惯，成了一种后天的本能，不工作就活不下去。但眼前却是一片空虚，又好像我的生命已经结束了。现在这里站着的是不是我的幽灵？我环顾一下，又觉得不是，因为周围的一切，仍是那么熟悉。我的记忆又回到我意识中来。的确，我是在活着。

虽然医生嘱咐我，今后得改弦易辙，静静养病，不要再走回头路，埋头工作。但我在书房——也是我的卧房——里生活了两天以后，我又觉得精神渐渐好起来，于是故态复萌，又想和周围环境溶化到一起，重操旧业——再爬格子。这样感觉，我也就这样作了。我坐到书桌面前来。书桌靠墙那边立着的几本常用的字典、笔记本、地址簿——它们虽然布满了灰尘，但仍然没有动。我把它们一一抽出来，掸去灰尘，它们立即露出了本来面目，在我面前摊开。它们已经不是似曾相识，而是老相识了。它们似乎在向我微笑。于是我把它们翻开。那里面我记下的东西、打的符号，又跃然纸上，似乎在对我点头，在和我对话，提醒我它们和我旧时的交情。我的心情又忽然变得热乎乎起来了。生存是多么可爱！

我再拉开书桌的抽屉。只有这里面的东西没有动。老伴很细心，意识到这里面是我在工作进行时所留下的手稿——有的完成了，还没有定稿；有的刚开头，有的写到一半停止了。后两种情况是在我的病况发展到了危急的阶段发生的。那时我虽然想忍痛把它们完成——有些已寄出去了的就是在忍痛的情况下完成的，但力不从心，我只好中途搁笔。我现在还依稀能记得当时难过的心情：我已经在预感我的生命将要结束了。这是我过去从没有能想象到的一种无可奈何的、像世界到了末日的心情。现在我又见到这些长期和我形影不离的伙伴，还在它们这里重睹我留下的注解和笔迹。于是过去伏案爬格子的情景又历历展现在眼前。我不禁有点感伤起来，怀念那流逝了的时日。

我并不是以爬格子为职业的人，从没有当过专业作家。解放前我谋生的职业是教书、当编辑、作记者，我剩余的时间是参加抗日救亡活动——为此我还在日本坐过几个月的监牢。那是国难当头、人民受难的时代，只能这样生活。解放后，由于我掌握了几门外语，在抗战期间还有些做对外宣传的经验，我被分配到一个对外宣传的机构当外语干部，这一当就是几十年，一直到现在。但爬格子是我的真实爱好和兴趣。只是在客观形势要求下，我别无选择，得把这些个人的癖好搁到一边，完成我在特定的历史时期应尽的社会责任。但个人的癖好像一种痼疾，它不时要发作，搅得你心绪不宁。没有别的办法，我只得随时随地抓住机会抚慰它一下，写点什么，使它暂时平息下来。但这样做就要求在生活的享受上作些牺牲。比如在节假日——甚至过春节——当家人去逛公园或者走访亲朋的时候，我得把自己关在这个小书房里，扣上门，装作不在家，伏在桌上爬起格子来，当然这也不一定是痛苦的事，因为当我在纸上写下了我认为是"得意之笔"的时候，我也可以体验到一种无法形容的快感。

现在我翻翻已经久违了的抽屉中的旧稿，又重新发现了一些"得意之笔"，于是我就不由地感到兴奋起来，回到当时落下这些"得意之笔"的那种快感的境界中去。多大的愉悦啊！于是，我也就忘记了我刚刚生过一场大病，还须休养。我好像又恢复了过去那种见缝插针、紧抓时间的劲头和急迫感。这种"习惯势力"，不以人的意志为转移，果然又鼓动我跃跃欲试，想马上就握起笔来爬格子。但笔，由于长时不用，里面的胶管也干了，变形了，笔尖也塞满了墨水干后的沉积物，不服从我的调动了。至于稿纸，我一时还找不着它存放的地点。其他如参考书、辞典等也要重新从书堆中理出来。一切都变了——真是"恍如隔世"。事实上，我自己也好像是刚摆脱死神的手，只是刚回到人间——我的这个小书房。多愉快的感觉啊！我觉得我得重新开始，生命也得重新开始。开始的第一步就是整理出那些被扔进遗忘中的、长时伴我度过那应该享受而却放弃了的闲空时刻的、在一个斗室里伴我绞脑汁的写作工具、参考书和辞典。它们也得慢慢地复活过来，重新建立与我的伙伴关系。

但人生究竟是短暂的。这种重生的伙伴关系能否恢复，即使恢复后又能维持多久，我不敢想。但我却想马上就动手工作，把这些伙伴们请出来，与我再共同重温那像是属于前一个世界——一个已经不复存在的世界——的旧梦。这个梦从此刻起我又开始来做，并且事实上已经进入它的境界，在这境界中我又要开始忘掉了年岁和自己的体力实况。在一些具有丰富世故的人的眼中，这也许是一种荒唐的行径，但就是在这种行径中许多文学家、艺术家、哲学家——甚至革命家，度过他们的人生。我想，大概也亏了他们所度过的这种人生，人类世界才有今天这样的文明。

佳作赏析：

叶君健（1914—1999），湖北红安人，作家、翻译家。代表作品有长篇小说《火花》《山村》，散文集《两京散记》，译作《安徒生童话全集》等。

对于一个人而言，没有什么比得一场大病更不幸的事情了。而作者因病住院后被告知只能活三个月，其压力可想而知。然而就是在这样的情形之下，当他出院回家后想到的第一件事情仍然是重操"旧业"——在书房里继续写作。这种对兴趣爱好执著的精神、置身体健康甚至生死于度外的勇气，值得我们每一个人学习。正如作者所言，亏了一些人这样度过他们的人生，人类才有了今天这样的文明。人是需要一点"精神"的。

摆渡

□〔中国〕高晓声

　　有四个人到了渡口，要到彼岸去。这四个人，一个是有钱的，一个是大力士，一个是有权的，一个是作家。他们都要求渡河。

　　摆渡人说："你们每一个人，谁把自己最宝贵的东西分一点给我，我就摆；谁不给，我就不摆。"有钱人给了点钱，上了船。大力士举举拳头说："你吃得消这个吗？"也上了船。有权的人说："你摆我过河以后，就别干这苦活了，跟我去做一点干净省力的事儿吧。"摆渡人听了高兴，扶他上了船。最后轮到作家开口了。作家说："我最宝贵的，就是写作。不过一时也写不出来。我唱个歌儿给你听听吧。"摆渡人说："歌儿我也会唱，谁要听你的！你如果实在没有甚么，唱一个也可以。唱得好，就让你过去。"作家就唱了一个。摆渡人听了，摇摇头说："你唱的算甚么，还没有他（指有权的）说的好听。"说罢，不让作家上船，篙子一点，船就离了岸。

　　这时天色已浓，作家又饿又冷，想着对岸家中，妻儿还在等他回去想办法买米烧夜饭吃，他一阵心酸，不禁仰天叹道："我平生没有作过孽，为甚么就没有路走了呢？"摆渡人一听，又把船靠岸，说："你这一声叹，比刚才唱的好听，你把你最宝贵的东西——真情实意分给了我。请上船吧！"

作家过了河。心里哈哈笑。他觉得摆渡人说得真好，作家没有真情实意，是应该无路可走的。

到了第二天，作家想起摆渡人已跟那有权的走掉，没有人摆渡了，那怎么行呢？于是他就自动去做摆渡人。从此改了行。

作家摆渡，不受惑于财富，不屈从于权力；他以真情实意待渡客，并愿渡客以真情实意报之。过了一阵之后，作家又觉得自己并未改行，原来创作同摆渡一样，目的都是把人渡到彼岸去。

佳作赏析：

高晓声（1928—1999），江苏武进人，作家。著有短篇小说集《李顺大造屋》《七九小说集》《陈奂生》，长篇小说《青天在上》等。

这是一篇带有寓言性质的短文。作者通过摆渡的故事，点出了作家对于社会公众的作用：把人渡到彼岸去。说得通俗一些，就是他在创造精神食粮，润化人们的心灵，使大家得到美好的艺术享受。其实不唯作家，音乐家、美术家以及其他文艺工作者，他们不都是人类精神世界的"摆渡者"吗？文章言简意赅，寓意深远。

上山的和下山的

□ [中国] 陆文夫

　　山阴道上络绎不绝，游人如织。在同一条石板小道上，那上山的和下山的擦肩而过。上山的人兴致勃勃，汗流浃背，满怀着希望问那下山的："山上好玩吗？"

　　下山的人疲惫不堪地摇摇头："一个破庙，几尊菩萨，到处都是差不多的。我劝你不必上去。"

　　上山的人不以为然："噢，是吗，上去看看再说。"上山的人挥舞着竹杖，拭擦着汗水，继续攀登上去。

　　过了若干时日，那位上去看看的人看过了，下来了，又碰上那些兴致勃勃向上爬的人。

　　向上爬的人问道："喂，山上好玩吗？"

　　看过了的人答曰："没有什么了不起，一个破庙，几尊菩萨……"

　　上山的人又不以为然："噢，是吗，上去看看！"

　　如此这般，周而复始……

在人生的山路上，上山的和下山的也会在同一条石板小道上擦肩而过。

一位老人从人生的山路上下来了，他穿着一套50年代的高级时装——银灰色的纯毛华达呢中山装，手里拄着一枝竹杖，他平静地环顾着山冈，一副曾经沧海的模样。

这时候，一对青年男女在人生的山路上爬上来了，两个人是相互依偎着，半拥抱式地爬上来的。那女的穿一套白色的针织、紧身超短裙，光脚穿丝袜，一双高跟鞋却拎在手里，很像李后主写他与小周后偷情时的情景："划袜步香阶，手提金缕鞋。"不过，这位姑娘"划袜步石阶，手提高跟鞋"，不是怕高跟鞋在石级上发出声音，而是因为那高跟鞋已经磨破了她的脚后跟。他们愿意天下人都看见他们正沉浸在幸福的爱河中，故意作出种种"示爱"的举动。

那下山的老人看着，微笑着，摇摇头，从内心的深处向那小青年喊话："年轻人，我劝你不要沉浸在爱河里而忘乎所以，我也曾有过像你这样的时候，那时候她是多么的千娇百媚，柔情似水。可是现在，那千娇百媚变成了百无遮拦，柔情似水变得呼来喝去，这时候你才感到爱情并不如你当初所想象的那么美妙，相比之下，事业还是永恒的。朋友，你千万别以为我是在说教，我认识到这一点差不多花了半个多世纪！"

那上山的青年也从内心的深处产生感应："啊啊，是这么回事吗……可怜的老头，你大概是在爱情上摔过跟头吧，你当初就受了她的欺，受了她的骗，你的她能和我的她相比吗？我的她就是我的一切，没有她也就没有我的事业，事业也许就是为了她而存在的，事业的荣耀是我对她的报答。你快点儿下山去吧，老人家，乘这太阳还没有落下去的时候。"

下山的老人又下了几个石级，看见一个浑身穿名牌，手里拿着大哥大的大款缓步走了上来，身边还有个女秘书。

"金钱，金钱又算得什么呢？这玩意儿一半是天使，一半是魔鬼，如果你只看到那天使的一面，你将被这魔鬼吞没。别咋呼吧，大款，灯红酒绿、声色犬马都是没有好下场的！"

上山的大款嗤之以鼻："老头儿，看你的穿着就知道你过去是有钱的，有权的，只是现在有也不多了，几个退休工资刚好是够用的。你过好日子的时候我哪一点能和你比？不错，你在"文化大革命"中受到了冲击，可是后来平反时工资都补给了你。我呢，我被你们鼓动起来去武斗，还在劳改农场里蹲了三年。收起你的那一套吧，老头，你能得到的大概也都得到了，得不到的也就没法再得到了；我呀，我能得到的还没有得到，你不能得到的我还要得到，早着呢！"

下山的老人摇摇头，觉得和这种人是说不清楚的。适逢一个干部模样的人心急冲冲地爬上来了，老人的内心在呼喊：

"同志，你不必那么急吼吼地往上爬，想升官？好极了，想升什么样的官，为什么要升官？不要爬得太急，你在升官之前就必须对这一点加以考虑，拿定了主意之后就不能改变，因为有很多人开始时都是想当一个清正廉洁的官，天长日久之后就忘记了初衷，从清正廉洁滑向了贪赃枉法……嗬，大官儿也不是那么好当的，坐汽车、赴宴会、坐在主席台上，都只是一种表象，内心的苦衷也是不足与外人道也。"

上山的干部不以为然："老同志，您走好，当心摔跤，安度你的晚年吧，当今的事儿您就别管了。你当官儿的时候为什么不说这样的话呢……"

下山的老人无言以对，在一块大青石上坐了下来，看着那些兴致勃勃向上爬的人，一个个地从身边擦过去，其中有想成名的，想成家的，想当歌星、电影明星的，想当作家、画家的……

"上面好玩吗？"

"没有什么了不起，都是差不多的。"

"是吗，上去看看……"

老人突然感到自己也要回过头来看看了，如果没有这么多的人上去看看的话，这山阴道上肯定是玄古洪荒，一片死寂，谁来铺下这么多的石级？

又一对年轻的恋人手挽着手爬上来了，男的问道：

"老先生，山上好玩吗？"

"好……好好地往上爬吧，三道弯的边上有一块石板是活的，当心掉下去。无限风光在险峰，在险峰上看风光的时候要站得稳些，最惬意的时候最容易出事体！"

"谢谢您，老先生。"

"走吧，亲爱的，这是个好老头……"

一九九六年八月十日

佳作赏析：

陆文夫（1928—2005），江苏泰兴人，作家、美食家。著有小说集《小巷深处》《小巷人物志》《美食家》等。

这也是一篇寓意深刻的文章。文章前半部分写实：已经到达过顶峰的登山者，认为山上的景色不过如此；而那些还在往上爬的，因为对山顶景色的好奇，仍在前仆后继地奋力攀登。后半部分则写虚：在人生道路上曾到达较高位置的，名利都已经有了，但回过头来想，也不过如此，味同嚼蜡；而那些处于较低位置的，或为名或为利或为权或为钱，仍在拼命往上挤。而对于"过来人"的劝告，则当做耳旁风。其实登山也好，人生的道路也罢，结果固然重要，但过程也是不可或缺的，总要试一试才能体会其中的酸甜苦辣。不论成功失败，至少是尝试过了，而人生的乐趣不也正在于此吗？

庄子现代版（节选）

□ [中国] 流沙河

君子与小人

迷幻药小剂量使人迷失方向，暂时回不到自己的家乡；迷幻药大剂量使人丧失天性，终身找不到大道的理想。凭什么我这样说？古代的好帝王，那个舜爷爷，天下治得不错，可惜他天性多仁，正德多义，见百姓没事干，便高举仁义的大旗，号召人人学仁习义，以免闲得发慌。大家敬爱他老人家，当然听话，说干就干，拼命表现自己的仁心，狠狠展开自己的义行，可忙啦。仁义积极分子，包括假仁假义的假积极分子，大批涌现。不仁不义分子弄得垂头丧气，脸面无光。反仁义分子呢，当然逃不脱天诛地灭啦。这不是仁义迷幻药使人迷失方向，乃至丧失天性了吗？

夏商周这三代迄今近两千年，社会价值取向最大的变革是鄙弃无为，崇尚有为。官方谈奋斗，民间讲拼搏，意思一样，就是有为。大家勇于牺牲天性，陪外物去殉葬。人为财死，鸟为食亡，说的是老百姓。他们岂止牺牲天性，而且要钱不要命，最可怜。高一层的是士，文士和武士，有一碗饭吃，所以只为名誉地位殉葬。他们不但牺牲天性，而且要脸不要命，有些殉葬场面十分感人。再高一层的是大夫，贵族做官的，脸是有了，足够光彩，所以要捍卫家族的世代簪缨，不惜以身殉葬。再再高一层的便是圣人，包括帝王以及大政治家大思想家，物质精神两方面的欲望早已满足，所以愿为江山社稷殉葬。当然，他们都说："寡人日夜操心，只为天下百姓。"前面这四种人，各干各的事业，各打各的招牌，互不相同。但是他们都在奋斗拼搏，这点完全相同。奋斗就有牺牲，拼搏就有危亡。同样牺牲天性，同样殉葬外物，他们这四种人简直是一路货色，很难说谁高贵谁低贱。

牧场两个羊倌，一个成年已婚，一个少年未婚，不慎丢失羊群。主人怒，问那已婚的："你当时在干啥？"答曰："读圣贤书。"问那未婚的；"那你又在干啥？"答曰："走六子棋。"他们二人，一个好学，一个贪玩，显然事业不同，志趣不同。可有一点完全相同，都丢了羊。你能说二人谁丢得好些，谁丢得坏些？

伯夷是孤竹国的储君，商朝的遗臣，拒食周朝的粟米，为了名，结局是饿死在首阳山。盗跖是柳下惠的弟弟，山东的流寇，劫掠齐国的财货，为了利，结局是被杀在东陵山。他们二人，一个大贤，一个大盗，人格不同，境界不同。可有一点完全相同，都丢了命，牺牲天性去陪外物殉葬。你说伯夷死得光荣，就能让他再活一次？你说盗跖死得耻辱，就能让他再挨一刀？

天下人人都在殉葬哟，人人！

某先生呜呼了。查此人系为仁义殉葬的，大家盛赞："君子！君子！"

某先生完蛋了。查此人系为钱财殉葬的，大家痛斥："小人！小人！"

同样的殉葬，呜呼完蛋皆是死，你们偏偏看不见。迷幻药使你们回不到自己的家乡，达不到大道的理想，只关心谁君子谁小人，不关心死活。

同样丢命，同样牺牲天性去陪外物殉葬，伯夷不就是被杀在东陵山的盗跖吗？盗跖不就是饿死在首阳山的伯夷吗？二鬼黄泉相逢，自然平等，谁需要你们去赞君子，斥小人。

知识武装了强盗

当今战国时代，社会看重知识。知识乃力量，无知无识要上当。你看《防窃须知》大字写在驿馆门墙：敬请各位驿客小心，谨防摸扒钱囊，暗撬货柜，偷启物箱；行李要看管好，绳要捆紧，锁要锁上；若有失窃，本馆概不赔偿，祈谅。这个《防窃须知》字字千金，便是人间最宝贵的知识，最值钱的力量。你不好好学习，掌握运用，纵然读遍了《诗》《书》《易》《礼》《春秋》也等同愚氓。所谓知识，世俗认为就是这样。

奈何小偷小摸容易防，而大盗难防。大盗之来也，呼啸成群，明火执仗，浩浩荡荡，钢刀架在你脖子上，眼睁睁你看着义士们放手枪，提的提，担的担，抬的抬，扛的扛。未捆紧的他叫你捆紧，未上锁的他叫你锁上。捆紧、锁上，《防窃须知》替谁帮忙？所谓知识到底给谁以力量？

读者诸君不妨想想，世俗所谓知识，有哪一样不被大盗拿去，用于自我武装？圣人耳聪目明，贤人怀才握智。世俗所谓聪明才智，有哪一样不替大盗帮忙？施展你的才智，努力囤积，结果是为盗囤粮。运用你的聪明，尽心守卫，结果是为贼守赃。啊，一生储藏，给贼女做了嫁衣裳。

他们都在炫耀自己

不妨听听，老生常谈："大鱼深潜不上岸。利器秘藏不宣传。"圣人的那一套圣法圣教便是秘密武器，宣传不得。大鱼跳上岸去，被人捉住。秘密武器宣传出去，被人盗取，危害社会。

所以我说：

杜塞聪明，扫除才智，强盗自然消失。

摔破珠玉，砸碎珍宝，小偷自然减少。

烧掉对牌，毁掉印章，心态恢复健康。

打烂升斗，折断衡秤，人间恢复信任。

不依圣法，不听圣教，舆论恢复公道。

解散乐队，禁奏繁声，耳朵才有灵听。

取消美术，禁用彩色，目光才有明澈。

不靠量具，不慕新奇，工匠才有巧艺。

删掉曾参和史鱼的模范事迹，锁死杨朱和墨翟的辩士嘴巴，抛弃仁义说教，人类才能找到正德，同归妙境。有聪明，不外露，用来反省自己，人人这样做，社会就不分崩离析了。有智慧，不外露，用来充实自己，人人这样做，社会就不惶惑了。有道德，不外露，用来约束自己，人人这样做，社会就不邪怪了。曾参演孝子，史鱼演忠臣，杨朱和墨翟演伶牙俐齿，师旷演乐感的耳朵，离朱演色觉的眼睛，工演匠手，都在火爆爆地炫耀自己，演戏罢了，徒使社会不安，绝非正道，毫无用处。

开发智能，天下大乱

各人有自己的智力圈。智力不是无限的，圈外的知识是自己没法了解的。所谓求知，世人误认为就是越圈探求不了解的知识，而不是深入了解圈内的知识，认真运用圈内的知识。世人羡慕、憧憬，追求自己智力圈外的，小看自己智力圈内的。

各人有自己的爱好圈。爱好不是无限的，圈外的事物是自己没法爱好的。所谓批评，世人误认为就是越圈指责不爱好的事物，而不是深入检查圈内的事物，认真批判圈内的事物。世人藐视、厌弃，责难自己爱好圈外的，珍视自己爱好圈内的。

于智力圈，世人贵外贱内。于爱好圈，世人贵内贱外。人心如此，世道如此，安得不爆发社会大动乱！

至德之世崩溃以来，迄今两千年了。智能和信息愈来愈受重视，结果怎样？乌烟瘴气，晦暗了日月的光辉。水浅树稀，戕贼了山川的灵秀。气候反常，风雨不时，寒暑不定。岂但人性扭曲，鸟性鱼性兽性也扭曲了，就连蠢蠢爬动的蠕虫和飞动的甲虫也丧失天性了。上面爱智，一念之差，世界就乱成这样了啊。自从酋长退位，国王登极，夏商周三朝的文明时代开始以后，上面制定的政策就是重视智能的，两千年来一贯的了。憨厚诚实的百姓，上面才不爱呢。他们只爱那些色恭貌谨不老实的坏人。恬淡无为的智士，上面才不用呢。他们专用那些能言善辩不踏实的政客。多言爱辩，从官方到民间，处处听见训人的喧嚣声。仅凭这一条，社会就乱了。

佳作赏析：

流沙河（1931—），四川成都人，当代著名诗人。著有诗集《告别火星》《农村晨曲》等。

君子和小人划分的标准是什么？到底谁是君子谁是小人？一个人知识多了到底好不好？开发智能，对社会有益有害？这些看似不是问题的问题被作者一一提出来，并且用看似荒唐的逻辑否定了传统的观念。文章题为《庄子现代版》，顾名思义作者是站在道家清静无为思想的角度来思考问题的。实际上，任何事物都是相对的，对于传统的、大众的观念反向思考，往往能够有意料之外的收获，这也不失为一种锻炼思维能力、自我提高的一种方法。

不设防

□ [中国] 王蒙

　　我有三枚闲章："无为而治""逍遥""不设防"。"无为"与"逍遥"都写过了，现在说一说"不设防"。

　　不设防的核心一是光明坦荡，二是不怕暴露自己的弱点。

　　为什么不设防？因为没有设防的必要。无害人之心，无苟且之意，无不轨之念，无非礼之思，防什么？谁能奈这样的不设防者何？

　　我的毛笔字写得很差，但仍有人要我题字。我最喜欢题的自撰箴言乃是"大道无术"四字。鬼机灵毕竟是小机灵。小手段只能收效于一时。小团体只能鼓噪一阵。只有大道，客观规律之道，历史发展之道，为文为人之道，才能真正解决问题。设防，只是小术，叫做雕虫小技。靠小术占小利，最终贻笑大方。设防就要装腔作势，言行不一，当场出丑，露出尾巴，徒留笑柄。设防就要戴上假面，拒真正的友人于千里之外，终于不伦不类，孤家寡人。

　　不怕暴露自己的缺点，乃至敢于自嘲，意味着清醒更意味着自信，意味着活泼更意味着真诚。缺点就缺点，弱点就弱点，不想唬人，不想骗人，亲切待人，因诚得诚。不为自己的形象而操心，不为别人的风言风语而气怒，动不动就拉出自己来，往自己脸上贴金。自吹自擂、自哀自叹、自急自闹，都是一无所长，毫无自信的结果，都实在让人笑话。

从另一方面来说，不设防是最好的保护。亲切和坦荡，千千万万读者和友人的了解与支持，上下左右内外的了解与支持，这不是比马其诺防线更加攻不破的防线么？

之所以不设防，还有一个也许是最重要的最根本的原因：我们没有时间。比起为个人设防来说，我们有更多得多、更有意义得多的事情去做。把事情做好，这也是更好的防御和进攻——对于那些专门干扰别人做事的人。

因为不设防是不是也有吃亏的时候，让一些不怀好意的小人得逞——乱抓辫子乱扣帽子的时候呢？

当然有。然而，从长远来说，得大于失，虽失犹得，不设防仍然是我始终不悔的信条。

佳作赏析：

王蒙（1934—），河北南皮人，作家。代表作品有长篇小说《青春万岁》，散文集《橘黄色的梦》《访苏心潮》等。

每个人在日常生活中都要处理复杂的人际关系和事情，该以什么样的态度面对呢？王蒙在这篇文章中提出他的原则：不设防。为什么不设防呢？"因为没有设防的必要。无害人之心，无苟且之意，无不轨之念，无非礼之思，防什么？"应该说，在自己熟悉的生活朋友圈子里，这样处世是很有必要的。以诚换诚，才能交到真朋友。当然，对于陌生人和明显不怀好意的人，那就另当别论了。坦坦荡荡、踏踏实实，这是基本的处世之道。

风中黄叶树
——关于逆境的随想
□〔中国〕刘心武

逆境往往突然袭来。

渐来的逆境，有个临界点，事态逼近并越过临界点时，虽有许多精神准备，也仍会有电闪雷击般的突然降临之感。

逆境的面貌不仅冷酷无情，甚而丑陋狰狞。

逆境陡降时，首要的一条是承认现实。承认包围自己的逆境。承认逆境中陷于被动的自我。

"我不能接受这个事实！"这是许多陡陷险逆境中的人最容易犯下的心理错误。事实是客观的存在，不以你的接受与不接受为转移。不接受事实，严重起来，非疯即死，是一条绝路。必须接受事实，越早接受越好，越彻底地全面地接受越好，接受逆境便是突破逆境的开始。

承认现实，接受逆境，其心理标志是达于冷静。处变不惊，抑止激动，尤忌情绪化地立即作出不理智的反应。

面对逆境，要勇于自省。

逆境的出现，虽不一定必有自我招引的因素，但大多数情况下，总与自我的弱点、缺点、失误、舛错相连。在逆境中的压力下检查自己的弱点、缺点、失误、舛错是痛苦的，往往也是难堪的——然而必须迈出这一步。

迈出了这一步，方可领悟出，外因是如何通过内因酿成这一境况的，或者换句话说，内因为外因提供了怎样的缝隙与机会，才导致了这糟糕局面的出现。

不迈出这一步，总想着自己如何无辜，如何不幸，如何罪不应得，如何命运不济，便会在逆境的黑浪中，很快地沉没下去。

但在迈出这一步时，如果不控制好心理张力，变得夸张，失去自尊与自信，则又会陷于自怨自艾，甚而自虐自辱、自暴自弃，那么，也会在逆境的恶浪中，很快地沉没下去。

逆境的出现，当然与外因外力有关。在检验自我的同时，冷静分析估量造成逆境的外因外力，自然也非常重要。

外因外力不一定都是恶。也许引出那外因外力的倒是我们自身的恶，外因外力不过是对我们自身的恶的一种排拒，从而造成我们的难堪与逆境。

外因外力又很可能含有恶。恶总是乘虚而入，我们的弱点是它最乐于楔入的空隙，我们的缺点是它最喜爱的温床，我们的失误舛错等于是开门揖盗，恶会欢蹦乱跳地登堂入室，从而作弄、蹂躏我们心灵中的良知和善。

当我们对外因外力的分析估量导致第二种感受时，我们仍要保持冷静。

人在逆境中，最令他痛苦的，往往倒不在那袭向他的恶，而是受恶影响、控制的人群。

一位老资格的电影明星告诉我，在"文革"中，江青点了她的名，造成了她一生中最险恶的逆境，她深知江青底细，且已看透她的心理，所以对江青之恶，只是心中鄙夷，倒并不怎么感到痛苦。然而，许许多多本是善良乃至懦弱的同行和群众，或出于对江青的迷信，或慑于江青的淫威，或迷惘而无从自主，都来参与对她的批斗、侮辱、惩罚，却使她万分地痛苦。

有的亲人，与她划清界限，所言闻之惊心，所为令人狼狈。

有那过去的朋友，包括堪称密友的人，不仅对她视若瘟疫而远避，更作出落井下石、雪上加霜的事情，有的还自以为乃革命义举，沾沾自喜、津津乐道。

有许多本不相干的人，奔着她的知名度而来，似乎是在欣赏她的沦落与苦难，也许其中不乏怀有同情与不平者，但都无从显露，在那肃杀的环境中，人人要戴上一个冷酷无情的假面，看得多了，也就搞不清那面具究竟是否已溶入了人的皮肉心灵。

逆境逆境，"逆"还可受，"境"却难熬！

熬过逆境，需有一种观照意识。

拉开与恶的距离，拉开被恶所控制的人与事的距离，并且拉开与逆境中的我的距离，跳出圈外，且作壁上观。

这是真正的冷静，彻底的冷静。

读过杨绛女士的《干校六记》么？所记全系逆境，然而保持着一种适度的距离，于是成为一种超然的观照，在观照中透露出一种对恶的审判与鄙弃，显示出人性与理智的光辉。

最严酷的逆境，会使人丧失最起码的反抗前提——没有道理好讲，没有法规可循，没有信息来源也没有沟通管道，完全是一种孤立无援、悲苦无告的处境，例如陷于希特勒的纳粹集中营，或落到"文革"中的"群众专政"，那时，一切的信念和行为，必围绕着"活下去"三个字而旋转。但当"活下去"必须付出人格尊严时，有人就毅然地迈出了以自杀为反抗的一步，如"文革"

中的老舍、傅雷，那也是一种对逆境的突破，也是一种对逆境的超越，使造成逆境的恶，背负上巨大的、不可推卸的历史罪责。老舍、傅雷他们以个体的宝贵生命为沉重的砝码，衡出了那恶的深重达于怎样的程度，从而警醒着继续存活着的人们，应怎样坚持与恶努力搏斗，并应怎样通过艰辛的努力，达到除恶务尽的目标。

许多从逆境中咬牙挺过来的人士，回忆出若干逆境中降临到或寻觅出的光明，例如在"文革"中仍有周总理那样的有一定发言权的上层人物的关怀，例如本应是来实行审查和处治的"革命左派"中天良发现者给予的庇护与拯救，再例如在过激假面下显露出的人间正义，以及最底层的老百姓那超越政治和意识形态的一派温情……

在重重阴霾中努力捕捉住哪怕仅只一线的暖光，当然是度过逆境不可缺少的手段之一。不过切不可对阴霾中的光缕产生依恋之情。更重要的是保持内心的光明。能从逆境中打熬过来的人，毕竟主要依赖着灵魂中的熠熠光束，那犹如不会熄灭的火把，始终照亮着生命的前程。

逆境，也就是人生危机。据说美国前总统尼克松对汉语"危机"一词的构成很表赞赏，危机＝危险＋机会，危险人人惧怕，机会人人乐得，"危机"是在危险中促人寻觅把握机会，既惊心动魄，又前景无穷。

记得鲁迅先生写过这样的句子："在危险中漫游，是很好的……"我想，他是深知唯其在危险中，才能调动起自我的全部生命力，从而捕捉住那通向璀璨未来的机会！

《红楼梦》第二回写到，贾雨村到一所智通寺去，见门旁有一副旧破的对联曰：

身后有余忘缩手

眼前无路想回头

　　他因而想到："这两句文虽甚浅，其意则深……其中想必有个翻过筋斗来的，也未可知。"

　　贾雨村所见到的智通寺对联，是中国人一种典型的"防逆境"告诫，也就是说，为防陷于逆境，凡事应留有余地，万不可求满，"满则溢""登高必跌重"，需自觉地收敛、回缩、抑制、中止。不过人在顺境中，欲望又是很难收敛、回缩、抑制、中止的，所以"翻筋斗"又很难避免，但"翻过筋斗来"，则有可能"吃一堑长一智"，从而做到"身后有余早缩手，眼前有路亦回头"。

　　人当然没必要自我寻衅，吃饱了撑的似的往逆境里扑腾，即使是正当的欲望，适度地加以抑制，以及勿以完美为尺度，知足常乐，见好就收，都是处世度生的良策。不过，一些中国人往往过度地自我收敛，把唯求苟活奉为在世的圭臬，以致有"宁为太平犬，不作乱离人""好死不如赖活着"等等想法产生，弄得不仅丧失了终极追求，也失却了最低限度的正义感、同情心和自我尊严，我以为那是一种可怕的犬儒主义，可悲的活命哲学，可鄙的人生态度，可恨的良知沦丧。人不应因为惧怕身陷逆境，便以出卖乃至奉送自我灵魂来求得"安全"；人一旦陷于逆境之中，更不应什么道义、什么责任都不愿承担，唯求自保以延狗一般的性命。

　　逆境逆到头，无非一死。"人生自古谁无死，留取丹心照汗青。""我自横刀向天笑，去留肝胆两昆仑。""砍头不要紧，只要主义真。""宁愿站着死，不愿跪着生。"这类志士仁人的豪语，昭示着我们"曲生何乐，直死何悲"的真理。在逆境中我们当然要珍惜生命，钟爱自己，怀抱"留得青山在，不怕没柴烧"的志向，但却万不可为留皮囊，出卖灵魂，万不可为挨时日，自丧尊严。

　　要勇于在逆境的火中炼成真金，但也不惧怕在逆境的抗争中玉碎。

人在逆境中，万不可堕入自虐的状态。

自虐首先是一种畸形的心态。一种是群体自虐。如"文革"中，广大知识分子普遍遭到迫害打击，绝大多数遭受迫害打击者，互相是同情相怜的，但也有这样的情形出现，如两个知识分子在街上相见了，甲惊讶于乙的境况："怎么？你还没有被揪出来？"甲从理性上当然并不认为自己是敌人该"揪"，以此推理，当然也不认为与自己相似的乙是敌人该"揪"，但他的心理架构已经扭曲，所以把乙的尚未"揪出"视为"不正常"；再如过了几时乙与甲街头相遇又感到意外："怎么？你还有心思买条鱼回去烧着吃？"乙从理性上当然并不认为甲被贬抑后便该过另一种非人的生活，但他的心理架构也已经扭曲，所以把甲的遭贬抑后仍"大摇大摆""乐乐呵呵"地买鱼烧吃视为"奇观"——这种被不公正地置于逆境中的知识分子间的互为畸视畸思，就是一种群体自虐。当然，更有发展到互相违心地揭发、批判乃至于真诚地反目、斗争的，那就超出我所说的自虐而成为帮凶了。

另一种是个体自虐。如一个人事业上失败后，便躲起来不愿见人，甚至觉得自己吃好些、穿好些都成了"恬不知耻"，不仅把自己的物质享受压缩到自罚自禁的状态，还从精神上折磨自己，自己诅咒自己为"低能""白痴""饭桶""废物"……或走另一极端，故意到人群中"展览自己的失败"，恣肆吃、喝、玩、乐，纵欲求欢，使精神陷于亢奋以至麻木，自己视自己为"痞子""流氓""赌棍""无赖"……

逆境中的群体自虐，是延续恶势力的无形助力，它往往给本来还有所顾忌的恶势力一种启发和鼓舞——原来还可以"揪"更多的人，并且可以把压制扩展到更不留缝隙的地步！逆境中的个体自虐，不消说更是一种导致毁灭的行为。

禁绝自虐！一个染上自虐症的群体是没有出息的群体！一个患有自虐症的个体是没有前途的个体！

为免于陷入逆境，有一种人甘心助纣为虐，成为所谓"二丑"。

鲁迅先生曾为文剖析过"二丑艺术"。现在戏曲舞台上仍常有"二丑"出现，例如拿着一把大折扇，跟在大丑——恶人——身后屁颠屁颠地去帮凶，但他会在行至舞台正中时忽然煞住脚，将折扇一甩甩成屏障，挡在自己与大丑之间，面朝观众，指指大丑背景，挤眉弄眼地对观众说："你们瞧他那个德性！"说完，又把折扇"哗"地一收，接着跟在大丑身后，依旧屁颠屁颠地帮着大丑去干抢掠良家妇女之类的坏事。

在好人面前，"二丑"希望好人体谅他的"不得已"——他是"身在曹营心在汉"；在大丑面前，"二丑"对自己朝好人眉来眼去的行径，则解释为帮大丑"缓解矛盾"，他是"拳拳之心无可疑"。他深信有朝一日好人战胜了大丑，定会"首恶必究，胁从不问"；他并不相信大丑会永立不败之地，但乐得用此法免吃"眼前亏"，还可分一杯唾余——他有时也苦恼，因为在扇子一甩开之时，并不是那么好掌握面对好人戳指大丑脊梁的分寸；他有时也有牢骚，因为他感到"两面受压，受夹板气"；他有时也颇惶恐，因为明知无耻但已"无退路可走"；他有时也颇惆怅，能发出"瘦影自临春水照，卿须怜我我怜卿"一类的感叹，所以"二丑"不像大丑那样除了一味作恶全无"正经创作"，他也能吟诗作画，也能才华流溢——倒如明末南明小朝廷的阮大铖，便是如此。谁说他在追随马士英等佞臣迫害爱国知识分子的业之余，所写的《燕子笺》等剧本不是典雅精致之作呢？他自己也是知识分子，是文人，是艺术家啊，因此他又常常在这一角度上，把自己与被他胁从迫害的知识分子视为"同行"，同时把自己与那些所追随的卖国官僚"严格地区别开来"——"瞧他们那副德性！"

"二丑"也许确能免于他们害怕的逆境吧，但，一，他们选择的那个"境"，难道美妙吗？二，他能免于一时，但能经久如此吗？阮大铖的下场可为殷鉴，详情可查史书，读起来怕是要脊梁骨发凉打战的。

"人们到处生活。"

这是一句字义浅显而意蕴很深的话。

在逆境中，这类朴实无华的自我判断是实现心理平衡的瑰宝，还可举出：

"这个世界不是单为我一个而存在的。"

"没有一个上帝规定我必须成功。也没有一个上帝规定我必定失败。"

"别人怎么看我是一个几乎可以忽略不计的问题。问题是我自己究竟怎么看自己？"

"当我以为人人都在注意我的时候，其实几乎没有哪一个人在特别地注意我。我不必为那么多别人来注意我自己。"

"不要总觉得全世界的不幸都集中到了自己身上。倘真是那样的话，自己可就太幸运了。"

"不要总觉得自己受骗，自己被抛弃。也许问题出在自己过分自信和过分依赖别人这两点上。"

"为什么总希望别人都来同情自己？我们何尝有那么多工夫和精力、感情和理智去同情别人？人类需要同情，然而我们无权独享。"

"如果有时幸福是从天而降，那么为什么灾难非得先同我们预约？"

"轮到我了。不仅排队购买一件惬意的商品会终于轮到我买，想尽办法预防的流行感冒也终于会轮到我得。"

"事实并没有所想象的那么可怕。对事实其实完全用不着想象。事实就是事实，面对它，不要想象它。"

"即使是最亲近的人，也没有道理让他们与自己平均承受逆境的压力。"

"多听别人对你的逆境的分析，少向别人倾诉你在逆境中的感受。"

"认为逆境对你是一桩大好事这类的话，倘说得太夸张，便同认为逆境对你是罪有应得等义。"

"不必为体现所谓的勇气徒使自己陷入更险恶的逆境。尤其不必为勇气观赏者去进行无益的表演。他们的怂恿和喝彩随时可能变为转身离去与不吭一声。"

"那些对你说'我早就跟你讲过，不要如何如何……'的人，他们现在的话你简直一句也不要听。那些对你说'我早就想到了，可一直没好意思跟你讲……'的人，他们现在的话听不听两可。那些直接针对你现状提出建议的人，他们的话才值得倾听。"

"使你处于逆境的人，他们可能正处于另一种逆境。"

"用自己的逆境与别人的顺境对比，是糊涂。用自己现在的逆境同自己以往的顺境对比，是愚蠢。用自己的逆境和他人的逆境相比，是卑微。"

"走出逆境后得意忘形，便可能迅即陷入另一逆境。逆境消除后缩手缩脚，便等于没有走出逆境。"

"在任何时候都不要接受这样的安慰：人生的逆境比人生的顺境美好，或人生在世的义务便是经受逆境。"

1915年诺贝尔文学奖得主罗曼·罗兰说过："累累的创伤，便是生命给予我们的最好的东西，因为在每个创伤上面，都标志着前进的一步。"

自然是好话，可作为座右铭。

但那种"只有历尽人生坎坷的作家，才能写出优秀作品"的说法，显然是片面的。德国大文豪歌德，一生物质生活优裕、生活状态平稳，却写下了一系列传世之作；俄罗斯批判现实主义文学的最后一个高峰契诃夫，在动荡的社会中一直过着相对安定的小康生活，无论小说还是戏剧都硕果累累；苏联作家肖洛霍夫，自苏维埃政权建立后也一直安居乐业，斯大林的大规模"肃反"也好，第二次世界大战的战火也好，赫鲁晓夫时代以后的政局变幻也好，都未对他造成什么坎坷，然而他却写出了一系列文学精品，并在1965年获得了诺贝尔文学奖。过度的坎坷，只能扼杀创作灵感，压抑甚至消除创作欲望，如胡风的坎坷，"胡风集团"重要"成员"路翎的坎坷，都使他们后来几无作品产生。因此，我呼吁那种"人生坎坷有利创作论"发挥到一定程度后便应适可而止，否则，制造别人坎坷遭遇的势力似乎倒成了文学艺术创作的恩人了，例如沙皇判处了陀斯妥耶夫斯基死刑，到了绞刑台上又改判为流放，这以后的一系列遭遇，自然是陀氏的一系列创作，有了特异的发展和特有的内涵，但我们总不能因此感谢沙皇，颂扬对陀氏的迫害，或认定非如此陀氏就不可能写出好的作品——在他"坎坷"以前，《穷人》就写得很好。

不要颂扬逆境、颂扬坎坷、颂扬磨难、颂扬含冤，那样激励不了逆境中、坎坷中、磨难中和被冤屈、被损害的人。要做的只应是帮助逆境中的人走出逆境，只应是尽量减少社会给予人生的坎坷，只应是消除不公正给予人的磨难，只应是尽快为含冤者申冤。

中唐诗人司空曙在一首《喜外弟卢纶见宿》的五律中有两句："雨中黄叶树，灯下白头人。"明朝诗评家谢榛在其《四溟诗话》中说："韦苏州曰：'窗里人将老，门前树已秋。'白乐天曰：'树初黄叶日，人欲白头时。'司空曙曰：'雨中黄叶树，灯下白头人。'三诗同一机杼，司空为优……无限凄感，见乎言表。"自古文人多逆境，逆境中咏诗，多此种凄清之句。我读此诗，常有自己独特的感受。"灯下白头人"，固然令人扼腕不止，因为人寿几何，而岁月悠悠，既已白头，所余无多；但"雨中黄叶树"，却未必只引发出关于艰辛和苦难的慨叹。因为雨过必有天晴，黄叶树落乃至满树枯枝之后，逢春必有绿芽萌生，而终究还会有绿叶满枝、树冠浓绿之时，也许还会有芬芳的花儿开放，结出丰满光灿的果实……所以，我常以"雨中黄叶树"来象征某种逆境，又因为觉得无风之雨未免没劲，而风雨交加中更令人感到惊心动魄的还是那呼啸的风，所以又愿将此诗句中的头一字改换，成为"风中黄叶树"，我认为"风中黄叶树"能更准确地体现出既充满危险又蕴含无限机会的逆境，足可填满意象的空间，所以，当逆境降临时，我便常以"风中黄叶树"自喻，也借以自勉。

人生终究是云谲波诡，难以预料的。"风中黄叶树"般的逆境后，很可能是"病树前头万木春"的喜剧结局。

然而，勇者必将在逆境中奋争，尽管势不免"白了少年头"，但那前景，却更可能是"老树春深更着花"！

刘心武（1942—），四川省成都市人，作家。有短篇小说《班主任》，长篇小说《钟鼓楼》，中篇小说《如意》，散文集《凡尔赛喷泉》等。

人生在世，不可能事事顺心，失败、挫折甚至磨难都是难免会碰到的。面对这些逆境时，应该怎么做呢？这篇《风中黄叶树》就专门讲了如何面对逆境的问题。在作者看来，面对逆境首先要从心理上承认和接受逆境，这是走出逆境的第一步。其次要勇于自我反省，对于造成逆境的外因外力，要保持冷静，要有观照意识。处于逆境中，最要不得的是堕入自虐的状态，要以极大的勇气熬过来。只要坚持，终能摆脱危机，看到希望。文章语言平实，说理透彻，发人深省。

五十自戒

□ [中国] 刘心武

算来今年要满五十了。参加工作以后，听惯了"小刘"的称呼。后来专门搞创作，也很享受过一番"青年作家"的头衔。现在年届五十，渐渐有人叫我"老刘"，无论如何再不能划归青年行列了。

据孔夫子立下的标准，五十岁时应达到"知天命"的境地，我能么？实在没有信心。

但也不甘自暴自弃。我曾说过，自己以往十多年写的不说，对人性善的挖掘，比较执著，但对人性恶的探微发隐，就比较薄弱了。现在我想说的是，对人性的探索，无论是善的一面，还是恶的一面，以及善恶难辨乃至善恶杂糅与相激相荡的一面，还有不能善、恶概括的其他侧面，包括那些微妙的、神秘的、深隐的、混沌的、基本粒子般难以把握和天体星云般难以穷尽的种种构成，固然需要沉淀到社会生活中去作不懈的体验；同时，勇于以自己的心灵作探究的标本，把自己"皮袍下面的小"，乃至心底最深处的污垢作一番扫描、剖析、化验与涤荡，恐怕也是必不可少的。

清夜扪心，便感到自己心灵深处至少有两种恶，在五十将临时有蠢动膨胀之势，不能不引以为戒。

一是对同辈人的嫉妒。据说嫉妒之心，人皆有之。又据说嫉妒心是有规律可检的——几辈人之间，差辈间的交叉嫉妒，相对要弱于同辈间的平行嫉妒；同性之间的嫉妒，相对要强于异性之间的嫉妒；同行间的嫉妒，亦相对强于隔行间的嫉妒；渐进者对暴发者的嫉妒，却又往往弱于暴发者对一贯顺利者的嫉妒……又听到过一种理论，是说嫉妒之心不可无，但不可太强、适度的嫉妒是人奋发向上的心理原动力之一；社会的良性竞争中，实需适度的嫉妒心作润滑剂……我对这种种说法都没有做过深入的研究，但就我个人而言，冷静自视，那心底里咬啮着灵魂的对同辈人的嫉妒，却无论如何是一种即使不能涤除也必须自觉压抑的人性恶。

在同辈人里，我一度算是幸运儿。情况众所周知。但在知足的心理层面下头，我不得不汗颜地承认，竟仍然时常蠢冒着对同辈人的嫉妒。对人家才能方面、成就方面、名利方面、实惠方面、实力方面、前景方面、眼下方面……种种超过自己的地方，总有一种针刺般的隐痛。从而不仅在暗中巴不得人家或自然衰竭停滞倒退或触个霉头栽个跟斗，甚至也还有一种隐藏得很深连自己也死活不愿承认，说出来写出来要鼓起老大老大勇气并且脸上不禁火辣辣——可那又是千真万确存在着的恶浊想法；一旦有机会，少不得要臊一臊他的面皮，扫一扫他的光头，坏一坏他的声誉，阻一阻他的前程……年届五十，面对自己的心灵，我不禁自问，会有那么一天，我由于自己竞争力的衰竭而进一步发展到借助于"拉大旗作虎皮"以冠冕堂皇的符号系统，掩护着我那对同辈人的嫉妒毒吗？

另一种蛰伏于我灵魂深处的恶，便是对年轻人的嫌厌。其实也还是一种嫉妒，所谓对年轻人，是含混其词。干脆更坦率些说吧，针对的是比我年轻的作家——当然，那对他们的嫌厌度，是与他们的走红程度成正比例的。我走上文坛那阵，有多艰难，他们现在多容易！我从茅盾手里领过头名奖状时，他们还在哪儿窝着哩？看他们那狂放劲儿，知不知道天高地厚？他们见到我的时候，居然没有足够的礼貌，没有应有的微笑，没有引出我谦让之辞的必要恭维，没有征求我的批评指正，甚至没有最低限度的敷衍……他们写得太多因而太滥！写得太快因而太粗！写得太轻松因而太浅薄！写得太新潮因而太危险！写得太火爆因而太讨厌！他们应该沉下去！应该暂停！应该知趣！应该安于寂寞！……我心灵深处的恶啊，其实，恐怕是我自己难耐寂寞吧？因为不能将我的高峰期、我的走红期、我的轰动期加以延长、发展、上扬，所以，我不能承认年轻一代超过跨越我的现实！……从心底深处挖出的这些黑臭的"意识流"，如一堆蠕动的蟑螂般令我自己恶心。天哪，难道迈进五十岁，走向六十岁，我会变得把骂年轻作家，渐渐当做我的日常功课吗？我再写不出像样的作品，甚至连不像样的作品也出不来，剩下的事情便是坐在客厅里，同一二同辈相投者叹息年轻一代作家的不肖，或者出席一些这样那样的会议，满足于在有关报道的一串名单里见到自己的芳讳，又或者在会议上，作出气急败坏的发言，抨击年轻作家的所作所为——当然在我所使用的符号系统里，我会频频嵌入诸如"多数""大多数"或"少数""极个别"一类字眼显示出自己并非"以偏代全"。

但最要命的是，无论是"多数"还是"少数"的年轻作家的作品，我其实都不耐烦阅读，或简直根本不读，我对他们的义愤大多来自"听说"，有的是同辈人辗转告知，有的则仅仅来自餐桌上子女的议论——并且还是赞赏的议论……天哪，我会变得那样吗？会吗？一身的冷汗在慢慢干掉。值得庆幸的是自己还能自信说一句"江郎并没有才尽"，灵感仍时有爆发，创作冲动涌起时似乎也还虎虎有生气，短至一二百字的极短篇，长至几万字、十几万字、几十万字的小说，也都还能写，并且在散文、随笔的写作方面更有空前的兴致与产量，下笔绝无枯涩感而有汩汩流淌之势，并且写出来的东西也还大都能找到地方发表，也还能出书，还有竞争力，没有衰竭，所以迈进人生的第五十个年头时，占据着心灵大部分空间的，似乎也还是些光明的、向上的、健康的、善良的、美好的、有益的、宽容的或至少是平实的、无害的、中性的、庸常的东西。

但搞一搞自我的心理卫生，挖一挖自己灵魂深处的恶浊，给自己提出一点警戒，确实不仅是必要的，也是及时的。把它公布出来，自我示众，也是企盼前辈、同辈、后辈能助我一臂，使我能更有自知之明，更能踏实精进，并且能抑制住乃至荡涤那心灵深处时不时往上拱动的恶浊，使我五十岁后至少还是一个正常的作家。

佳作赏析：

　　一个人难得的是有自知之明，更难得的是能够自我剖析、反省。刘心武的这篇《五十自戒》就将自己五十岁时的心理作了一番剖析，并时时反省。应该说妒忌之心人人都有，尤其是同行之间，关键是如何正确对待的问题。同为作家，作者不仅对同龄人充满妒忌，对年轻作家也颇为嫌厌。把这种妒忌转化成自己奋斗的动力，努力写出更好的作品，这无疑是具有正面意义的；如果为此而寝食不安甚至费尽心机做些不利于他人的事情，则无疑是有害的。为人处世要摆正心态，在这方面我们不妨向刘心武学习，时不时地自我反省一下，将消极的心理和可能发生的负面行为戒掉。

面对苦难四题

□ [中国] 周国平

一　面对苦难

　　人生在世，免不了要遭受苦难。所谓苦难，是指那种造成了巨大痛苦的事件和境遇。它包括个人不能抗拒的天灾人祸，例如遭遇乱世或灾荒，患危及生命的重病乃至绝症，挚爱的亲人死亡；也包括个人在社会生活中的重大挫折，例如失恋、婚姻破裂、事业失败。有些人即使在这两方面运气都好，未尝吃大苦，却也无法避免那个一切人迟早要承受的苦难——死亡。因此，如何面对苦难，便是摆在每个人面前的重大人生课题。

　　我们总是想，今天如此，明天也会如此，生活将照常进行下去。

　　然而，事实上迟早会有意外事件发生，打断我们业已习惯的生活，总有一天我们的列车会突然翻出轨道。

　　"天有不测风云"——不测风云乃天之本性，"人有旦夕祸福"——旦夕祸福是无所不包的人生的题中应有之义，任何人不可心存侥幸，把自己独独看做例外。

人生在世，总会遭受不同程度的苦难，世上并无绝对的幸运儿。所以，不论谁想从苦难中获得启迪，该是不愁缺乏必要的机会和材料的。世态炎凉，好运不过尔尔。那种一交好运就得意忘形的浅薄者，我很怀疑苦难能否使他们变得深刻一些。

我一向声称一个人无须历尽苦难就可以体悟人生的悲凉，现在我知道，苦难者的体悟毕竟是有着完全不同的分量的。

幸福的反面是灾祸，而非痛苦。痛苦中可以交织着幸福，但灾祸绝无幸福可言。另一方面，痛苦的解除未必就是幸福，也可能是无聊。可是，当我们从一个灾祸中脱身出来的时候，我们差不多是幸福的了。

"大难不死，必有后福。"其实，"大难不死"即福，何须乎后福？

二 苦难的价值

人们往往把苦难看做人生中纯粹消极的、应该完全否定的东西。当然，苦难不同于主动的冒险，冒险有一种挑战的快感，而我们忍受苦难总是迫不得已的。但是，作为人生的消极面的苦难，它在人生中的意义也是完全消极的吗？

苦难与幸福是相反的东西，但它们有一个共同之处，就是都直接和灵魂有关，并且都牵涉对生命意义的评价。在通常情况下，我们的灵魂是沉睡着的，一旦我们感到幸福或遭到苦难时，它便醒来了。如果说幸福是灵魂的巨大愉悦，这愉悦源自对生命的美好意义的强烈感受，那么，苦难之为苦难，正在于它撼动了生命的根基，打击了人对生命意义的信心，因而使灵魂陷入了巨大痛苦。生命意义仅是灵魂的对象，对它无论是肯定还是怀疑、否定，只要是真切的，就必定是灵魂在出场。外部的事件再悲惨，如果它没有震撼灵魂，仅仅成为一个精神事件，就称不上是苦难。一种东西能够把灵魂震醒，使之处于虽然痛苦却富有生机的紧张状态，应当说必具有某种精神价值。

快感和痛感是肉体感觉，快乐和痛苦是心理现象，而幸福和苦难则仅仅属于灵魂。幸福是灵魂的叹息和歌唱，苦难是灵魂的呻吟和抗议，在两者中凸现的是对生命意义的或正或负的强烈体验。

幸福是生命意义得到实现的鲜明感觉。一个人在苦难中也可以感觉到生命意义的实现乃至最高的实现，因此苦难与幸福未必是互相排斥的。但是，在更多的情况下，人们在苦难中感觉到的却是生命意义的受挫。我相信，即使是这样，只要没有被苦难彻底击败，苦难仍会深化一个人对于生命意义的认识。

痛苦和欢乐是生命力的自我享受。最可悲的是生命力乏弱，既无欢乐，也无痛苦。

多数时候，我们是生活在外部世界里。我们忙于琐碎的日常生活，忙于工作、交际和娱乐，难得有时间想一想自己，也难得有时间想一想人生。可是，当我们遭到厄运时，我们忙碌的身子停了下来。厄运打断了我们所习惯的生活，同时也提供了一个机会，迫使我们与外界事物拉开了一个距离，回到了自己。只要我们善于利用这个机会，肯于思考，就会对人生获得一种新眼光。古罗马哲学家认为逆境启迪智慧，佛教把对苦难的认识看做觉悟的起点，都自有其深刻之处。人生固有悲剧的一面，对之视而不见未免肤浅。当然，我们要注意不因此而看破红尘。我相信，一个历尽坎坷而仍然热爱人生的人，他胸中一定藏着许多从痛苦中提炼的珍宝。

至于说以温馨为一种人生理想，就更加小家子气了。人生中有顺境，也有困境和逆境。困境和逆境当然一点儿也不温馨，却是人生最真实的组成部分，往往促人奋斗，也引人彻悟。我无意赞美形形色色的英雄、圣徒、冒险家和苦行僧，可是，如果否认了苦难的价值，就不复有壮丽的人生了。

领悟悲剧也须有深刻的心灵，人生的险难关头最能检验一个人的灵魂深浅。有的人一生接连遭到不幸，却未尝体验过真正的悲剧情感；相反，表面上一帆风顺的人也可能经历巨大的内心悲剧。

欢乐与欢乐不同，痛苦与痛苦不同，其间的区别远远超过欢乐与痛苦的不同。对于一个视人生感受为最宝贵财富的人来说，欢乐和痛苦都是收入，他的账本上没有支出。这种人尽管敏感，却有很强的生命力，因为在他眼里，现实生活中的祸福得失已经降为次要的东西，命运的打击因心灵的收获而得到了补偿。陀思妥耶夫斯基在赌场上输掉的，却在他描写赌徒心理的小说中极其辉煌地赢了回来。

对于沉溺于眼前琐屑享受的人，不足与言真正的欢乐。对于沉溺于眼前琐屑烦恼的人，不足与言真正的痛苦。

我相信人有素质的差异。苦难可以激发生机，也可以扼杀生机；可以磨炼意志，也可以摧垮意志；可以启迪智慧，也可以蒙蔽智慧；可以高扬人格，也可以贬抑人格——全看受苦者的素质如何。素质大致规定了一个人承受苦难的限度，在此限度内，苦难的锤炼或可助人成材，超出此则会把人击碎。

这个限度对幸运同样适用。素质好的人既能承受大苦难，也能承受大幸运，素质差的人则可能兼毁于两者。

痛苦是性格的催化剂，它使强者更强，弱者更弱，暴者更暴，柔者更柔，智者更智，愚者更愚。

三　以尊严的方式承受苦难

苦难是人格的试金石，面对苦难的态度最能表明一个人是否具有内在的尊严。譬如失恋，只要失恋者真心爱那个弃他而去的人，他就不可能不感到极大的痛苦。但是，同为失恋，有的人因此自暴自弃、萎靡不振，有的人为之反目为仇，甚至行凶报复，有的人则怀着自尊和对他人感情的尊重，默默地忍受痛苦，其间便有人格上的巨大差异。当然，每个人的人格并非一成不变，他对痛苦的态度本身也在铸造着他的人格。不论遭受怎样的苦难，只要他始终警觉着他拥有采取何种态度的自由，并勉励自己以一种坚忍高贵的态度承受苦难，他就比任何时候都更加有效地提高着自己的人格。

凡苦难都具有不可挽回的性质。不过，在多数情况下，这只是指不可挽回地丧失了某种重要的价值，但同时人生中毕竟还存在着别的一些价值，它们鼓舞着受苦者承受眼前的苦难。譬如说，一个失恋者即使已经对爱情根本失望，他仍然会为了事业或为了爱他的亲人活下去。但是，世上有一种苦难，不但本身不可挽回，而且意味着其余一切价值的毁灭，因而不可能从别的方面汲取承受它的勇气。在这种绝望的境遇中，如果说承受苦难仍有意义，那么，这意义几乎唯一地就在于承受苦难的方式本身了。弗兰克说得好：以尊严的方式承受苦难，这是一项实实在在的内在成就，因为它证明了人在任何时候都拥有不可剥夺的精神自由。事实上，我们每个人都终归要面对一种没有任何前途的苦难，那就是死亡。而以尊严的方式承受死亡，的确是我们精神生活的最后一项伟大成就。

以尊严的方式承受苦难，这种方式本身就是人生的一项巨大成就，因为它所显示的不只是一种个人品质，而且是整个人性的高贵和尊严。这证明了这种尊严比任何苦难更有力，是世间任何力量都不能将它剥夺的。正是由于这个原因，在人类历史上，伟大的受难者如同伟大的创造者一样受到世世代代的敬仰。

知道痛苦的价值的人，不会轻易向别人泄露和展示自己的痛苦，哪怕是最亲近的人。

喜欢谈论痛苦的往往是不识愁滋味的少年，而饱尝人间苦难的老年贝多芬却唱起了欢乐颂。

面对社会悲剧，理想、信念、正义感、崇高感支撑着我们，我们相信自己在精神上无比地优越于那迫害乃至毁灭我们的恶势力，因此我们可以含笑受难，慷慨赴死。我们是舞台上的英雄，哪怕眼前这个剧场里的观众全都浑浑噩噩、是非颠倒，我们仍有勇气把戏演下去，演给我们心目中绝对清醒公正的观众看，我们称这观众为历史、上帝或良心。

可是，面对自然悲剧，我们有什么呢？这里没有舞台，只有空漠无际的苍穹。我们不是英雄，只是朝生暮死的众生。任何人间理想都抚慰不了生老病死的悲哀，在天灾人祸面前也谈不上什么正义感。当史前人类遭受大洪水的灭顶之灾时，当庞贝城居民被维苏威火山的岩浆吞没时，他们能有什么慰藉呢？地震、海啸、车祸、空难、瘟疫、绝症……大自然的恶势力轻而易举地把我们或我们的亲人毁灭。我们面对的是没有灵魂的敌手，因而不能以精神的优越自慰，却愈发感到了生命的卑微。没有上帝来拯救我们，因为这灾难正是上帝亲手降下的。我们愤怒，但无处泄愤；我们冤屈，但永无申冤之日；我们反抗，但我们的反抗孤立无助，注定失败。

然而我们未必就因此倒下。也许，没有浪漫气息的悲剧是我们最本质的悲剧，不具英雄色彩的勇气是我们最真实的勇气。在无可告慰的绝望中，我们咬牙挺住。我们挺立在那里，没有观众，没有证人，也没有期待，没有援军。我们不倒下，仅仅是因为我们不肯让自己倒下。我们以此维护了人的最高的也是最后的尊严——人在大自然（＝神＝虚无）面前的尊严。

面对无可逃避的厄运和死亡，绝望的人在失去一切慰藉之后，总还有一个慰藉，便是在勇敢承受命运时的尊严感。由于降灾于我们的不是任何人间的势力，而是大自然本身，因此，在我们的勇敢中体现出的乃是人的最高尊严——人在神面前的尊严。

人生中不可挽回的事太多。既然活着，还得朝前走。经历过巨大苦难的人有权利证明，创造幸福和承受苦难属于同一种能力。没有被苦难压倒，这不是耻辱，而是光荣。

佛的智慧把爱当做痛苦的根源而加以弃绝，扼杀生命的意志。我的智慧把痛苦当做爱的必然结果而加以接受，化为生命的财富。

任何智慧都不能使我免于痛苦，我只愿有一种智慧足以使我不毁于痛苦。

人们爱你，疼你，但是一旦你患了绝症，注定要死，人们也就渐渐习惯了，终于理智地等待着那个日子的来临。

然而，否则又能怎样呢？望着四周依然欢快生活着的人们，我对自己说：人类个体之间痛苦的不相通也许正是人类总体仍然快乐的前提。那么，一个人的灾难对于亲近和不亲近的人们的生活几乎不发生任何影响，这就对了。

幸运者对别人的不幸或者同情，或者隔膜。但是，比两者更强烈的也许是侥幸：幸亏遭灾的不是我！

不幸者对别人的幸运或者羡慕，或者冷淡。但是，比两者更强烈的也许是委屈：为何遭灾的偏是我！

对于别人的痛苦，我们的同情一开始可能相当活跃，但一旦痛苦持续下去，同情就会消退。我们在这方面的耐心远远不如对于别人的罪恶的耐心。一个我们不得不忍受的别人的罪恶仿佛是命运，一个我们不得不忍受的别人的痛苦却几乎是罪恶了。

　　我并非存心刻薄，而是想从中引出一个很实在的结论：当你遭受巨大痛苦时，你要自爱，懂得自己忍受，尽量不用你的痛苦去搅扰别人。

　　在多数情况下，同情伤害了痛苦者的自尊。如果他是强者，你把他当弱者来同情，是一种伤害；如果他是弱者，你的同情只会使他更不求自强，也是一种伤害。

　　不幸者需要同伴。当我们独自受难时，我们会感到不能忍受命运的不公正甚于不能忍受苦难的命运本身。相反，受难者人数的增加仿佛减轻了不公正的程度。我们对于个别人死于非命总是惋叹良久，对于成批杀人的战争却往往无动于衷。仔细分析起来，同病相怜的实质未必是不幸者的彼此同情，而更是不幸者各以他人的不幸为自己的安慰，亦即幸灾乐祸。这当然是愚蠢的。不过，无可告慰的不幸者有权得到安慰，哪怕是愚蠢的安慰。

　　如同肉体的痛苦一样，精神的痛苦也是无法分担的。别人的关爱至多只能转移你对痛苦的注意力，却不能改变痛苦的实质。甚至在一场共同承受的苦难中，每人也必须独自承担自己的那一份痛苦，这痛苦并不因为有一个难友而有所减轻。

四　不美化苦难

　　痛苦使人深刻，但是，如果生活中没有欢乐，深刻就容易走向冷酷。未经欢乐滋润的心灵太硬，它缺乏爱和宽容。

　　一个人只要真正领略了平常苦难中的绝望，他就会明白，一切美化苦难的言辞是多么浮夸，一切炫耀苦难的姿态是多么做作。

不要对我说：苦难净化心灵，悲剧使人崇高。默默之中，苦难磨钝了多少敏感的心灵，悲剧毁灭了多少失意的英雄。何必用舞台上的绘声绘色，来掩盖生活中的无声无息！

浪漫主义在痛苦中发现了美感，于是为了美感而寻找痛苦，夸大痛苦，甚至伪造痛苦。然而，假的痛苦有千百种语言，真的痛苦却没有语言。

人天生是软弱的，唯其软弱而犹能承担起苦难，才显出人的尊严。

我厌恶那种号称铁石心肠的强者，蔑视他们一路旗开得胜的骄横，只有以软弱的天性勇敢地承受着寻常苦难的人们，才是我的兄弟姐妹。

我们不是英雄。做英雄是轻松的，因为他有净化和升华；做英雄又是沉重的，因为他要演戏。我们只是忍受着人间寻常苦难的普通人。

张鸣善《普天乐》："风雨儿怎当？风雨儿定当。风雨儿难当！"这三句话说出了人们对于苦难的感受的三个阶段：事前不敢想象，到时必须忍受，过后不堪回首。

一个经历过巨大灾难的人就好像一座经历过地震的城市，虽然在废墟上可以建立新的房屋和生活，但内心有一些东西已经永远地沉落了。

许多时候人需要遗忘，有时候人还需要装作已经遗忘——我当然是指对自己，而不只是对别人。

我相信我有足够的勇气面对生活中已经发生的一切，我甚至敢于深入到悲剧的核心，在纯粹的荒谬之中停留，但我的生活并不会因此出现奇迹般的变化。人们常常期望一个经历了重大苦难的人生活得与众不同，人们认为他应该比别人有更积极或者更超脱的人生境界；然而，实际上，只要我活下去，我就仍旧只能是芸芸众生中的一员，我依然会被卷入世俗生活的旋涡。生命中那些最深刻的体验必定也是最无奈的，它们缺乏世俗的对应物，因而不可避免地会被日常生活的潮流淹没。当然，淹没并不等于不存在了，它们仍然存在于日常生活所触及不到的深处，成为每一个人既无法面对也无法逃避的心灵暗流。

我的确相信，每一个人的心灵中都有这样的暗流，无论你怎样逃避，它们都依然存在，无论你怎样面对，它们都不会浮现到生活的表面上来。当生活中的小挫折彼此争夺意义之时，大苦难永远藏在找不到意义的沉默的深渊里。认识到生命中的这种无奈，我看自己、看别人的眼光便宽容多了，不会再被喧闹的表面现象所迷惑。

佳作赏析：

周国平（1945—），上海市人，当代学者、作家。著有学术专著《尼采与形而上学》，散文集《守望的距离》《各自的朝圣路》，纪实作品《妞妞：一个父亲的札记》《岁月与性情》等。

与刘心武的《风中黄叶树》类似，周国平的这篇文章也是谈论逆境、苦难的。如何面对苦难、承受苦难、度过苦难，这一几乎每个人都会遇到的问题值得关注。与刘文相比，《面对苦难》层次更清晰，话题讨论更为集中，文风也与刘文迥异。刘文给人的感觉像是在听一位阅历丰富的长者娓娓而谈，而周国平的文章多了几分哲学味道，更能引发人们的深入思考。

光阴

□ ［中国］赵丽宏

谁也无法描绘出他的面目，但世界上处处能听到他的脚步。

当旭日驱散夜的残幕时，当夕阳被朦胧的地平线吞噬时，他不慌不忙地走着，光明和黑暗都无法改变他行进的节奏。

当蓓蕾在春风中灿然绽开湿润的花瓣时，当婴儿在产房里以响亮的哭声向人世报到时，他悄无声息地走着，欢笑不能挽留他的脚步。

当枯黄的树叶在寒风中飘飘坠落时，当垂危的老人以留恋的目光扫视周围的天地时，他还是沉着而又默默地走，叹息也不能使他停步。

他从你的手指缝里流过去。

从你的脚底下滑过去。

从你的视野和你的思想里飞过去……

他是一把神奇而无情的雕刻刀，在天地之间创造着种种奇迹。他能把巨石分裂成尘土，把幼苗雕成大树，把荒漠变成城市和园林，当然，他也能使繁华者衰败成荒凉的废墟，使锃亮的金属爬满绿锈，失去光泽。老人额头的皱纹是他刻出来的，少女脸上的红晕也是他描绘出来的。生命的繁衍和世界的运动正是由他精心指挥着。

他按时撕下一张又一张日历，把将来变成现在，把现在变成过去，把过去变成越来越遥远的历史。

他慷慨。你不必乞求，属于你的，他总是如数奉献。

他公正。不管你权重如山、腰缠万贯，还是一介布衣、两袖清风，他都一视同仁。没有人能将他占为己有，哪怕你一掷千金，他也决不会因此而施舍一分一秒。

你珍重他，他便在你的身后长出绿阴，结出沉甸甸的果实。

你漠视他，他就化成轻烟，消散得无影无踪。

有时，短暂的一瞬会成为永恒，这是因为他把脚印深深地留在了人们的心里。

有时，漫长的岁月会成为一瞬，这是因为浓雾和风沙淹没了他的脚印。

佳作赏析：

赵丽宏（1951—），上海市人，作家。代表作品有《珊瑚》《生命草》《心画》等。

古往今来劝人们珍惜时间、珍惜光阴名言警句、文章数不胜数，而赵丽宏将拟人化的手法、优美的语言、诗化的意境等元素有机地结合在一起成就的《光阴》这篇美文则显得别具一格。文章没有枯燥的理论、生硬的说教，作者将自己的观点隐匿于形象的语言、生动的描述之中，让人们在欣赏美妙词句的过程中不知不觉接受了珍惜光阴的理念，堪称佳作。

我们向歌德学习什么？

□〔中国〕绿原

　　纵观人类文化史，从事逻辑思维和形象思维的作家都算在内，单就文字生涯本身而论，其造诣与成就粲然不可磨灭者，几如仲夏晴夜的繁星。然而，能超出文字层面，以其毕生凝聚并闪耀出来的人格力量、心智密度、思想深意影响世道人心，进而开拓人类世界观者，则又显得屈指可数了。试以今年全世界将为其生辰 250 周年举行纪念活动的歌德（1749—1832）为坐标，在他前面近两千年，可以指出亚里士多德、但丁、莎士比亚、牛顿、伏尔泰、卢梭、康德和东方的老子、庄子、孔子几位；作为他的同代人，不少与他同步伐、同目标却不一定同姿态、同途径的思想精英中间，还有和他并立于魏玛塑像基座的席勒，以《精神现象学》陪同《浮士德》在通向真理的道路上跋涉的黑格尔，被他认为诗才几与莎士比亚比肩的拜伦，以及他亲自翻译过其杰作《拉摩之侄》的狄德罗；至于他身后一百多年，由于人类世界观日益扩大，科学技术飞速发展，生存能力与忧患意识同步并进，则应提及更多的名字，如叔本华、达尔文、马克思、托尔斯泰、弗洛伊德、爱因斯坦和毕生同各种精神奴役作斗争的鲁迅。有人却说，从荷马到歌德只有一小时距离，从歌德到二十世纪相距长达二十四小时，其间充满只有追求个人原则的观察者才能感到的变化和危险。以上推举、排列和比较因此可能引起一些异议，那不要紧，因为按照不同的观点，删去一些名字，添进另一些名字，并不因此抹杀本文将要阐述的主旨，即在这些不仅以写作质量见长的大作家中间，尽管其成就与影响各不相同，难以比较，但就其对人的榜样作用的广度和深度、教育内容的现代性和平民性而言，除了鲁迅——中国青年不得不向歌德走去。

中国知识界的先进分子早在本世纪初叶，就曾以开阔的胸怀呼吁，从广博深厚的人类文化积存汲取各种于己有益的成分，以建立苦难深重的中华民族所需要的新人。但由于各种难免的和本来可免的历史阻力，包括连年的争战和动乱，这个宏愿直到本世纪末还难以实现。目前，全国人民在艰难的改革中前进：一方面是柳暗花明的希望在招手，另一方面是所谓社会失序、道德失范、心理失衡的转型阵痛在加剧，知识分子的自我教育任务比任何时期更为迫切。一些有识之士检讨了几十年来知识分子心身两方面所遭受的种种挫折与创伤，从而发现他们本身固有的弱点和病根，深感有强调宣传鲁迅当年的"立人"说和"拿来主义"之必要。他们一致认为，除了争取民族国家的独立、富强和民主，更应重视"人的个体生命的精神自由"；个体生命本身更应"有辨别，不自私"，对世界先进文化（包括自己传统文化的民主成分）加以"挑选"和"占有"，以求有利于建立和巩固自身的新价值和新人格。已故诗人、教育家冯至先生在1945年抗日战争胜利前夕说过一段语重心长的话："人们一旦从长年的忧患中醒来，还要设法恢复元气，向往辽远的光明，到那时，恐怕歌德对于全人类（不止是对于他自己的民族）还不失为最好的人的榜样里的一个。"这里说的是"最好的"，不是可有可无的"榜样"。同时是说他是其中的"一个"，不是说他是唯一的。正是这样看，半个世纪以后的我们（不止是我国的德语学者们）才热情呼吁要向歌德学习，并且提出"我们向歌德学习什么"这个问题。

歌德单纯作为一位作家，他的著述的广泛性及其丰硕成果远远超出常人的想象，仅就文学领域而言，其中没有什么部门他没有涉及，而他所创作的诗歌、小说、戏剧以至评论，更无一不取得世界文学史中的上乘地位。各国读者都会记得他的《浮士德》《伊菲日尼》《托夸托·塔索》《厄格蒙特》《铁腕革茨·柏利欣根》这些以光辉性格传世的戏剧；都会记得他的《威廉·麦斯特》《少年维特的烦恼》《诗与真》这些颂扬主体性、鞭挞软弱性格而有别于浪漫派、自然派和现代派的修养小说；更不会忘记他的自由出入一切格律、形式之间、几乎任何翻译家为之搁笔的鬼斧神工的抒情诗杰作。此外，他熟谙德语文学，通晓希腊、拉丁、英国和法国的主要文学成果，研究过波斯语诗集，晚年还试图了解印度文学和中国文学。歌德的文学知识，创作经验以及大量警句、箴言所包含的人生智慧，绝不是一两篇纪念性文章说得完、写得透的。然而，在文学之外，他还对绘画、音乐、建筑等艺术部门有过精辟的论述；在文艺之外，他还在自然科学方面，包括岩石、云朵、色彩、植物、动物以及人体解剖等学科，都下过深湛的功夫。还值得一提的是，除了个人的研究和著述，他还对魏玛公国的科学文化事业（包括剧团领导、艺术教育等工作）以及其他政治、经济活动（以至征兵、开矿等远离文化的行政管理），都付出了大量的心力和体力。与这些奇迹般的业绩相对照，歌德不幸出生于十八世纪一个正在腐朽和解体的德国封建小邦，那是一个足以窒息任何才能和志向的、令人进退维谷的环境。在这样的环境，取得这样巨大的成就，不能不反映一个令人惊叹的奋斗过程。在这个奋斗过程中，不能不隐藏着一个伟人所以成为伟人的秘密。认识了这个秘密，我们就有充分的理由断定：与其说歌德没有战胜"德国的鄙俗气"，更应当说，"德国的鄙俗气"终于没有战胜歌德。

饱经二十世纪沧桑的中国知识分子不可能争取，也不必妄想达到与当年歌德相当的成就，但是决不因为难以望其项背而自惭形秽。无论如何，人类永远是在由蒙昧、错误、过失、挫折所组成的进化过程中前进。歌德所处的时代、环境及其必然的历史局限性与我们今天所具有的迥异，他作为大写的人，身上有些什么宝贵的精神财富仍然值得我们抽象继续，需要我们自己独立思考。笔者不揣涉猎孤陋，觉得下列几点曾经在歌德身上产生过辉煌效果的高尚品质，是我们按照自我教育的实践要求，应当认真学习、细致培养，并且永远身体力行的。

1. 不断奋进的人生态度。歌德有一条著名的箴言："在一切德行之上的是：永远努力向上，与自己搏斗，永远不满足地追求更伟大的纯洁、智慧、善和爱。"他的一生就是对这条箴言的实践过程，他的巨著《浮士德》的主旨也就在这里。其中永不停歇地无穷无尽地追求充实而圆满的人生的精神，宁愿从错误、危险和觉悟中摸索前进也不安于无所作为的精神，正是歌德为历代后人所发扬的现代精神。这也正是我们学习歌德的主线，同时也是我们沿着这条主线开发自身价值的第一步。

2. 无限的求知欲和对"最好"的追求。歌德在《浮士德》第一部让主角的助手瓦格纳说过这样一句话："我诚然知道很多，但我还想知道一切。"从这个配角的庸俗性格和迂腐倾向来看，这句话不过是对他的好高骛远的讽刺。但如移到主角浮士德身上，或者移到作者歌德身上，却可以闪现出豪迈的异彩，有他的业绩所体现的知识总和为证。与无限的求知欲相连的，是对"最好"的追求。"对于艺术家来说，如果没有最好的，就等于什么也没有。"——歌德这样说过，他也这样做到了。对于一般人来说，我们不可能知道"一切"，更不可能在一切方面达到"最好"的标准；但是，在充满艰难险阻因而不进则退的人生道路上，为了达到"立人"的目的，知其不可为而为之的尽其在我的精神却又是我们不可缺少的。

3. 感情与理智的平衡。歌德的生活和创作一贯基于感性和直观，对抽象思辨抱着疏隔的态度。但是，他的敏感和多情从来没有发展成为沉迷与狂放，相反他处处讲求节制。首先，他在宁静而淡雅的古典艺术品面前，深感节制在创作过程中的必要，因为艺术的价值不在于宣泄，而在于凝练。引申开来，他更教导世人，人生的最高境界不在于像火山一样爆发，而在于像大海一样包容和持重。用通俗的话说，人逢顺境要节制，逢逆境则要忍耐，亦即保持感情与理智的平衡，这是可与各国智者的教诲相印证的。

4. 从绝望中学习断念。人生从来不是一帆风顺，反之不如意事常八九，不断令人烦恼、沮丧以至绝望。歌德也不例外，他深深体验到绝望带来的种种痛苦；但他通过内心和身外的奋斗，往往能够从工作中得到解脱，并在事业中加深对自己和整个人生的理解。歌德常常惋惜，他的青年朋友中有不少才智之士对人生浅尝辄止，不幸堕入犬儒式的虚无主义，终于在否定精神的支配下无所作为，以致沉沦下去，针对一些在逆境中只会埋怨和咒骂的人，1812 年他在魏玛所写的谚语集中，奉送过这样一句没有实际体会就根本无从理解的格言："谁不能（承担）绝望，谁就一定活不下去。"同时，他又针对绝望提出了一个更高级的修养手段：断念（die Entsagung）。自从歌德在 1821 年出版的《威廉·麦斯特漫游岁月》，或称《断念者们》一书中，把"断念"同"爱"和"敬畏"一起，作为他所设想的"教育区"中儿童教育的主要内容以来，这个修养手段在更多德语作家笔下有了更多独特的形象的阐发。所谓"断念"绝不是无可奈何的听天由命，而是自愿地、主动地、虽然不无痛苦地承受客观现实加于自身的种种艰辛和矛盾，并且自愿地作为人类整体的一分子，安于自己的痛苦地位，达到忘我境界，隐约感到美好与光明缓缓从自己内心流出。实际上，人们通过断念，可以磨炼自己的性格，使自己能够经受客观上的艰难险阻和主观上的烦恼、沮丧和绝望，继续保持自强不息、一往无前的精神，这不能不说是比节制和忍耐更为高级的、更值得刻苦钻研的一种修养手段。

5. 责任感，事业心，为人类造福。以上几点大都限于个人修养，但不能因此误解歌德是一个自我完善者，或者一个道德家。从青年时代起，歌德一直听凭热情支配，不但表现在他的个人生活和写作上，还可见于他对神话、传说、历史中的反抗精神的仰慕上。随着自我教育日益深化，他越来越认识到在人生中，比热情更重要、更宝贵的是责任感。他明确地说："那么，什么是你的责任呢？当务之急。"托马斯曼 1930 年曾经用这个简明的答案作为他的一本政治论说集的题目，足见歌德对于责任感的强调在德国知识界所产生的影响。歌德的责任感表现在多方面，或者是对人，或者是对自己。例如：为朋友魏玛公爵承担各种违反个人志趣的繁重的政务；与移居魏玛的知己席勒共同制定遭到年轻一代反对的复兴古典艺术的"魏玛艺术之友"纲领；同居十八年之后，公开与克里斯蒂涅·乌尔丕尤斯举行婚礼；经过六十年赶着在去世前夕把毕生巨著《浮士德》全部完成，等等。这些及其他事件的实际过程证明，歌德实现他的责任感，绝不是敷衍塞责，因应人事，更不是自私地追求所谓"良心"的平安。他的责任感的严肃性在于和事业心相连，在于通过事业心而形成为人类造福的使命感。他的一生从没有为任何个人目的、成就、荣誉所滞留，而是为着一个即使超越个人能量和生存年限的伟大使命而永不停歇。人生从头到尾就是一个奋斗过程，这也正是《浮士德》这部巨著唯一的启示。浮士德在失望于美的理想的追求之后，产生了填海造田、为人民建立新的理想之邦的雄心壮志，即使双目失明，仍然在自己的想象中，仿佛听见自由人民建设新生活的声音，而不禁呼唤眼前的瞬间"停留下来"。尽管他为人类造福的理想自己没有实现，致使这部巨著只能以"悲剧"的形式传世，浮士德永远不满足于渺小的物质享受，永远不屈服于魔鬼的引诱，终于怀着那个高尚的使命和信念倒了下来：这条英雄主义的人生道路成为历代先进人类永远的楷模。

6. 爱惜时间，力求化瞬间为永恒。对于怀有事业心、使命感并对人生短促有自觉性的人，时间是永远不够用的。因此，最愚蠢的行为莫过于对时间的抛荒和浪费。歌德真可称为著作等身的大家，他却从不以倚马可待的天才自居，那么他是如何爱惜时间，也就不言而喻了。值得一提的是为儿子题写时间警句的逸事：奥古斯特·瓦尔特读到作家让·波尔的一则打油诗："人生只有两分半钟，一分钟微笑，一分钟叹息，半分钟去爱，然后在这半分钟死去。"他爱不释手，便把它抄在纪念册上；歌德看了，便在它后面添写了这样几句："一小时有六十分钟，一天有一千多分，孩子，你要知道，一个人能够做多少事情。"

7. 对混乱、暴力、革命的态度。歌德一生厌恨各种形式的混乱和暴力。

法国大革命期间，巴士底尔被攻陷之后，德国著名知识分子席勒、赫尔德、克洛卜斯托克等人发出热情的欢呼，歌德却采取怀疑、保留以至冷淡的态度，明确宣称他不是法国革命的朋友。同代人和后人曾经以反对革命为口实而谴责他，看来不免知其一未睹其二了。须知歌德同时也不是专制统治的朋友，更不承认自己是现行制度的朋友，因为时代在前进，人间事物每过五十年都会改弦易辙，不会永久不变。歌德所以不同情用暴力来消除政治弊端，根本上取决于这样一个信念：人类社会的所有变革和自然界一样，应当通过进化来完成。在二十世纪进步知识分子中间，歌德这种以进化代替革命的历史观是难以得到认同的，因为革命作为社会制度的基本变革形式在人类发展史中毕竟不可避免，有时甚至是必要的；但是，具体的革命过程是否需要暴力，从策略上说，在革命阵营内部也经常发生分歧，至于以"革命"之名行动乱之实的社会行为，明智人士从公益视角出发，就更不会以为然了。

8. 爱国主义。歌德生前还被责备为不关心政治，以至不爱国。这是指他在普奥联合反拿破仑的战争进程中所持的超然态度。歌德还曾告诫青年诗人，一旦打算发挥政治影响，"他就不成其为诗人了"，这也被一些人作为"为艺术而艺术"的主张而加以反对。这些是非自有公论，此处毋庸细述。重要的是歌德同时向爱克曼所讲的一段政治遗言："……诗人作为一个人和公民是会爱自己的祖国的……到底怎样才叫做爱自己的祖国呢？如果一个诗人终生不渝地致力于同有害的偏见作斗争，清除狭隘的观念，启迪人民的心智，净化他们的趣味，其情操与思想趋于高尚。试问他还能怎样更爱国呢？"的确，谁还能比这样身体力行而且产生如此丰硕成果的歌德更爱他的祖国呢？

9. 晚年客观地看待自己。歌德尽管一生取得奇迹般的成就，却从没有把自己看成什么"超人"，始终客观地认为自己得益于时代和环境，这些观点均见于晚年与爱克曼的谈话中。例如，1824 年 2 月 25 日，他说："我出生的时代对我是个大便利。当时发生了一系列震撼世界的大事，我活得很长，看到这类大事一直在接二连三地发生。对于七年战争、美国脱离英国独立、法国革命、整个拿破仑时代、拿破仑的覆灭以及后来的一些事件，我都是一个活着的见证人。"1832 年 2 月 17 日，他说得更坦率、更明确："在我的漫长的一生中，我确实做了很多工作，获得了我可以自豪的成就，但是说句老实话，我有什么真正要归功于我自己的呢？我只不过有一种能力和志愿，去看去听，去区分和选择，用自己的心智灌注生命于所见所闻，然后以适当的技巧把它再现出来，如此而已。我不应把我的作品全归功于我的智慧，还应归功于我以外向我提供素材的成千成万的事情和人物。"我们由此感奋地认识到，歌德决不认为自己是不可企及的，他不过一直不遗余力地试图达到普通世人可能攀登的最高台阶，从而极大地增强我们对于自己的人生道路的信心和勇气。

10. 歌德所从事的工作超出个人的能量和生存年限，需要一代又一代的接力者。三十五岁的席勒 1794 年在耶纳一次自然科学讨论会上与歌德交谈过原始植物问题之后，给四十五岁的歌德写过一封为此后十年的友谊奠定基础的长信。其中谈到这样三点：一、歌德毕生寻求自然界中的必然性，试图用整个自然大厦的材料按照遗传学方式建造万物中最复杂的机体即人；二、这个从自然界仿造人的构想，诚然富于英雄气概，但从歌德的出身来说，却又是一条任何意志软弱者都会回避的最艰难的道路；三、这是因为为此而必需的希腊精神被扔在北方世界中，歌德如不甘成为一个北方艺术家，便得借助思想的力量来弥补现实拒绝提供的想象力，这无异于从内部按照一条理性途径分娩出一个希腊来。歌德以赞同而又感激的心情给席勒写了回信，其中写道："我所从事的工作远远超出个人的能量和生存年限，我想把某些部分寄放在你名下，好让它们不单得以保存，还能充满生机。如果我们更亲近一些，你会发现我身上有某种朦胧和犹豫，尽管我清醒地意识到，却也无从控制，因此你将亲自看到，你的关怀对我是大有助益啊。"席勒所说的歌德所从事的工作并不纯粹属于自然科学，仍不过是试图按照自然界由简单到复杂的发展规律，通过文化途径促进人性的改善。在歌德看来，文化就是第二种自然，文化史就是人类从自然状态的动物成为世界改造者和历史创造者的进化过程。这两位大诗人建交以后，歌德节制了席勒对于哲学玄思的爱好，席勒则帮助歌德把他对自然科学的热情转移到文学创作上来。于是，和谐、自我完善、致力于真善美、以古代为楷模被肯定为高尚的安适自在的新文化的基础。然而，真正按照自然进化规律仿造人，这个远大理想又谈何容易？歌德生前显然不可能也没有祈求实现，充其量像席勒所说，不过开辟了一条道路，虽然远比在别的道路上走到终点更有价值。在歌德没有走完的道路上，当代世界各地的接力者们，包括二十一世纪的中国健儿们，将以更迫切的心情、更清醒的头脑、更坚决的步伐继续坚持走下去。他们的实际目标虽已从"按自然规律仿造人"改换成"首在立人"的"新宗"，但对新人类具有确信，则是和歌德完全一致的。

　　以上正是肩负"立人"使命的中国知识分子值得向歌德学习的几个重点。这些重点内容作为歌德精神的一部分，虽然知易而行难，却并不疏隔于我们固有的精神血脉，例如鲁迅的道德文章。事实上，学习歌德精神和继承鲁迅的战斗传统本来是一致的，是可以相互补充、相互发明的，这也是我们容易走向歌德的原因之一。歌德逝世一个半世纪以来，由于世界变化太大，对他的评价和议论纷然杂呈，莫衷一是。除所谓"德国鄙俗气"征服了歌德这个常见观点外，有的认为在这位满面春风、彬彬有礼的君子后面，躲着一个忧伤的悲观主义者，有的把乐观、坚定的奋斗者的形象换成一个苦恼的怀疑主义者，以至在他的青年同胞中间一再发出"告别歌德""抛弃歌德"的呼声。十九世纪下半叶的歌德和二十世纪末的鲁迅竟然遭到相似的命运，不能不令人在感慨之余加以深思。尽管施彭格勒断言西方已经没落，汤因比把人类的希望寄托在东方文化上，近年来更出现了"文化冲撞"的怪论，而歌德为世界公民所发扬的人文主义理想，在世界各国的接力者们心中永远不会磨灭，并在目前令人惶惑的喧哗与骚动中，日益放射出镇定人心、鼓舞人心的光辉。中国知识分子要实现"立人"的宏愿，从其身内外、境内外将会遇到的阻力来看，其艰难程度较之当年歌德征服"德国鄙俗气"有过之无不及，但同时我们也比歌德有更多后来居上的便利要件，包括更广阔的活动空间、更深刻的经验教训，以及更可检验自己的能量的机遇和风险。只要我们保持不可或缺的自觉性和坚韧性，永远努力向上，不断超越自我，防止满足和停顿，抵制因循苟且和低落消沉，同时注意保持平衡和稳妥，防止形而上学的片面和偏激或偏废——这样必将在人的价值的认识、开发和运用上有所长进，并对自己的人民、民族和整个人类作出应有的贡献。

佳作赏析：

　　绿原（1922—2009），原名刘仁甫，湖北黄陂人，诗人、翻译家。代表作品有诗集《童话》《人之诗》《另一支歌》等，主要译作有《浮士德》《里尔克诗选》等。

　　人类历史上有许多杰出的伟大人物，他们的许多优秀品质，巨大成就都是值得我们去学习的。这篇文章就详细介绍了德国著名作家歌德一生所取得的巨大成就并分析了他之所以能取得如此巨大成就的原因，列举了歌德的许多优秀品德。虽然中德文化差异巨大，但人类的许多优秀精神遗产是没有国界的，是共通的，因此了解歌德、学习歌德是十分必要的。

我很重要

□〔中国〕毕淑敏

当我说出"我很重要"这句话的时候，颈项后面掠过一阵战栗。我知道这是把自己的额头裸露在弓箭之下了，心灵极容易被别人的批判洞伤。许多年来，没有人敢在光天化日之下表示自己"很重要"。我们从小受到的教育都是——"我不重要"。

作为一名普通士兵，与辉煌的胜利相比，我不重要。

作为一个单薄的个体，与浑厚的集体相比，我不重要。

作为一位奉献型的女性，与整个家庭相比，我不重要。

作为随处可见的人的一份子，与宝贵的物质相比，我们不重要。

我们——简明扼要地说，就是每一个单独的"我"——到底重要还是不重要？

我是由无数星辰日月草木山川的精华汇聚而成的。只要计算一下我们一生吃进去多少谷物，饮下了多少清水，才凝聚成一具美轮美奂的躯体，我们一定会为那数字的庞大而惊讶。平日里，我们尚要珍惜一粒米、一叶菜，难道可以对亿万粒菽粟亿万滴甘露濡养出的万物之灵，掉以丝毫的轻心吗？

当我在博物馆里看到北京猿人窄小的额和前凸的嘴时，我为人类原始时期的粗糙而黯然。他们精心打制出的石器，用今天的目光看来不过是极简单的玩具。如今很幼小的孩童，就能熟练地操纵语言，我们才意识到已经在进化之路上前进了多远。我们的头颅就是一部历史，无数祖先进步的痕迹储存于脑海深处。我们是一株亿万年苍老树干上最新萌发的绿叶，不单属于自身，更属于土地。人类的精神之火，是连绵不断的链条，作为精致的一环，我们否认了自身的重要，就是推卸了一种神圣的承诺。

回溯我们诞生的过程，两组生命基因的嵌合，更是充满了人所不能把握的偶然性。我们每一个个体，都是机遇的产物。

常常遥想，如果是另一个男人和另一个女人，就绝不会有今天的我……

即使是这一个男人和这一个女人，如果换了一个时辰相爱，也不会有此刻的我……

即使是这一个男人和这一个女人在这一个时辰，由于一片小小落叶或是清脆鸟啼的打搅，依然可能不会有如此的我……

一种令人怅然以至走入恐惧的想象，像雾霭一般不可避免地缓缓升起，模糊了我们的来路和去处，令人不得不断然打住思绪。

我们的生命，端坐于概率垒就的金字塔的顶端。面对大自然的鬼斧神工，我们还有权利和资格说我不重要吗？

对于我们的父母，我们永远是不可重复的孤本。无论他们有多少儿女，我们都是独特的一个。

假如我不存在了，他们就空留一份慈爱，在风中蛛丝般飘荡。

假如我生了病，他们的心就会皱缩成石块，无数次向上苍祈祷我的康复，甚至愿灾痛以十倍的烈度降临于他们自身，以换取我的平安。

我的每一滴成功，都如同经过放大镜，进入他们的瞳孔，摄入他们心底。

假如我们先他们而去，他们的白发会从日出垂到日暮，他们的泪水会使太平洋为之涨潮。面对这无法承载的亲情，我们还敢说我不重要吗？

　　我们的记忆，同自己的伴侣紧密地缠绕在一处，像两种混淆于一碟的颜色，已无法分开。你原先是黄，我原先是蓝，我们共同的颜色是绿，绿得生机勃勃，绿得苍翠欲滴。失去了妻子的男人，胸口就缺少了生死攸关的肋骨，心房裸露着，随着每一阵轻风滴血。失去了丈夫的女人，就是齐斩斩折断的琴弦，每一根都在雨夜长久地自鸣……面对相濡以沫的同道，我们忍心说我不重要吗？

　　俯对我们的孩童，我们是至高至尊的唯一。我们是他们最初的宇宙，我们是深不可测的海洋。假如我们隐去，孩子就永失淳厚无双的血缘之爱，天倾东南，地陷西北，万劫不复。盘子破裂可以粘起，童年碎了，永不复原。伤口流血了，没有母亲的手为他包扎。面临抉择，没有父亲的智慧为他谋略……面对后代，我们有胆量说我不重要吗？

　　与朋友相处，多年的相知，使我们仅凭一个微蹙的眉尖、一次睫毛的抖动，就可以明了对方的心情。假如我不在了，就像计算机丢失了一份不曾复制的文件，他的记忆库里留下不可填补的黑洞。夜深人静时，手指在揿了几个电话键码后，骤然停住，那一串数字再也用不着默诵了。逢年过节时，她写下一沓沓的贺卡。轮到我的地址时，她闭上眼睛……许久之后，她将一张没有地址只有姓名的贺卡填好，在无人的风口将它焚化。

　　相交多年的密友，就如同沙漠中的古陶，摔碎一件就少一件，再也找不到一模一样的成品。面对这般友情，我们还好意思说我不重要吗？

　　我很重要。

　　我对于我的工作我的事业，是不可或缺的主宰。我的独出心裁的创意，像鸽群一般在天空翱翔，只有我才捉得住它们的羽毛。我的设想象珍珠一般散落在海滩上，等待着我把它用金线串起。我的意志向前延伸，直到地平线消失的远方……没有人能替代我，就像我不能替代别人。我很重要。

　　我对自己小声说。我还不习惯嘹亮地宣布这一主张，我们在不重要中生活得太久了。我很重要。

　　我重复了一遍。声音放大了一点。我听到自己的心脏在这种呼唤中猛烈地跳动。我很重要。

我终于大声地对世界这样宣布。片刻之后，我听到山岳和江海传来回声。

是的，我很重要。我们每一个人都应该有勇气这样说。我们的地位可能很卑微，我们的身份可能很渺小，但这丝毫不意味着我们不重要。

重要并不是伟大的同义词，它是心灵对生命的允诺。

人们常常从成就事业的角度，断定我们是否重要。但我要说，只要我们在时刻努力着，为光明在奋斗着，我们就是无比重要地生活着。

让我们昂起头，对着我们这颗美丽的星球上无数的生灵，响亮地宣布——

我很重要。

佳作赏析：

毕淑敏（1952—），山东文登人，女作家。著有《昆仑殇》《阿里》《补天石》等。

在我们的社会中，绝大部分人都是相对比较普通的。我们可能没有那些道德模范们的崇高品德，也很难取得青史留名的巨大成就，我们只是干着普通的工作，过着平淡的生活。但我们不能因此而自卑，对于我们的家庭和亲人而言、对于我们的同事和朋友而言，"我"很重要。作者以丰富的想象力、饱含激情的文字论述了"我"的来之不易，"我"的极端重要性，相信每个人读了以后自尊心、自信心都会提升许多。

珍惜愤怒

□［中国］毕淑敏

小时候看电影，虎门销烟的英雄林则徐在官邸里贴一条幅"制怒"。由此知道，怒是一种凶恶而丑陋的东西，需要时时去制服它。

长大后当了医生，更视怒为健康的大敌。师传我，我授人：怒而伤肝，怒较之烟酒对人为害更烈。人怒时，可使心跳加快，血压升高，瞳孔散大，寒毛竖紧……一如人们猝然间遇到老虎时的反应。

怒与长寿，好像是一架跷跷板的两端，非此即彼。

人们渴望强健，人们于是憎恶愤怒。

我愿以我生命的一部分为代价，换取永远珍惜愤怒的权利。

愤怒是人的正常情感之一，没有愤怒的人生，是一种残缺。当你的尊严被践踏，当你的信仰被玷污，当你的家园被侵占，当你的亲人被残害，你难道不滋生出火焰一样的愤怒吗？当你面对丑恶、面对污秽，面对人类品质中最阴暗的角落，面对黑夜里横行的鬼魅，你难道能压抑住喷薄而出的愤怒吗？！

愤怒是我们生活中的盐。当高度的物质文明像软绵绵的糖一样簇拥着我们的时候，现代人的意志像被泡酸了的牙一般软弱。小悲小喜缠绕着我们，我们便有了太多的忧郁。城市人的意志脱了钙，越来越少倒拔垂杨柳强硬似铁怒目金刚式的愤怒，越来越少见幽深似海水波不兴却孕育极大张力的愤怒。

没有愤怒的生活是一种悲哀。犹如跳跃的麋鹿丧失了迅速奔跑的能力，犹如敏捷的灵猫被剪掉胡须。当人对一切都无动于衷，当人首先戒掉了愤怒，随后再戒掉属于正常人的所有情感之后，人就在活着的时候走向了永恒——那就是死亡。

我常常冷静地观察他人的愤怒，我常常无情地剖析自己的愤怒，愤怒给我最深切的感受是真实，它赤裸而新鲜，仿佛那颗勃然跳动的心脏。

喜可以伪装，愁可以伪装，快乐可以加以粉饰，孤独忧郁能够掺进水分，唯有愤怒是十足成色的赤金。它是石与铁撞击那一瞬痛苦的火花，是以人的生命力为代价锻造出的双刃利剑。

喜更像是一种获得，一种他人的馈赠。愁则是一枚独自咀嚼的青橄榄，苦涩之外别有滋味。唯有愤怒，那是不计后果不顾代价无所顾忌的坦荡的付出，在你极度愤怒的刹那，犹如裂空而出横无际涯的闪电，赤裸裸地裸露了你最隐秘的内心。于是，你想认识一个人，你就去看他的愤怒吧！

愤怒出诗人，愤怒也出统帅、出伟人、出大师，愤怒驱动我们平平常常的人做出辉煌的业绩。只要不丧失理智，愤怒便充满活力。

怒是制不服的，犹如那些最优秀的野马，迄今没有任何骑手可以驾驭它们。愤怒是人生情感之河奔泻而下的壮丽瀑布，愤怒是人生命运之曲抑扬起伏的高亢音符。

珍惜愤怒，保持愤怒吧！愤怒可以使我们年轻。纵使在愤怒中猝然倒下，也是一种生命的壮美。

佳作赏析：

在中国传统的处世哲学和观念中，怒是一个相对负面的东西。不仅容易因为一时冲动做出不应该做的事情，甚至造成一定的破坏，而且对身体也有伤害。而作者在这篇文章中则提出：要珍惜愤怒。为什么呢？因为在作者看来，怒也是人类情绪中的一种，如果不发泄出来，反而有害。看到伤天害理、违背做人基本原则的事情，该怒则怒。怒气往往还能激发人们发奋图强，做出杰出的成绩。因此文章得出结论：只要不丧失理智，愤怒便充满活力。理智前提下的愤怒作为一种必要的情绪宣泄，确实有必要，需要大家"珍惜"。

永远的校园

□〔中国〕谢冕

　　一颗蒲公英小小的种子，被草地上那个小女孩轻轻一吹，神奇地落在这里便不再动了——这也许竟是凤缘。已经变得十分遥远的那个八月末的午夜，车子在黑幽幽的校园里林丛中旋转终于停住的时候，我认定那是一生中最神圣的一个夜晚：命运安排我选择了燕园一片土。燕园的美丽是大家都这么说的，湖光塔影和青春的憧憬联系在一起，益发充满了诗意的情趣。每个北大学生都会有和这个校园相联系的梦和记忆。

　　尽管它因人而异，而且也并非会一味的幸福欢愉，有辛酸烦苦，也会有无可补偿的遗憾和愧疚。我的校园是永远的。因偶然的机缘而落脚于此，终于造成决定一生命运的契机。青年时代未免有点虚幻和夸张的抱负，由于那个开始显得美丽、后来愈来愈显得严峻的时代，而变得实际起来。热情受到冷却，幻想落于地面，一个激情而有些飘浮的青年人，终于在这里开始了实在的人生。

　　匆匆五个寒暑的学生生活，如今确实变得遥远了，但师长那些各具风采但又同样严格的治学精神影响下的学业精进，那些由包括不同民族和不同国籍同学组成的存在着差异又充满了友爱精神的班级集体，以及战烟消失后渴望和平建设的要求促使下向科学进军的总体时代氛围，给当日的校园镀上一层光环。友谊的真醇、知识的切磋、严肃的思考、轻松的郊游，甚至失魂落魄的考试，均因它的不曾虚度而始终留下充实的记忆。燕园其实不大，未名不过一勺水。水边一塔，并不可登；水中一岛，绕岛仅可百余步；另有楼台百十座，仅此而已。但这小小校园却让所有在这里住过的人终生梦绕魂牵。

其实北大人说到校园，潜意识中并不单指眼下的西郊燕园，他们大都无意间扩展了北大特有的校园的观念：从未名湖到红楼，从蔡元培先生铜像到民主广场。或者说，北大人的校园观念既是现实的存在，也是历史的和精神的存在。在北大人的心目中，校园既具体又抽象，他们似乎更乐于承认象征性的校园的精魂。我同样拥有精神上的一座校园。

我的校园回忆包蕴了一段不平常的记忆。时代曾给予我们那一代青年以特殊的际遇，及今思来，可说是痛苦多于欢愉。我们曾有个充满期待也充满困惑的春天。一个预示着解放的早春降临了，万物因严冬的解冻而萌动。北大校园内传染着悄悄的激动，年轻的心预感于富有历史性转折时期的可能到来而不安和兴奋。白天连着夜晚，关于中国前途和命运、关于人民的民主和自由的辩论，在课堂、在宿舍、在湖滨，也在大、小膳厅、广场上激烈地进行。这时有着向习惯思维和因袭势力的勇敢抗争。

那些富有历史预见和进取的思想，在那个迷蒙的时刻发出了动人的微光。作为时代的骄傲，它体现北大师生最敏感、也最有锐气的品质。与此同时，观念的束缚、疑惧的心态，处于矛盾的两难境地的彷徨，更有年轻的心因沉重的负荷而暗中流血。随后而来的狂热的夏季，多雨而湿闷。轰然而至的雷电袭击着这座校园，花木为风雨所摧折。激烈的呼喊静寂以后，蒙难的血泪默默唤醒沉睡的灵魂。他们在静默中迎接肃杀的秋季和苍白而漫长的冬日。

那颗偶然落下的种子不会长成树木，但因特殊的条件被催化而成熟。都过去了，湖畔走不到头的花阴曲径；都过去了，宿舍水房灯下午夜不眠的沉思，还有轻率的许诺、天真的轻信。告别青春，告别单纯，从此心甘情愿地跋涉于泥泞的长途而不怨尤。也许即在此时，忧患与我们同在，我们背上了沉重的人生十字架。曼妙的幻想，节日的狂欢，天真的虔诚，随着无可弥补的缺憾而远逝。我们有自己的青春祭。

从这个意义上说，这校园与我们青春的希望与失望相连，它永远。燕园的魅力在于它的不单纯。就我们每个人说，我们把青春时代的痛苦和欢乐、追求和幻灭，投入并消融于燕园，它是我们永远的记忆。未名湖秀丽的波光与长鸣的钟声，民主广场上悲壮的呐喊，混成了一代人又一代人的校园记忆。

一种眼前的柔美与历史的雄健的合成，一种朝朝夕夕的弦诵之声与岁岁年年的奋斗呐喊的合成，一种勤奋的充实自身与热情的参与意识的合成，这校园的魅力多半产生于上述那些复合丰富的精神气质的合成。燕园有一种特殊的气氛：总是少有闲暇的急匆匆的脚步，总是思考着的皱着的眉宇，总是这样没完没了的严肃和沉郁。当然也不尽然，广告牌上那些花花绿绿的招贴，间或也露出某些诙谐和轻松，时不时地出现一些令人震惊的举动，更体现出北大自由灵魂的机智和聪慧。北大又是洒脱和充满了活力的。

这真是一块圣地。数十年来这里成长着中国几代最优秀的学者。丰博的学识，闪光的才智，庄严无畏的独立思想，这一切又与先于天下的严峻思考、耿介不阿的人格操守以及勇锐的抗争精神相结合。这更是一种精神合成的魅力。科学与民主是未经确认却是事实上的北大校训。二者作为刚柔结合的象征，构成了北大的精神支柱。把这座校园作为一种文化和精神现象加以考察，便可发现科学民主作为北大精神支柱无所不在的影响。正是它，生发了北大恒久长存的对于人类自由境界和社会民主的渴望与追求。

这里是我的永远的校园，从未名湖曲折向西，有荷塘垂柳、江南烟景，从镜春园进入朗润园，从成府小街东迤，入燕东园林阴曲径，以燕园为中心向四面放射性扩张，那里有诸多这样的道路。年复一年，日复一日，那里行进着一些衣饰朴素的人。从青年到老年，他们步履稳健、仪态从容，一切都如这座北方古城那样质朴平常。但此刻与你默默交臂而过的，很可能就是科学和学术上的巨人。当然，跟随在他们身后的，有更多他们的学生，作为自由思想的继承者，他们默默地接受并奔涌着前辈学者身上的血液——作为精神品质不可见却实际拥有的伟力。这圣地绵延着不会熄灭的火种。它不同于父母的繁衍后代，但却较那种繁衍更为神妙，且不朽。它不是一种物质的遗传，而是灵魂的塑造和远播。生活在燕园里的人都会把握到这种恒远同时又是不具形的巨大的存在，那是一种北大特有的精神现象。这种存在超越时间和空间成为北大永存的灵魂。

北大学生以最高分录取，往往带来了优越感和才子气。与表层现象的骄傲和自负相联系的，往往是北大学生心理上潜在的社会精英意识：一旦佩上北大校徽，每个人顿时便具有被选择的庄严感。北大人具有一种外界人很难把握的共同气质，他们为一种深沉的使命感所笼罩。今日的精英与明日的栋梁，今日的思考与明日的奉献，被无形的力量维系在一起。青春曼妙的青年男女一旦进入这座校园，便因这种献身精神和使命感而变得沉稳起来。这是一片自由的乡土。从上个世纪末叶到如今，近百年间中国社会的痛苦和追求，都在这里得到集聚和呈现。沉沉暗夜中的古大陆，这校园中青春的精魂曾为之点燃昭示理想的火炬。一代又一代的中国学者，从这里眺望世界，用批判的目光审度漫漫的封建长夜，以坚毅的、顽强的，几乎是前仆后继的精神，在这片落后的国土上传播文明的种子。

近百年来这种奋斗无一例外地受到阻遏。这里生生不息地爆发抗争。北大人的呐喊举世闻名。这呐喊代表了民众的心声。阻遏使北大人遗传了沉重的忧患。于是，你可以看到一代又一代人的沉思的面孔总有一种悲壮和忧愤。北大魂——中国魂在这里生长，这校园是永远的。怀着神圣的皈依感，一颗偶然吹落的种子终于不再移动。它期待并期许一种奉献，以补偿青春的遗憾，并至诚期望冥冥之中不朽的中国魂永远绵延。

谢冕（1932—），福建福州人，诗人、诗评家。代表作品有《湖岸诗评》《北京书简》《共和国的星光》等。

北京大学作为中国最知名的学府，一直是广大学子们梦寐以求的地方。北大不仅学术水平、教学质量居于全国各大高校前列，而且风景优美，未名湖、博雅塔都是不错的游览景点。作者曾在北大求学，后又在校内任教，风风雨雨几十年与北大建立了深厚的感情，所以称北大为"永远的校园"。文章有对学校历史的回顾，有对人生命运的感叹，更多的是抒发对北大的热爱之情，读者也能从中感受到北大特有的人文精神和魅力。这样的学校，哪一位学子不想去那里读书生活呢？

战胜自己

□〔中国〕罗兰

如把我们日常所经验过的种种痛苦烦恼，仔细分析一下，你会发现，这痛苦的来源有一大部分都是不能战胜自己的。

当我们需要勇气的时候，先要战胜自己的懦弱。需要洒脱的时候，先要战胜自己的执迷。需要勤奋的时候，先要战胜自己的懒惰。需要宽宏大量的时候，先要战胜自己的浅狭。需要廉洁的时候，先要战胜自己的贪欲。需要公正的时候，先要战胜自己的偏私。

这许多矛盾的名词——勇敢、懦弱、洒脱、执迷、勤奋、懒惰、宽大、浅狭、廉洁、贪欲、公正、偏私……几乎经常同时占据着我们。

世上没有绝对完美理想的人，当然也很少有绝对不可救药的人，每个人的性格中都或多或少地存在着上述的矛盾。这些矛盾，在你遇到一件事情，需要你采取行动去应付的时候，就往往会同时出现。而当它们同时出现的时候，也就是你开始彷徨困扰、痛苦不堪的时候。你怎样决定，完全看这两种矛盾的力量是哪一边战胜。如果是积极和光明的一边战胜，你走向成功。如果是消极和黑暗的一边战胜，你就走向失败。

这理由很明显，按理说，每一个人都应该知道自己怎样做，才是正确的决定。但是，很少人能够不经交战而采取正确的行动。甚至交战的结果，仍是消极与黑暗的一面战胜。

战胜自己不是一件容易的事。它需要很大的勇气与坚定的信念。想一想看，你战胜自己的次数多吗？还是时常姑息纵容了自己？

一个人，如果他勤奋，那必定是他战胜了自己的懒惰。懒惰是我们最难克服的一个敌人。许多本来可以做到的事，都因为一次又一次的懒惰拖延，而把成功的机会错过了。

当我们尝试一项新工作，接触一个新环境，应付一个新场面的时候，总难免有一种向后牵曳的力量。我们常会退缩地想：还是安于现状吧！还是省事为妙吧！还是不要冒险吧！于是，就在这种种消极的决定中，不知多少可贵的机会流失了。许多人抱怨自己一事无成，恐怕这消极的处理事情的习惯，是使他失败的一个最大的原因。每个人都知道公正廉洁是可敬的，偏私贪欲是可耻的。但是，事到临头，往往就会有一些你在事先所想不到的理由来影响你正面的决定。比如说：你会把责任推给环境的压力，风气的不良，或一项消极退守的成语，如"识时务者为俊杰"之类。其实，那正是你被另一个自己所战败的明证。一个人在必要的时候不能战胜自己，是可耻的，任何理由都无法掩饰这种羞耻。

一个人应该有力量让自己那光明的一面战胜，否则，你的人生就失败了。如果你知道宽恕是一种美德，那么你为什么还要计较别人的短处或过失呢？

如果你知道豁达一点可以减少痛苦，你为什么还不肯早一点把眼前琐屑的得失恩怨放开看淡呢？

要知道，我们有时痛苦困扰，犹豫不安，那只是因为我们心情上有两种相反的力量在相持不下。让我们明智一点，早作抉择，你会觉得生活的面目豁然开朗起来了。我们从小所受的教育，足够使我们知道怎样明辨是非。在明辨是非之外，就要看我们是否有足够的信念，和约束自己的力量，去遵循我们所知道的正确的路。那需要经过很艰苦的奋斗，需要动用你一切内在的向上向善的力量，才能把握你所预定应走的方向。

勤与惰，清醒与执迷，并不是距离遥远的两极，而只是薄薄的剃刀的两面，其间只有一刃之隔。你翻过这一刃之隔，便是勤奋与清醒；留在那边，便是懒惰与执迷。你要不要翻过，只在短短的一念之间。

如果你决心清醒，你便可以清醒；如果你决心执迷，你就将继续执迷。这"决心"的实现，不在你能不能，而在你肯不肯。

佳作赏析：

罗兰（1919—），生于河北省宁河县，1948 年去台湾，生活至今，著名女作家。主要作品有《罗兰小语》《罗兰散文》等。

痛苦的来源有一大部分都是不能战胜自己。战胜自己不是一件容易的事。它需要很大的勇气与坚定的信念。勤与惰，清醒与执迷，并不是距离遥远的两极，而只是薄薄的剃刀的两面，其间只有一刃之隔。你翻过这一刃之隔，便是勤奋与清醒；留在那边，便是懒惰与执迷。你要不要翻过，只在短短的一念之间。一个人成功的过程，不是克服多少困难的过程，而是认识自己、战胜自己的过程。

心灵上的舒展

□ [中国] 罗兰

人生最大的苦恼，不在自己拥有的太少，而在自己想望得太多。想望不是坏事，但想望得太多，而自己能力又不能达到，则会构成长久的失望与不满。在对环境、对自己，都长久地感到失望与不满的情形之下，就产生了自卑、疑惧，对环境的戒备和内心的紧张。

我常想，对那些太急于求好，或争于求功的人们来说，他们需要学会一份"心灵上的舒展"。这种心灵上的舒展是让自己能把一切看平淡些，看轻松些。不要巴望得太高，不要过分地求全苛刻。固然，在正常的情形之下，我们都应该要求自己上进，要求自己做事要精确、要成功、要胜利、要超越；但是在这一切要求之上，还必须有另一种要求来使它平衡。这要求便是使自己"量力而为"，要"轻松平淡"。

一个人的智力、体力、领悟力与适应力，都有一定的限度和范围，不可能在每一件事上都一路领先，胜过所有的人。我们必须承认有自己力量所不能达到之处。必须承认人外有人，天外有天。我们可以在某一些事情上比别人略胜一筹，但当别人在另一些事情上胜过我们时，我们必须有为别人喝彩的心情；至低限度要有承认别人在某些方面比自己好的雅量。而且即使对自己来说，当我们达不到自己所要求的目标时，除去准备继续努力之外，也必须对自己能存几分原谅。

我们常见有两种人。一种人是太懒散，因此他们需要多催逼自己；另有一种人是太要强，因此他们需要略微放宽自己。对一个过分求全的人来说，他如想真正得到成功，必须先让自己学会几分平淡。否则单是那种急于求功的紧张焦虑，就会把他的精神无益地消耗，以致一事无成。

当你紧张焦虑、不可终日的时候，你不妨想想世界上那些尽人皆知、值得紧张焦虑的大事。例如，太空人登陆月球的事。试着设想一下太空人所面临的考验，科学家们所面临的考验，以至于太空人的家属们所面临的考验等等。你会开始了解，你自己目前所引为紧张的事情实在很小；你所面临的成败得失也实在并不那么严重。

世上真正成功的人常能举重若轻，履险如夷，临危不乱。这是一份定力，也是一种智慧和胸襟。太空人在登月探险的过程中，还有心情说笑话，那一份轻松正是最高智慧的表现，也是成功者所必备的条件之一。

大成功如此，小成功亦然。念书、参加考试，除认真准备之外，必须能够把得失置之度外。凡事在于自己尽力而为，只要自己已经尽力，成功与否，或是否胜过别人，那就已经不是自己的力量所可操纵，多去忧虑反而分散了自己的精神与心力，削弱了成功的可能性。

"不问收获，但问耕耘"，这句名言不但是我们做事为人的一个守则，也更是应付得失问题时的最佳箴言，同时也是一项真正帮助我们达到成功目的的信条。因为我们在耕耘时，如果分心去巴望收获，或因急于收获而不耐烦去脚踏实地的耕耘，都足以影响到正常的工作步骤，而减少或失去了应得的收获。

个人的成就与竞争时的得胜，固然是值得快乐的事；但假如一个人处处想得胜、要争强，则不但享不到成功的乐趣，反而充满了唯恐被别人超越的苦恼。由于你时时想要胜过别人，则一切人都将成为你的敌人。生活中那些本来值得欣赏的项目，也都由于你急于求功，而变成了不受欢迎的干扰。这样，你的生活势必内容枯燥、冷硬而乏味。由于你只欣赏自己而不欣赏别人，难免使自己变为孤立而非常寂寞。那时，你即使成功，也会由于无人与你分享而不会觉得快乐。

因此，假如你已具备了天赋的聪明与后天的勤奋，希望你在这两项成功必备的条件之外，再加上一份平淡轻松的心情，那是真有智慧者所最应追求的。

聪明勤奋和平淡轻松是成功的两翼，缺少其一，都将使你不能成行。

佳作赏析：

罗兰的这篇文章主要谈了做事情应该持有的正确态度。对那些太急于求好，或争于求功的人们来说，他们需要学会"心灵上的舒展"。这种心灵上的舒展是让自己能把一切看平淡些，看轻松些。不要巴望得太高，不要过分地求全苛刻，使自己"量力而为"，要"轻松平淡"。你如果急于求成，你势必很累，再没有成功的乐趣，必然会变得烦恼丛生，焦虑不安。你的生活势必内容枯燥、冷硬而乏味，进而变得非常孤立和寂寞。

我的一天

□ [苏联] 奥斯特洛夫斯基

正当我美梦酣畅的时候，一阵电话铃声把我唤了回来，醒来的第一个感觉就是我这被瘫痪所钉住的身体疼得难以忍受。这就是说，几秒钟之前我还在做梦，在梦中我年轻、有力，骑着战马像疾风一般奔向初升的太阳。我动了动，却没有睁开眼，因为这么做没有什么意义：在这一瞬间我正回忆着一切。八年前，残酷的疾病使我倒在床上，动弹不得，害我瞎了眼睛，把我周围的一切变成了黑夜。

痛楚，确切点说是肉体的痛楚又向我发动了袭击，来势凶猛。我紧紧地咬着牙。第二次电话铃声赶紧地跑来援助我。我知道，生活并没有离我远去。母亲走进来。她送来早晨的邮件——报纸、书籍、一束信件。今天还有好几次有趣味的约会。生活要取得它应有的权利。快滚吧！你这只会令懦弱的人屈服的家伙！同往日一样，我战胜了肉体的痛苦。

"快点，妈妈，快点！洗脸，吃饭……"

母亲把未喝完的咖啡拿走。我马上听见我的秘书阿列克山得拉·彼得洛夫娜的问安。她像钟一样准确。

像往常一样，我招呼众人把我抬到花园阴凉的地方，预备开始工作，赶快生活。就因为这个，我的一切欲望才那样强烈。"请读报吧，让我了解一下阿比西尼亚和意大利边界又有哪些新情况发生？法西斯主义——这个带着炸弹的疯子——已经向这里猛袭了，没有人知道它什么时候、向什么方向扔下这个炸弹。"

报上说：国际关系宛如乱蜘蛛网一样复杂，破产了的帝国主义的麻烦毕生都解决不了……战争的威胁像乌鸦一样盘旋在世界上空。日暮途穷的资产阶级已将自己仅有的后备军——法西斯青年匪徒——投入竞技场。而这些匪徒正凭借着斧头和绳索，将资产阶级的文化很快地拉回中世纪去。欧洲大地上弥漫着浓烈的血腥味。那笼罩上空的阴云连最瞎的人也能看得真切，世界狂热地扩充着军备……

不要再读了！我已不忍心再听下去了，我希望听听我国的生活！

于是我听到了可爱的祖国的心脏的跳动。在我面前立即便显现出一个青春、美丽、健康、活泼、不可战胜的苏维埃国家。只有她，毅然举起社会主义这面大旗为着和平公道、正义而战，也只有她，真实地把民族间的友谊落到实处。作这样的祖国的儿子该是多么幸福啊！……

阿列克山得拉·彼得洛夫娜念信啦。这是从辽阔的苏联遥远的尽头给我写来的——海参崴、塔什干、费尔干、第弗利斯、白俄罗斯、乌克兰、列宁格勒、莫斯科。

莫斯科、莫斯科呀！世界的心脏！这是我的祖国在和他的儿子中的一个互相通话，和我，和《钢铁是怎样炼成的》一书的著者，一个年轻的、初学的作者互相通话。几千封被我小心保存在纸夹中的信——这是我最珍贵的宝藏。都是谁写的呢？谁都写。工厂和制造厂的青年工人、波罗的海和黑海的海员、飞行家、少年先锋队员——大家都忙着说出自己的思想，讲一讲由那本书所激发的情感。这里的每一封信都让我增益不少，也让我非常感动。看吧，一封劝我劳动的信写道："亲爱的奥斯特洛夫斯基同志！我们焦急地期待着您的新小说《暴风雨所诞生的》早日问世。你快点写吧。你一定会把这本书完成得不错。祝你健康和有伟大的成就。别列兹尼克制工厂全体工人……"

又有一封信通知我说，一九三六年，我的小说将在几家出版社同时出版，印刷总数五十二万册。这简直是一支书籍大军了……

我听见门外，有汽车轻轻的刹车声、脚步声、问好声。我听出来是马里切夫工程师来了。他正在建筑一所别墅，是乌克兰政府将把这所别墅作为礼物赠给作家奥斯特洛夫斯基。在古老花园的绿树浓荫中，距海滨不远，将建造起一所美丽的小型别墅。工程师打开了设计图。

"您的办公室、藏书室、秘书办公室、浴室都在这边。这半边是给您的家属住。有很大的凉台，夏天您可以在那里工作。周围阳光很充足。另外，还有一些高大的绿色植物……"

一切都预备好了，就为着让我能安心工作。我深深体会到祖国的关怀和抚爱。

"您还有些什么别的要求吗？"工程师问。

"没什么了，这已经让我十分满意了……"

"那么我们就动工啦。"

工程师走了。阿列克山得拉·彼得洛夫娜翻开记录本子。我的工作开始了，在我工作的时候，任何人都不能来打扰我。几个钟头的紧张工作。我忘却周围一切。回忆着往事。在记忆中出现了动乱的一九一九年。大炮在怒吼……黑夜里火光冲天……大队的武装干涉者侵入了我国，我小说的主人公出现了，忘我牺牲的青年和自己的父亲们并肩作战，给这种进攻以反击。

"已经过去四个小时了，休息的时间到了！"秘书小声说。

午餐……一小时休息……晚间的邮件——报纸、杂志，又有来信。下午的时光又这样在记忆中度过，阳光已躲在了树后，我虽看不见，但我能感觉得到。

我听见了有许多人来了，他们脚步轻盈、笑声爽朗，他们是我的朋友，我国英勇的少女们——女跳伞家，她们曾打破了世界迟缓跳伞的记录。同来的还有索契城参加新建筑工程的共青团员们。伟大建筑的隆隆响声竟被带进了这幽静的花园。我禁不住遐想着，外面正在怎样用水泥和柏油铺着我这小城的街道。一年前还是旷野的地方，现在已经耸立着宫殿似的疗养院的高大建筑了。

夜色渐渐浓重起来，客人们告辞离去。人们念书报给我听。轻轻的敲门声。这是工作日程上规定的最后一次约会。英文《莫斯科日报》的记者。他的俄语不太好。

"您说您以前是个普通工人？"

"不错，当过烧锅炉的工人。"

他的铅笔很快地擦着纸响。

"您不认为您很痛苦吗？您想，您是瞎子呀，多年躺在床上不能动了。难道您一次也没有想到自己失去了幸福，没有想到永远不能再看东西、走路，而感到生活无望？"

我微笑着。

"我从来没有感觉我是痛苦的，相反，我感觉我很幸福，幸福是有多重含义的。创作使我产生了无比惊人的快乐，而且我感觉出自己的手也在为我们大家共同建造的美丽楼房——社会主义——砌着砖块，这样，我个人的悲痛便被排除了。"

……黑夜，我睡下，疲倦了，但很满意。这就是我的一天，虽很平凡，但却很重要……多付出一点点是一种经过几个简单步骤之后，即可付诸行动的原则。

佳作赏析：

尼古拉·阿列克塞耶维奇·奥斯特洛夫斯基（1904—1936），苏联作家。主要作品有《钢铁是怎样炼成的》。

中国的读者对于奥斯特洛夫斯基并不陌生，他的长篇小说《钢铁是怎样炼成的》曾在我国广泛流传，影响很大。他因为长期在恶劣的环境下过度劳作，又因为疾病的缘故，年纪轻轻就瘫痪在床，承受着巨大病痛的折磨。但他没有屈服，在双目失明的情况下以巨大的毅力口授了《钢铁是怎样炼成的》这部文学名著，并乐观而顽强地生存下去。这篇文章就是他对自己一天生活的自述。作者那惊人的毅力、乐观的精神、顽强的意志震撼着曾经拜访他的每一个人，也令广大读者感动。这些精神恰恰是我们应该好好学习的。

假如给我三天光明

□ [美国] 海伦·凯勒

我们大家都读过这样一些扣人心弦的故事，里面的主人公只有一点有限的时间可以活了，有时长达一年，有时短到只有 24 小时。然而，我们总是能很感动地发现，这些注定要灭亡的人是如何想办法度过他最后的几天或最后的几小时。当然，我说的是有所选择的自由人，而不是活动范围受到限制的被判刑的罪犯。

这类故事使人们思索，很想知道我们在同样的境况下将会怎么办。我们作为必死的生物，处在这最后几小时内，会充满一些什么样的遭遇、什么样的感受、什么样的联想呢？我们回顾往事，会找到哪些幸福、哪些遗憾呢？

有时我认为，如果我们像明天就会死去那样去生活，才是最好的规则。这样一种态度可以尖锐地强调生命的价值。我们每天都应该怀着友善、朝气和渴望去生活，但是，当时间在我们前面日复一日，月复一月，年复一年地不断延伸开去，这些品质常常就会丧失。当然，也有那些愿意把"吃吧，喝吧，及时行乐吧"作为座右铭的人，然而大多数人却为死神的来临所折磨。

在许多故事中，命运已定的主人公通常在最后一分钟，由于遭遇好运而得到拯救，然而他的价值观念几乎总是改变了。他更加领悟了生命及其永恒的精神价值的意义。常常可以看到，那些活在或者曾经活在死亡阴影中的人们，对他们所做的每件事情都赋予了一种醇美香甜之感。

然而，我们大多数人都把人生视为当然。我们知道有一天我们必得死去，但我们总是把那一天想得极其遥远。我们处于精神活泼、身体轻快的健康状态，死亡简直是不可想象的，我们难得想到它。日子伸延到无穷无尽的远景之中，所以，我们总是做些无价值的工作，几乎意识不到我们对生活的懒洋洋的态度。

我担心，我们全部的天赋和感官都有同样的懒惰的特征。只有聋人才珍惜听觉，只有盲人才体会重见天日的种种幸福。这种看法特别适用于那些成年后失去视觉和听觉的人。但是，那些在视觉或听觉上没有蒙受损害的人，却很少能够充分地利用这些可贵的感官。他们的眼睛和耳朵模模糊糊地吸收了一切景色和声音，他们并不专心也很少珍惜它们。我们并不感激我们的所有，直到我们丧失了它；我们意识不到我们的健康，直到我们生了病——自古以来，莫不如此。

我常想，如果每个人在他的青少年时期都患过几天盲聋症，这将是一种幸福。黑暗会使他更珍惜视觉，哑默会教导他更喜慕声音。我时常测验我那些有视觉的朋友，看他们究竟看见了什么。

前几天，一位很要好的朋友来探望我，她刚从树林里远足而来，于是我就问她，她观察到一些什么。"没有什么特别的。"她回答说。要不是我惯于听到这样的回答（因为我很久就已确信有视觉的人看得很少），我简直会不相信我的耳朵。

在树林中穿行一个小时，却没有看到什么值得注意的东西，这怎么可能呢？我自问着。我这个不能用眼睛看的人，仅仅凭借触觉，就能发现好几百种使我感兴趣的东西。我用双手亲切地抚摸一株桦树光滑的外皮，或者一株松树粗糙不平的树皮。

在春天，我摸着树枝，满怀希望地寻找蓓蕾，寻找大自然冬眠之后苏醒过来的第一个征兆。有时，我感觉到一朵花的可爱而柔润的肌理，发现它那不平常的卷曲。偶然，如果我非常走运，将手轻柔地放在小树上，我可以感觉到小鸟在音律丰满的歌声中快乐地跳跃。我非常喜欢让小溪凉爽的流水从我张开的手指缝隙间急促地淌过。

我觉得，松针或者海绵似的柔草铺就的茂盛葱郁的地毯，比豪华奢侈的波斯小地毯更受欢迎。对我来说，四季的盛景是一场极其动人而且演不完的戏剧，它的情节从我指尖一幕幕滑过。

有时，我的心在哭泣，渴望看到所有这些东西。如果我仅仅凭借触觉就能得到那么多的快乐，那么凭借视觉将会有多少美展现出来啊！可是，那些有眼睛的人显然看得很少。对于世界上充盈的五颜六色、千姿百态万花筒般的景象，他们认为是理所当然的。也许人类就是这样，极少去珍惜我们所拥有的东西，而渴望那些我们所没有的东西。在光明的世界中，视觉这一天赋才能，竟只被作为一种便利，而不是一种丰富生活的手段，这是多么可惜啊！

假如我是个大学校长，我要开设一门必修课程，就是"怎样使用你的眼睛"。教授们将向他的学生讲授，怎样通过真正观看那些从他们面前过去而未被注意的事物，使他们的生活增添乐趣，这将唤醒他们沉睡而迟缓的天赋。

也许我能凭借想象来说明，假如给我哪怕三天的光明，我最喜欢看到一些什么。在我想的时候，也请你想一下吧，请想想这个问题，假定你也只有三天光明，那么你会怎样使用你自己的眼睛，你最想让你的目光停留在什么上面呢？自然，我将尽可能看看在我黑暗的岁月里令我珍惜的东西，你也想让你的目光停留在令你珍惜的东西上，以便在那即将到来的夜晚，将它们记住。

如果由于某种奇迹，我可以睁眼看三天，紧跟着回到黑暗中去，我将会把这段时间分成三部分。

第一天，我要看人，他们的善良、温厚与友谊使我的生活富有价值。首先，我希望长久地凝视我亲爱的老师，安妮·莎莉文·梅西太太的面庞，当我还是个孩子的时候，她就来到了我面前，为我打开了外面的世界。我将不仅要看到她面庞的轮廓，以便我能够将它珍藏在我的记忆中，而且还要研究她的容貌，发现她出自同情心的温柔和耐心的生动迹象，她正是以此来完成教育我的艰巨任务的。我希望从她的眼睛里看到能使她在困难面前站得稳固的坚强性格，并且看到她那经常向我流露的、对于全人类的同情。

我不知道什么是透过"灵魂之窗"，即从眼睛看到朋友的内心。我只能用手指尖来"看"一个脸的轮廓。我能够发觉欢笑、悲哀和其他许多明显的情感。我是从感觉朋友的脸来认识他们的。但是，我不能靠触摸来真正描绘他们的个性。当然，通过其他方法，通过他们向我表达的思想，通过他们向我显示出的任何动作，我对他们的个性也有所了解。但是我却不能对他们有较深的理解，而那种理解，我相信，通过看见他们，通过观看他们对种种被表达的思想和境况的反应，通过注意他们的眼神和脸色的反应，是可以获得的。

我身旁的朋友，我了解得很清楚，因为经过长年累月，他们已经将自己的各个方面揭示给了我；然而，对于偶然的朋友，我只有一个不完全的印象。这个印象还是从一次握手中，从我通过手指尖理解他们的嘴唇发出的字句中，或从他们在我手掌的轻轻划写中获得来的。

你们有视觉的人，可以通过观察对方微妙的面部表情，肌肉的颤动，手势的摇摆，迅速领悟对方所表达的意思的实质，这该是多么容易，多么令人心满意足啊！

但是，你们可曾想到用你们的视觉，抓住一个人面部的外表特征，来透视一个朋友或者熟人的内心吗？

我还想问你们：能准确地描绘出五位好朋友的面容吗？你们有些人能够，但是很多人不能够。有过一次实验，我询问那些丈夫们，关于他们妻子眼睛的颜色，他们常常显得困窘，供认他们不知道。顺便说一下，妻子们还总是经常抱怨丈夫不注意自己的新服装、新帽子的颜色，以及家内摆设的变化。

有视觉的人，他们的眼睛不久便习惯了周围事物的常规，他们实际上仅仅注意令人惊奇的和壮观的事物。然而，即使他们观看最壮丽的奇观，眼睛都是懒洋洋的。

法庭的记录每天都透露出"目击者"看得多么不准确。某一事件会被几个见证人以几种不同的方式"看见"。有的人比别人看得更多，但没有几个人看见他们视线以内一切事物。

啊，如果给我三天光明，我会看见多少东西啊！

第一天

第一天，将会是忙碌的一天。我将把我所有亲爱的朋友都叫来，长久地望着他们的脸，把他们内在美的外部迹象铭刻在我的心中。我也将会把目光停留在一个婴儿的脸上，以便能够捕捉到在生活冲突所致的个人意识尚未建立之前的那种渴望的、天真无邪的美。

我还将看看我的小狗们忠实信赖的眼睛——庄重、宁静的小司格梯、达吉，还有健壮而又懂事的大德恩，以及黑尔格，它们的热情、幼稚而顽皮的友谊，使我获得了很大的安慰。

在忙碌的第一天，我还将观察一下我的房间里简单的小东西，我要看看我脚下的小地毯的温暖颜色，墙壁上的画，将房子变成一个家的那些亲切的小玩意。我的目光将会崇敬地落在我读过的盲文书籍上，然而那些能看的人们所读的印刷字体的书籍，会使我更加感兴趣。在我一生漫长的黑夜里，我读过的和人们读给我听的那些书，已经成为了一座辉煌的巨大灯塔，为我指示出了人生及心灵的最深的航道。

在能看见的第一天下午，我将到森林里进行一次远足，让我的眼睛陶醉在自然界的美丽之中，在几小时内，拼命吸取那经常展现在正常视力人面前的光辉灿烂的广阔奇观。自森林郊游返回的途中，我要走在农庄附近的小路上，以便看看在田野耕作的马（也许我只能看到一台拖拉机），看看紧靠着土地过活的悠然自得的人们，我将为光艳动人的落日奇景而祈祷。

当黄昏降临，我将由于凭借人为的光明看见外物而感到喜悦，当大自然宣告黑暗到来时，人类天才地创造了灯光，来延伸他的视力。在第一个有视觉的夜晚，我将睡不着，心中充满对于这一天的回忆。

第二天

有视觉的第二天，我要在黎明起身，去看黑夜变为白昼的动人奇迹。我将怀着敬畏之心，仰望壮丽的曙光全景，与此同时，太阳唤醒了沉睡的大地。

这一天，我将向世界，向过去和现在的世界匆忙瞥一眼。我想看看人类进步的奇观，那变化无穷的万古千年。这么多的年代，怎么能被压缩成一天呢？当然是通过博物馆。我常常参观纽约自然史博物馆，用手摸一摸那里展出的许多展品，但我曾经渴望亲眼看看地球的简史和陈列在那里的地球上的居民——按照自然环境描画的动物和人类，巨大的恐龙和剑齿象的化石，早在人类出现并以他短小的身材和有力的头脑征服动物王国以前，它们就漫游在地球上了；博物馆还逼真地介绍了动物、人类，以及劳动工具的发展经过，人类使用这些工具，在这个行星上为自己创造了安全牢固的家；博物馆还介绍了自然史的其他无数方面。

我不知道，有多少本文的读者看到过那个吸引人的博物馆里所描绘的活着的动物的形形色色的样子。当然，许多人没有这个机会，但是，我相信许多有机会的人却没有利用它。在那里确实是使用你眼睛的好地方。有视觉的你可以在那里度过许多受益匪浅的日子，然而我，借助于想象中的能看见的三天，仅能匆匆一瞥而过。

我的下一站将是首都艺术博物馆，因为它正像自然史博物馆显示了世界的物质外观那样，首都艺术博物馆显示了人类精神的无数个小侧面。在整个人类历史阶段，人类对于艺术表现的强烈欲望几乎像对待食物、藏身处，以及生育繁殖一样迫切。

在这里，在首都艺术博物馆巨大的展览厅里，埃及、希腊、罗马的精神在它们的艺术中表现出来，展现在我面前。

我通过手清楚地知道了古代尼罗河国度的诸神和女神。我抚摸了巴台农神庙中的复制品，感到了雅典冲锋战士有韵律的美。阿波罗、维纳斯以及双翼胜利之神莎莫瑞丝都使我爱不释手。荷马的那副多瘤有须的面容对我来说是极其珍贵的，因为他也懂得什么叫失明。我的手依依不舍地留恋罗马及后期的逼真的大理石雕刻，我的手抚摸遍了米开朗基罗的感人的英勇的摩西石雕像，我感知到罗丹的力量，我敬畏哥特人对于木刻的虔诚。这些能够触摸的艺术品对我来讲，是极有意义的，然而，与其说它们是供人触摸的，毋宁说它们是供人观赏的，而我只能猜测那种我看不见的美。我能欣赏希腊花瓶的简朴的线条，但它的那些图案装饰我却看不到。

因此，这一天，给我光明的第二天，我将通过艺术来搜寻人类的灵魂。我会看见那些我凭借触摸所知道的东西。更妙的是，整个壮丽的绘画世界将向我打开，从富有宁静的宗教色彩的意大利早期艺术及至带有狂想风格的现代派艺术。我将细心地观察拉斐尔、达·芬奇、提香、伦勃朗的油画。我要饱览维洛内萨的温暖色彩，研究艾尔·格列科的奥秘，从科罗的绘画中重新观察大自然。啊，你们有眼睛的人们竟能欣赏到历代艺术中这么丰富的意味和美！在我对这个艺术神殿的短暂的游览中，我一点儿也不能评论展开在我面前的那个伟大的艺术世界，我将只能得到一个肤浅的印象。艺术家们告诉我，为了达到深刻而真正的艺术鉴赏，一个人必须训练眼睛。一个人必须通过经验学习判断线条、构图、形式和颜色的品质优劣。假如我有视觉从事这么使人着迷的研究，该是多么幸福啊！但是，我听说，对于你们有眼睛的许多人，艺术世界仍是个有待进一步探索的世界。

我十分勉强地离开了首都艺术博物馆，——它装纳着美的钥匙。但是，看得见的人们往往并不需要到首都艺术博物馆去寻找这把美的钥匙。同样的钥匙还在较小的博物馆中甚或在小图书馆书架上等待着。但是，在我假想的有视觉的有限时间里，我应当挑选一把钥匙，能在最短的时间内去开启藏有最大宝藏的地方。

我重见光明的第二晚，我要在剧院或电影院里度过。即使现在我也常常出席剧场的各种各样的演出，但是，剧情必须由一位同伴拼写在我手上。然而，我多么想亲眼看看哈姆雷特的迷人的风采，或者穿着伊丽莎白时代鲜艳服饰的生气勃勃的弗尔斯塔夫！我多么想注视哈姆雷特的每一个优雅的动作，注视精神饱满的弗尔斯塔夫的大摇大摆！因为我只能看一场戏，这就使我感到非常为难，因为还有数十幕我想要看的戏剧。

你们有视觉，能看到你们喜爱的任何一幕戏。当你们观看一幕戏剧、一部电影或者任何一个场面时，我不知道，究竟有多少人对于使你们享受它的色彩、优美和动作的视觉的奇迹有所认识，并怀有感激之情呢？由于我生活在一个限于手触的范围里，我不能享受到有节奏的动作美。但我只能模糊地想象一下巴莱洛娃的优美，虽然我知道一点律动的快感，因为我常常能在音乐震动地板时感觉到它的节拍。我能充分想象那有韵律的动作，一定是世界上最令人悦目的一种景象。我用手指抚摸大理石雕像的线条，就能够推断出几分。如果这种静态美都能那么可爱，看到的动态美一定更加令人激动。我最珍贵的回忆之一就是，约瑟·杰弗逊让我在他又说又做地表演他所爱的里卜·万·温克时去摸他的脸庞和双手。

我多少能体会到一点戏剧世界，我永远不会忘记那一瞬间的快乐。但是，我多么渴望观看和倾听戏剧表演进行中对白和动作的相互作用啊！而你们看得见的人该能从中得到多少快乐啊！如果我能看到仅仅一场戏，我就会知道怎样在心中描绘出我用盲文字母读到或了解到的近百部戏剧的情节。所以，在我虚构的重见光明的第二晚，我没有睡成，整晚都在欣赏戏剧文学。

第三天

下一天清晨，我将再一次迎接黎明，急于寻找新的喜悦，因为我相信，对于那些真正看得见的人，每天的黎明一定是一个永远重复的新的美景。依据我虚构的奇迹的期限，这将是我有视觉的第三天，也是最后一天。我将没有时间花费在遗憾和热望中，因为有太多的东西要去看。第一天，我奉献给了我有生命和无生命的朋友。

第二天，向我显示了人与自然的历史。今天，我将在当前的日常世界中度过，到为生活奔忙的人们经常去的地方去，而哪儿能像纽约一样找得到人们那么多的活动和那么多的状况呢？所以城市成了我的目的地。

我从我的家，长岛的佛拉斯特小而安静的郊区出发。这里，环绕着绿色草地。树木和鲜花，有着整洁的小房子，到处是妇女儿童快乐的声音和活动，非常幸福，是城里劳动人民安谧的憩息地。我驱车驶过跨越伊斯特河上的钢制带状桥梁，对人脑的力量和独创性有了一个崭新的印象。忙碌的船只在河中嘎嘎急驶——高速飞驶的小艇，慢悠悠、喷着鼻息的拖船。如果我今后还有看得见的日子，我要用许多时光来眺望这河中令人欢快的景象。我向前眺望，我的前面耸立着纽约——一个仿佛从神话的书页中搬下来的城市的奇异高楼。多么令人敬畏的建筑啊！这些灿烂的教堂塔尖，这些辽阔的石砌钢筑的河堤坡岸——真像诸神为他们自己修建的一般。这幅生动的画面是几百万人民每天生活的一部分。我不知道，有多少人会对它回头投去一瞥？只怕寥寥无几。对这个壮丽的景色，他们视而不见，因为这一切对他们是太熟悉了。

我匆匆赶到那些庞大建筑物之一——帝国大厦的顶端，因为不久以前，我在那里凭借我秘书的眼睛"俯视"过这座城市，我渴望把我的想象同现实作一比较。我相信，展现在我面前的全部景色一定不会令我失望，因为它对我将是另一个世界的景色。此时，我开始周游这座城市。首先，我站在繁华的街角，只看看人，试图凭借对他们的观察去了解一下他们的生活。看到他们的笑颜，我感到快乐；看到他们的严肃的决定，我感到骄傲；看到他们的痛苦，我不禁充满同情。

我沿着第五大街散步。我漫然四顾，眼光并不投向某一特殊目标，而只看看万花筒般五光十色的景象。我确信，那些活动在人群中的妇女的服装色彩一定是一幅绝不会令我厌烦的华丽景色。然而如果我有视觉的话，我也许会像其他大多数妇女一样——对个别服装的时髦式样感兴趣，而对大量的灿烂色彩不怎么注意。而且，我还确信，我将成为一位习惯难改的橱窗顾客，因为，观赏这些无数精美的陈列品一定是一种眼福。

从第五大街起，我作一番环城游览——到公园大道去，到贫民窟去，到工厂去，到孩子们玩耍的公园去，我还将参观外国人居住区，进行一次不出门的海外旅行。

我始终睁大眼睛注视幸福和悲惨的全部景象，以便能够深入调查，进一步了解人们是怎样工作和生活的。

我的心充满了人和物的形象。我的眼睛决不轻易放过一件小事，它争取密切关注它所看到的每一件事物。有些景象令人愉快，使人陶醉；但有些则是极其凄惨，令人伤感。对于后者，我绝不闭上我的双眼，因为它们也是生活的一部分。在它们面前闭上眼睛，就等于关闭了心房，关闭了思想。

我有视觉的第三天即将结束了。也许有很多重要而严肃的事情，需要我利用这剩下的几个小时去看、去做。但是，我担心在最后一个夜晚，我还会再次跑到剧院去，看一场热闹而有趣的戏剧，好领略一下人类心灵中的谐音。

到了午夜，我摆脱盲人苦境的短暂时刻就要结束了，永久的黑夜将再次向我迫近。在那短短的三天，我自然不能看到我想要看到的一切。只有在黑暗再次向我袭来之时，我才感到我丢下了多少东西没有见到。然而，我的内心充满了甜蜜的回忆，使我很少有时间来懊悔。此后，我摸到每一件物品，我的记忆都将鲜明地反映出那件物品是个什么样子。

我的这一番如何度过重见光明的三天的简述，也许与你假设知道自己即将失明而为自己所做的安排不相一致。可是，我相信，假如你真的面临那种厄运，你的目光将会尽量投向以前从未曾见过的事物，并将它们储存在记忆中，为今后漫长的黑夜所用。你将比以往更好地利用自己的眼睛。你所看到的每一件东西，对你都是那么珍贵，你的目光将饱览那出现在你视线之内的每一件物品。然后，你将真正看到，一个美的世界在你面前展开。

失明的我可以给那些看得见的人们一个提示——对那些能够充分利用天

赋视觉的人们一个忠告：善用你的眼睛吧，犹如明天你将遭到失明的灾难。同样的方法也可以应用于其他感官。聆听乐曲的妙音，鸟儿的歌唱，管弦乐队的雄浑而铿锵有力的曲调吧，犹如明天你将遭到耳聋的厄运。抚摸每一件你想要抚摸的物品吧，犹如明天你的触觉将会衰退。嗅闻所有鲜花的芳香，品尝每一口佳肴吧，犹如明天你再不能嗅闻品尝。充分利用每一个感官，通过自然给予你的几种接触手段，为世界向你显示的所有愉快而美好的细节而自豪吧！不过，在所有感官中，我相信，视觉一定是最令人赏心悦目的。

佳作赏析：

海伦·凯勒（1880—1968），美国盲聋女作家、社会活动家。主要著作有《假如给我三天光明》《我的生活》《我的老师》等。

这是一篇在世界范围内广泛流传、感动了成千上万读者的文章。海伦是不幸的，但她又是幸运的，正是因为有了知识，她才如此幸运。这些知识点亮了海伦心中的灯，照亮了她的内心世界，也架起了海伦和这个世界沟通的桥梁。对于一个视觉、听觉正常的人而言，如果失去三天视觉听觉肯定适应不了，而海伦凯勒一生中都未能见到光明，却在写作上取得了骄人的成绩。海伦用她艰难却幸福快乐的一生，诠释了生命的意义。她的一生是人类的奇迹，她的毅力、她的精神、她的成就令我们每个人汗颜、钦佩、感动。

我有一个梦想

□［美国］马丁·路德·金

今天，我高兴地同大家一起参加这次将成为我国历史上为争取自由而举行的最伟大的示威集会。100年前，一位伟大的美国人签署了《解放黑奴宣言》，今天我们就是在他的雕像前集会。这一庄严宣言犹如灯塔的光芒，给千百万在那摧残生命的不义之火中饱受煎熬的黑奴带来了希望。它之到来犹如欢乐的黎明，结束了束缚黑人的漫漫长夜。

然而100年后的今天，我们必须正视黑人还没有得到自由这一悲惨的事实。100年后的今天，在种族隔离的镣铐和种族歧视的枷锁下，黑人的生活备受压榨。100年后的今天，黑人仍生活在物质充裕的海洋中一个穷困的孤岛上。100年后的今天，黑人仍然萎缩在美国社会的角落里，并且意识到自己是故土家园中的流亡者。今天我们在这里集会，就是要把这种骇人听闻的情况公之于世。

就某种意义而言，今天我们是为了要求兑现诺言而汇集到我们国家的首都来的。我们共和国的缔造者草拟宪法和独立宣言的气壮山河的词句时，曾向每一个美国人许下了诺言，他们承诺所有人——不论白人还是黑人——都享有不可让渡的生存权、自由权和追求幸福权。

就有色公民而论，美国显然没有实践她的诺言。美国没有履行这项神圣的义务，只是给黑人开了一张空头支票，支票上盖着"资金不足"的戳子后便退了回来。但是我们不相信正义的银行已经破产，我们不相信，在这个国家巨大的机会之库里已没有足够的储备。因此今天我们要求将支票兑现——这张支票将给予我们宝贵的自由和正义保障。

我们来到这个圣地也是为了提醒美国，现在是非常急迫的时刻。现在决非侈谈冷静下来或服用渐进主义的镇静剂的时候。现在是实现民主的诺言时候。现在是从种族隔离的荒凉阴暗的深谷攀登种族平等的光明大道的时候，现在是向上帝所有的儿女开放机会之门的时候，现在是把我们的国家从种族不平等的流沙中拯救出来，置于兄弟情谊的磐石上的时候。

如果美国忽视时间的迫切性和低估黑人的决心，那么，这对美国来说，将是致命伤。自由和平等的爽朗秋天如不到来，黑人义愤填膺的酷暑就不会过去。1963 年并不意味着斗争的结束，而是开始。有人希望，黑人只要撒撒气就会满足；如果国家安之若素，毫无反应，这些人必会大失所望的。黑人得不到公民的基本权利，美国就不可能有安宁或平静，正义的光明的一天不到来，叛乱的旋风就将继续动摇这个国家的基础。

但是对于等候在正义之宫门口的心急如焚的人们，有些话我是必须说的。在争取合法地位的过程中，我们不要采取错误的做法。我们不要为了满足对自由的渴望而抱着敌对和仇恨之杯痛饮。我们斗争时必须永远举止得体，纪律严明。我们不能容许我们的具有崭新内容的抗议蜕变为暴力行动。我们要不断地升华到以精神力量对付物质力量的崇高境界中去。

现在黑人社会充满着了不起的新的战斗精神，但是不能因此而不信任所有的白人。因为我们的许多白人兄弟已经认识到，他们的命运与我们的命运是紧密相连的，他们今天参加游行集会就是明证。他们的自由与我们的自由是息息相关的。我们不能单独行动。

当我们行动时，我们必须保证向前进。我们不能倒退。现在有人问热心民权运动的人，"你们什么时候才能满足？"

只要黑人仍然遭受警察难以形容的野蛮迫害，我们就绝不会满足。

只要我们在外奔波而疲乏的身躯不能在公路旁的汽车旅馆和城里的旅馆找到住宿之所，我们就绝不会满足。

只要黑人的基本活动范围只是从少数民族聚居的小贫民区转移到大贫民区，我们就绝不会满足。

只要我们的孩子被"仅限白人"的标语剥夺自我和尊严，我们就绝不会满足。

只要密西西比州仍然有一个黑人不能参加选举，只要纽约有一个黑人认为他投票无济于事，我们就绝不会满足。

不！我们现在并不满足，我们将来也不满足，除非正义和公正犹如江海之波涛，汹涌澎湃，滚滚而来。

我并非没有注意到，参加今天集会的人中，有些受尽苦难和折磨，有些刚刚走出窄小的牢房，有些由于寻求自由，曾在居住地惨遭疯狂迫害的打击，并在警察暴行的旋风中摇摇欲坠。你们是人为痛苦的长期受难者。坚持下去吧，要坚决相信，忍受不应得的痛苦是一种赎罪。

让我们回到密西西比去，回到亚拉巴马去，回到南卡罗来纳去，回到佐治亚去，回到路易斯安那去，回到我们北方城市中的贫民区和少数民族居住区去，要心中有数，这种状况是能够也必将改变的。我们不要陷入绝望而不可自拔。

朋友们，今天我对你们说，在此时此刻，我们虽然遭受种种困难和挫折，我仍然有一个梦想，这个梦想深深扎根于美国的梦想之中。

我梦想有一天，这个国家会站立起来，真正实现其信条的真谛："我们认为真理是不言而喻，人人生而平等。"

我梦想有一天，在佐治亚的红山上，昔日奴隶的儿子将能够和昔日奴隶主的儿子坐在一起，共叙兄弟情谊。

我梦想有一天，甚至连密西西比州这个正义匿迹，压迫成风，如同沙漠般的地方，也将变成自由和正义的绿洲。

我梦想有一天，我的四个孩子将在一个不是以他们的肤色，而是以他们的品格优劣来评价他们的国度里生活。

今天，我有一个梦想。我梦想有一天，亚拉巴马州能够有所转变，尽管该州州长现在仍然满口异议，反对联邦法令，但有朝一日，那里的黑人男孩和女孩将能与白人男孩和女孩情同骨肉，携手并进。

今天，我有一个梦想。

我梦想有一天，幽谷上升，高山下降；坎坷曲折之路成坦途，圣光披露，满照人间。

这就是我们的希望。我怀着这种信念回到南方。有了这个信念，我们将能从绝望之岭劈出一块希望之石。有了这个信念，我们将能把这个国家刺耳的争吵声，改变成为一支洋溢手足之情的优美交响曲。

有了这个信念，我们将能一起工作，一起祈祷，一起斗争，一起坐牢，一起维护自由；因为我们知道，终有一天，我们是会自由的。

在自由到来的那一天，上帝的所有儿女们将以新的含义高唱这支歌："我的祖国，美丽的自由之乡，我为您歌唱。您是父辈逝去的地方，您是最初移民的骄傲，让自由之声响彻每个山冈。"

如果美国要成为一个伟大的国家，这个梦想必须实现！

让自由之声从新罕布什尔州的巍峨的崇山峻岭响起来！

让自由之声从纽约州的崇山峻岭响起来！

让自由之声从宾夕法尼亚州的阿勒格尼山响起来！

让自由之声从科罗拉多州冰雪覆盖的落基山响起来！

让自由之声从加利福尼亚州蜿蜒的群峰响起来！

不仅如此，还要让自由之声从佐治亚州的石岭响起来！

让自由之声从田纳西州的了望山响起来！

让自由之声从密西西比的每一座丘陵响起来！

让自由之声从每一片山坡响起来！

当我们让自由之声响起，让自由之声从每一个大小村庄、每一个州和每一个城市响起来时，我们将能够加速这一天的到来，那时，上帝的所有儿女，黑人和白人，犹太教徒和非犹太教徒，耶稣教徒和天主教徒，都将手携手，合唱一首古老的黑人灵歌："自由啦！自由啦！感谢全能上帝，我们终于自由啦！"

佳作赏析：

马丁·路德·金（1929—1968），著名的美国民权运动领袖，1964年度诺贝尔和平奖获得者。1968年被人刺杀身亡，时年39岁。

马丁·路德·金的演讲说理充分、激励斗志、逻辑严密、震撼人心，无论从思想性还是艺术性上都堪称佳作。他的演讲，揭露问题一针见血，毫不隐晦，明明白白，提出的斗争目的、要求也十分清楚和坚定。演讲充满乐观精神，对未来的前途充满激情和希望。抛开当年特定的历史背景，这篇演讲也能给我们许多启发。不论是工作还是生活，我们心中都要怀有一个梦想。通过自己的辛勤付出实现梦想，这样的人生才有意义和价值。

负重

□〔奥地利〕赖内马·利亚·里尔克

我们总是必须将最重的东西当成基础，而那也正是我们所肩负的任务。人生重重地压在我们的身上，它的重量越重，我们就越深入人生之中。必须生活在我们身边的不是快乐，而是人生。

人生非得这样不可。假如在年轻时便急着把人生变得前卫且肤浅，或是将人生变得轻率且轻浮的话，那只是放弃了认真地接受人生乐趣及放弃了真正担当人生责任的机会，而靠着自己固有的本性去感受人生，并且停止了追求生命价值的努力。

但是，这对人生而言，并不意味着任何的进步。这只是意味着抗拒人生无限的宽广与其可能性的表示。而我们被要求的是——去爱惜重大的任务及学习与重大任务交往。

在重大的任务中，隐藏着好意的力量，也隐藏了使我们变成有用之才，及带给我们生之意义的使命。

我们也应该在重大的任务中，拥有我们自己的喜悦、幸福及梦想。我们只要将这美丽的背景放到我们的眼前，幸福与喜悦就会清楚地浮现出来，这样我们才能开始体会其中之美。

我们高贵的微笑在重大任务的黑暗中，也拥有某种意味。那就是——我们只能在这个黑暗中，当它犹如梦幻般的光在一瞬间大放光明时，清楚地看见围绕在我们身边的奇迹与宝藏。

佳作赏析：

赖内·马利亚·里尔克（1875—1926），奥地利著名诗人、作家。代表作品有《生活与诗歌》《祈祷书》《新诗集》《杜伊诺哀歌》等。

人生不是那么轻松、那么简单，肩负的重量，不是数字能表现出来的。其实里尔克把重负当做"基础"，比喻人所肩载的任务。一个人知道自己身上的负重量，才有了明确的奋斗目标，才能生活得灿烂，死得其所和庄严。人的一生必须活得有价值，这样才有意义。否则的话，没有负重感，生命如同行尸走肉一般。里尔克以诗人的敏锐眼光，提炼出人生的格言。

每一天的决战

□〔日本〕池田大作

人生如梦，而永恒的是生命。尽管生命转瞬即逝，却比所有的财宝都珍贵。那么，将如此宝贵短促的生命无所事事地轻抛是可耻的。

对整个人类来说，为使命而活着的人是最多可贵的，而不知为何而生存的人是最为空虚的。彷徨的人只不过在别人眼中是自由的，对不得不彷徨于路的人来说，他没有了生存的根基，生活只是在打发着一个个充满不安和内心空虚的苦恼日子。人生没有使命感则不免陷入彷徨。

即使在今世看来比较理想的人生观，若站在上一级宇宙的高度来考察，就会产生疑问：这个人生观是正确的吗？显然，这个问题是极其艰深的。必有一个宇宙至高的，或者说代表生命本源的法则，所谓命运，不就是人们从法则那儿得到的报应吗？

人类生命中有一个像最大公约数一样的共同基础，那是生命的支柱，只有在这个基础之上，人们的才能、天分才会得到发挥。倘若一个人最本质的基础失去了，即使再杰出的才能也会枯竭，甚至连生存的力量都会耗尽，从而不得不走向衰亡。人类生命中这种必备因素是与生俱来的，熟知人的本质基础之后，才能去寻找可充分发挥个性的合适场所。

"既然成为人，竭尽全力生存是唯一的选择。"把这一条当做焦点来观察一个人，就会发现，外表的不同都是枝节。去掉这些枝节，只会剩下人类生命的赤裸裸的胴体。要判断他的人生价值，这是唯一的标准。

人生犹如建设，一旦停止建设，人生就会烟消雾散。对自己眼下能做的事情不付出全力的人，是没有资格谈未来的。一个人必须点燃起自己对眼前工作的热情。因为，人首先得稳稳地站住脚跟，才能进行下一个大飞跃。

想一想，一天只有二十四小时，即使利用交通工具跑得再快，这一点也是不能改变的。因此，不管在哪里，不管怎样做，只有自己的"存在"才是确实的。怎样充实这个自我呢？这就看你怎样充实每一天。甚至是否能使自己的人生丰富多彩，是否能在社会上拥有主动权，都取决于你对每一天的充实。有利的环境本身是单调的，如果你设法利用这些有利因素，使自己的人生变得充实起来，这种脑力劳动本身就是丰富多彩的。

人们每一天都在决战，昨天的成功，并不能保证今天的胜利，昨天的挫折不一定就导致今天的失败。关键是看你能否把每时每刻都把握住。所有的努力加在一起，它的本质就是你的机会和才能，这才是你一生的总决战。

佳作赏析：

池田大作（1928—），日本思想家、哲学家。

人们每一天都在决战，昨天的成功，并不能保证今天的胜利，昨天的挫折不一定就导致今天的失败。关键是看你能否把每时每刻都把握住。所有的努力加在一起，它的本质就是你的机会和才能，这才是你一生的总决战。对人生彷徨的人来说，他没有了生存的根基，生活只是在打发着一个个充满不安和内心空虚的苦恼日子。一寸光阴一寸金。时间顺流而下，生活逆水行舟。在时间的土壤上，谁播下懒怠，谁便只能收获失望和叹息。

年轻时代

□ 〔日本〕池田大作

人的生命是有限的，每个人都希望在自己有限的生命里获得最高价值。然而，从某种意义上讲，人的生存同样也是艰难的。随着社会的发展，长寿的人越来越多，但遗憾的是：对现代人来说，最重要的生命力却没有多大增长，甚至有人指出，在青年人中，有不少人受不了挫折的打击而萎靡不振。还有一些人认为，现代人出现了生命力衰退的迹象。而且，自杀的死亡人数超过交通死亡人数的一倍，以此类推，轻生的倾向日趋严重，社会各界人心惶惶。同时，除事故和疾病外，精神上的压抑感、疏离感、虚脱感等一类社会现象正不断蔓延于人们的周围。

在当代，与"生"的力量相比，削弱"生"的力量正几倍、几十倍地增长。也许不少人也和我有同感吧，但是当前，最重要的是正视这样的现实，再次细细地咀嚼一下"生存"的根本意义。

据说人在临死的瞬间，一生所经历过的事情会像走马灯一样在脑海中盘旋。有的人流出悔恨的泪水，使盘旋于脑中的情景一片模糊；有的人从心底感到无限的满足，在充满欢喜中迎接人生的终结。我认为，这其实就是人生成败的分界之处了。

世上有不少身居高位或腰缠万贯的人，但其一生毫无真诚可言，对这些人来说，当然没有真正的人生胜利感，想必只有痛苦的回忆吧。而另一些人不管自己的生活条件多么的艰辛，别人又是如何评价自己，仍诚实地奋斗一生，或为某种主张、主义艰苦拼搏一生，在欢乐的心潮中迎接临终。在自己的人生中取得胜利的这些人，以强有力的步伐抵达生命的终点，以其实际行动为社会、世界和宇宙的一切做出巨大的贡献，他们死得真是伟大。这些人生业绩将在他们心中唤起无限欣喜的激情。

人的一生不可能一帆风顺，这期间不时会有狂风暴雨，还会出现电闪雷鸣。但深知创造之乐的生命，绝不会因此而退却。创造本身就是一项最艰难的工作，它是一场打开沉重的生命之门的残酷战斗。当然，与打开神秘的宇宙大门相比，要打开"自身的生命之门"是多么不容易的事呀！

尽管如此，工作显示出做人的骄傲，不，应该说这就是生命的真正意义与真正的生活态度。有的人不懂得创造生命的欢乐，我觉得没有比这更寂寞无聊的了。柏格森有一句话说得真是好，话题中心就是让生命变得更为丰富充实，它就是："通过自己的努力为世界增添了光彩的人，人格会更加高尚。"

佳作赏析：

人的生命是有限的，不是无限度的延伸。在这短暂的一生中，每个人都希望获得更高的价值。但是事不随意，人的生存是极其艰难，不是一帆风顺的。人只有通过工作和奋斗，在这过程中体味其中的快乐，实现自己的价值。对待生命、生活的态度是非常重要的。池田大作说："有的人不懂得创造生命的欢乐，我觉得没有比这更寂寞无聊的了。"他一语道破了生命的意义，一个如何面对生命的过程。

一生的资本

□ [美国] 奥里森·马登

　　衡量一个人事业的成功与否，并不以其在银行中存款的多少而定，而全在于他怎样利用身体内在的所有资本，以及他做事的能力。一个身体柔弱，或者因嗜好烟酒而精力不佳的人，其成功的机会要比那些体格强壮精神旺盛的人少很多。任何一个冷静的人、执著的人、有为的人，都会保持自己所具有的种种力量，不论是身体上的，还是精神上的，他们对生命中最宝贵的资产，也决不轻易消耗。

　　每个人都应该把任何方式的精力耗损，把一丝一毫的精力浪费当做一种不可宽恕的浪费，甚至是一种不可宽恕的犯罪行为。

　　体力和精力是我们一生成功的资本，我们应该阻止这一成功资本的白白消耗；要汇集全副的精神，对体力和精力作最经济、最有效的利用。

　　如果能始终在精力最为旺盛的状态下来发挥才能，那么在做事的时候，自然能有极大的成效。

　　如果在工作的时候，不能发挥自己出色卓越的才能，那么成功的可能性就很小。最可怜的就是那些早晨一开始工作，就精神颓唐、毫无生气的人。

这样的人去从事工作，怎么可能得到出色的业绩呢？

最好能胜任自己的工作并且愉快地工作，那么你就不至于感到工作的畏难和痛苦。在接手工作的时候，应该有着浓厚的兴趣、必胜的决心，这样，工作起来才会浑身有劲。体格健壮、精力充沛地工作一小时，甚至比体力羸弱地终日工作，其业绩都来得高。

一个年轻人如果想要以不健康的体格，或者未受训练的才能去获得很高的地位，这是不可能的。但更可悲的是，一些头脑聪明、才华横溢的青年，由于不知道善用他们所具有的才能，便埋没了一生。

欲成大业，身体是最大的资本。而个人成功的秘诀，就藏在自己的脑海里、神经里、肌肉里、志向里、决心里。作为一个人，体力和智力是最紧要的东西，因为体力和智力决定了人的精神状态、生命力和做事的才能。

有些人在工作时间以外所耗的精力，要多于在职务上所费的精力。如果有人去提醒他们、劝诫他们，他们或许还会发怒。在他们看来，只有体力的消耗才会使人的精神受损，但他们不知道精力也会有种种消耗，比如烦恼、发怒、恐惧，以及其他种种不良的思想。另外，把职务上的工作带到家里，利用应该休息的时间来工作，其实也是一种精力损耗。

如果有着充沛的体力和智力，也就是有着丰厚的成功资本。那么如果不加以合理地利用，那又有什么用处呢？

无论做什么事都不能有弱点，因为小小的弱点，可能足以破坏全部的事业和前程。比如种种不检点的行为、错误的行为都可能在你生命资本的宝库上打开一个漏洞，使你生命的资木在悄无声息中流走。

大自然是无情的，即便贵为君王，如果违反了大自然的法则，也要受到惩罚。在大自然的眼里，君王和乞丐是没有贵贱之分的，她不会接受任何的借口或推诿，她要求人们保持精力旺盛的状态，去努力不息地做事。

奥里森·马登（1848—1924），美国成功学家。主要作品有《一生的资本》《思考与成功》《伟大的励志书》《奋力向前》《成功学原理》等。

体力和精力是我们一生的资本，如果有着充沛的体力和智力，也就是有着丰厚的成功资本。每个人都有这种资本，但有的人没有牢牢把握，致使这种资本极大的浪费，有的人能够利用资本，并不断积累资本，合理利用资本，那么，在他的前方就会有鲜花和掌声。

论嫉妒

□ ［英国］罗素

没必要的谦虚与嫉妒关系密切。谦虚往往被认为是一种美德，但我对此表示怀疑，谦虚在其更为极端的形式上是否仍值得如此看待。谦虚的人需要一连串的安抚保证，而且没有勇气和信心去完成他们力所能及的事情和任务。谦虚的人相信自己比不上身边的人。因此他们容易产生嫉妒心，并由嫉妒心升级为不幸和敌意。在我看来，告知自己的孩子是个好孩子非常重要。我不相信哪一只孔雀会去嫉妒另一只孔雀的羽尾，它们都认为自己的羽毛是世界上独一无二最美丽、最耀眼的。结果是，孔雀成了和平温顺的鸟类。试想，如果一只孔雀被告知，对自己评价很高是一种邪恶的行为，那它会变得多么不幸啊！每当它看见同伴开屏时，它就会自言自语："我可不能去想我的羽尾比它的更漂亮，因为这样想是骄傲自满。可是，我多么希望自己更漂亮些呀！那只丑鸟太自以为漂亮了！我扯下它几把羽毛怎样！这样我就不用再害怕与它相比了。"或许它会设个陷阱，去陷害、恶语中伤那只无辜的孔雀。于是它会在头领会议上谴责那只孔雀。渐渐地，它会立下这样一条规定：所有长着无比漂亮羽毛的孔雀都是恶毒的，孔雀王国中那位聪明过人的统治者就会选择一只仅有几根秃羽的孔雀当头领。到那时，它会处死所有美丽的孔雀，到最后，真正光彩夺目的尾羽将会变成只在肮脏的记忆里才存在的东西。这样的恶果就是嫉妒者最终的胜利表现。但是当每只孔雀都认为自己比其他同类更漂亮时，就没有这种压抑的必要了。每只雄孔雀都想在这一竞争中赢得第一名，并且由于它们尊重自己的雌性伴侣，所以都会认为佳绩是属于自己的。

当然，有竞争才会有嫉妒，二者紧密相连。我们对自己认为毫无希望达到的幸运是不会嫉妒的。在那个社会等级森严固定的时代，最下等的阶层是不会嫉妒上阶层的，因为贫富之间的界限被认为由上帝指定的。乞丐不会嫉妒百万富翁，即使他们会嫉妒那些比自己成功的乞丐。现代社会中，地位的变动不定，以及各式各样的平等学说，极大地拓展了嫉妒的范围。这是一种邪恶，但是为了达到某一公正程度，我们必须忍受这种邪恶。当对不平等进行理性思考时，除非我们是基于一种应得价值的高度，否则即会被视为不公正。一旦这种不平等被视为不公正，除了把名消除，否则由此引起的嫉妒是没有其他解决办法的。

佳作赏析：

伯兰特·罗素（1872—1970），英国哲学家、数学家和逻辑学家。1950年诺贝尔文学奖获得者。主要代表作品有《数学原理》《哲学的问题》《自传》等。

罗素认为嫉妒是一种邪恶，它隐藏在人的心灵深处，看不见、摸不到，但却能给别人带来伤害，甚至是致命的一击。罗素指出："当对不平等进行理性思考时，除非我们是基于一种应得价值的高度，否则即会被视为不公正。一旦这种不平等被视为不公正，除了把名消除，否则由此引起的嫉妒是没有其他解决办法的。"当嫉妒的念头一出现，人们要有冷静的心，果断地打压下去，把它套上枷锁，保持一颗健康的心，去面对生活中的每一件事情。

合作的精神

□ [美国] 拿破仑·希尔

合作精神，就像友谊和爱情一样，必须付出才能得到。在通往快乐和幸福的路上有许多旅人，大家只有相互合作，才能愉快地到达彼岸。

人生之旅的合作精神，不但会为我们带来好处，同时也会为下一代带来好处。在我们携手共建美好未来的时刻，我们应该真诚待人，精诚团结，充分合作，共创辉煌。

在美国发展成世界上最强大，经济上最具优势地位的国家的过程中，这种合作扮演过重要的角色。我们肩负一种神圣的义务，而要保持这种优势的话，则无论遭受到什么样的挫折，我们都应以大公无私的团队合作精神，坚定不移地去完成。

当人们遇到困难或一个人难以解决的问题时，或许有人想到过合作，但在产生团队合作精神，并且认同团结和伙伴意识之前，人们很难真正地从合作中获得利益。因为贪婪和自私在团队合作精神中作祟。

真正的团队合作必须是双方自愿的、没有私欲的，能够共同承担责任的合作。团队合作是一种永无止境的过程，虽然合作的成败取决于各成员的态度，但是维系合作关系却是共同的责任。

团队合作其实不需要太多的时间和努力，就能得到巨大的成效。明白这个道理后，你也许会搞懂为什么自己以前的生活那么悲惨、无助，肯定与缺少团队合作不无关系吧？

不管何时，缺少了人与人之间的合作是不可能创造文明的，即使是像米开朗基罗一样的伟大艺术家，缺少了助手、手工艺人和顾客也不可能有他的作品。更不用说有什么传世之作了。

人类在长期的生活和工作中，有一种使人相互之间变得相类似，在不同思想之间建立和谐关系，以便和他人进行和谐团队合作的思想状态，这种状态就像其他生命资产一样，必须在共同的目标、共同的前提、共同的理想之上才能达到。

通常达到的思想状态，具有一种传染性的特质，狂热、热情、无私，假若你能将你的这种状态传播到别人体内，就必然产生团队合作结果。

佳作赏析：

拿破仑·希尔（1883—1969），励志书籍作家。作品有《思考致富》等。

人类从森林中走出，群居生活在一起才有了沟通。在漫长的人类发展道路上，人们创造文明，在这期间，如果缺少了人和人之间的合作，是不可能创造出灿烂文明的。有团结合作的精神，有共同奋斗的目标，内心的力量才会找到方向。

版权声明

本书部分作品无法与权利人取得联系，为了尊重作者的著作权，特委托北京版权代理有限责任公司向权利人转付稿酬。请您与北京版权代理有限责任公司联系并领取稿酬。联系方式如下：

北京版权代理有限责任公司

北京市东城区朝阳门内 55 号南门 1006 室

邮编：100010

电话：（010）58642004

E-mail:bookpodcn@gmail.com

Website:www.bookpod.cn